태룡전

김강현 新**무협 판타지 소설**
FANTASTIC ORIENTAL HEROES

태룡전 2

김강현 新무협 판타지 소설

초판 1쇄 찍은 날 § 2009년 3월 19일
초판 1쇄 펴낸 날 § 2009년 3월 27일

지은이 § 김강현
펴낸이 § 서경석

편집장 § 문혜영
편집책임 § 정서진
편집 § 문정흠

펴낸곳 § 도서출판 청어람
등록번호 § 제1081-1-89호
등록일자 § 1999. 5. 31
어람번호 § 제2-1700호

주소 § 경기도 부천시 원미구 심곡2동 163-2 서경B/D 3F (우) 420-822
전화 § 032-656-4452 팩스 § 032-656-4453
http://www.chungeoram.com
E-mail § eoram99@chollian.net

ISBN 978-89-251-1733-1 04810
ISBN 978-89-251-1731-7 (세트)

태룡전

2

나려타곤(懶驢打滾)

김강현 新무협 판타지 소설

FANTASTIC ORIENTAL HEROES

청람

目次

第一章
마인들

兎龍傳

태룡전

"커억!"

쿠당탕!

양현백과 금자방은 아주 꼴사나운 모습으로 바닥을 뒹굴었다. 뭐가 어떻게 되었는지도 모를 정도로 순식간에 벌어진 일이었다. 분명히 단유강의 목을 휘감고 있었는데, 어느새 다시 방으로 들어와 바닥에 널브러졌다.

'뭐, 뭐지?'

양현백은 당황스러웠다. 온몸을 짓누르는 듯한 고통이 당황스러웠고, 자신이 어떻게 당했는지 파악하지 못해 당황스러웠으며, 당연히 성공할 거라 확신한 순간에 당한 것이 당황스러웠다.

"왜 굳이 혈도를 점하지 않았는지 생각도 안 해봤나?"

양현백의 얼굴이 창백해졌다. 이건 천망단의 대주라고 하기엔 너무도 실력이 뛰어났다. 양현백은 절정의 고수다. 금자방도 마찬가지다.

"마, 말도 안 돼!"

"안 되긴 뭐가 안 돼?"

퍽!

단유강의 발이 양현백의 배에 꽂혔다.

"쿠억! 쿨럭! 쿨럭!"

양현백은 고통을 호소하며 기침을 했다. 그리고 두려운 눈으로 단유강을 올려다봤다. 배에서 시작한 찌르르한 고통은 아무리 시간이 지나도 사라지지 않았다. 고통이 점점 커질수록 두려움도 커져 갔다.

"자, 이제 좀 더 제대로 된 얘기를 하는 게 어때?"

단유강은 양현백과 금자방을 번갈아 쳐다보며 말했다. 양현백은 고통을 호소하느라 대답조차 하지 못했다. 금자방은 단유강과 눈이 마주치자 온몸을 부르르 떨었다.

"왜 무림맹에서 너희를 잡았을까? 아직도 도박장 때문이라고 생각해?"

양현백과 금자방은 대답할 수 없었다. 단유강은 그들을 바라보며 씨익 웃었다.

"마공을 익혔지?"

단유강의 말에 양현백과 금자방의 심장이 철렁 내려앉았다.

"그, 그게 무, 무, 무슨 말입니까!"

금자방이 너무도 당황해 말을 더듬었다. 그것을 본 양현백의 얼굴이 크게 일그러졌다. 이건 마치 자신이 마공을 익혔다고 말하는 것과 마찬가지 아닌가.

'이런 멍청한 놈! 명색이 도박장을 운영한다는 놈이 저렇게 표정 관리를 못해서야…….'

양현백은 속으로 그렇게 중얼거리며 서둘러 입을 열었다.

"오해십니다. 저희는 마공 따위를 익힌 적이 없습니다. 본래 익힌 무공도 상당한 경지인데 굳이 마공을 익힐 이유가 없지 않습니까."

양현백과 금자방의 무공은 상당했다. 그들 한 명이 청룡단의 부단주와 맞먹을 정도였다. 그리고 그들이 이끌던 도박장의 무사들은 각각 청룡단의 일급무사를 넘어설 정도로 강했다.

"그래? 마공을 익히지 않았다고? 그럼 이걸 먹을 수 있겠어?"

단유강은 품에서 작은 병 하나를 꺼냈다. 마개를 따자, 방 안에 청량한 향이 화악 퍼져 나갔다.

'크윽!'

양현백은 당황하며 단유강의 손에 들린 병을 쳐다봤다. 그 병에서 흘러나오는 향을 맡자마자 단전을 마치 칼로 쑤시는 듯한 고통이 밀려왔다. 그것은 금자방도 마찬가지였다.

두 사람은 확실히 알 수 있었다, 그 병에 든 것을 마시면 절대 안 된다는 사실을.

"이건 마기를 파괴하는 약이야. 마공을 익히지 않은 사람에게는 꽤 효과 좋은 영약이 되기도 하지. 어때? 마실 수 있겠어?"

"그, 그 말을 어떻게 믿는단 말입니까?"

양현백은 발악하듯 외쳤다.

"그럼 내가 절반을 마시지. 아니, 네가 누구든 지명한 사람이 절반을 마시지. 넌 나머지를 마시면 돼. 어때? 이제 좀 공평하지?"

양현백은 입을 다물었다. 더 이상 빠져나갈 구멍이 없었다.

"왜? 마시기 싫어?"

단유강은 고개를 돌려 금자방을 쳐다봤다. 금자방은 흠칫 놀란 눈으로 뒤로 주춤주춤 물러났다.

"자, 선택해."

단유강의 말이 마치 사형선고처럼 들렸다. 양현백은 순간 가슴 깊은 곳에서 뭔가가 치밀어 올랐다.

"대체 내가 무엇을 그리 잘못했단 말입니까? 마공을 익힌

게 그렇게 큰 죄입니까? 마공을 익힌 자는 사람이 아니란 말입니까? 마공도 무공입니다! 그냥 무공일 뿐이란 말입니다!"

양현백의 말에 단유강이 크게 고개를 끄덕였다.

"맞아. 마공도 그저 무공일 뿐이지. 하지만 네가 익힌 마공은 아니야. 사람의 피로 목욕을 해서 그 기운을 흡수해야 익힐 수 있는 마공은 더 이상 그냥 마공이 아니지. 안 그래?"

단유강의 말에 양현백의 눈이 화등잔만 해졌다. 그리고 다급히 손사래를 치며 고개를 저었다.

"아닙니다! 절대 아닙니다! 뭔가 오해를 하고 계십니다! 전 절대로 그런 극악무도한 짓을 한 적이 없습니다!"

단유강은 빙긋 웃으며 이번에는 금자방을 쳐다봤다. 금자방 역시 하얗게 질린 얼굴로 맹렬히 고개를 젓고 있었다.

"저, 저도 절대 그러지 않았습니다! 비록 도박장을 열어 사람들의 돈을 좀 뜯어내긴 했지만 그 정도로 타락하진 않았습니다! 믿어주십시오!"

단유강이 빙긋 웃으며 말했다.

"나도 믿고 싶어. 정말로 믿고 싶은데, 너희들 단전에 만들어진 기운은 그런 방식이 아니면 얻을 수 없는 기운이야."

양현백이 입을 떡 벌렸다. 정말로 억울했다. 마공을 익히긴 했지만 자신이 익힌 것은 아주 순수한 마공이다. 전해준 사람도 분명히 그렇게 말했다. 익히면서 인성에 반하는 짓을 한 적도 없다.

'그저 하루에 하나씩 단약을 먹었을 뿐인데…….'

마공을 전해준 사람으로부터 수백 알이나 되는 단약을 받았다. 그것을 매일 운기조식하기 전에 하나씩 먹으라고 해서 그렇게 한 것이 전부였다.

단유강은 억울하다는 표정을 지은 두 사람을 가만히 바라봤다. 처음부터 예상을 했다. 마공을 익히긴 했지만 이들은 절대 사람의 피로 목욕을 할 수 있는 자들이 아니었다.

'이런 마공을 익히면서 제정신을 유지하는 사람은 극히 드물지.'

사람의 피로 목욕을 하는 건 아무리 살인을 밥 먹듯 하는 무인이라 하더라도 맨 정신으로는 도저히 하기 어려운 일이다. 아니, 보통 사람이라면 절대 못한다. 그런 짓을 했다기엔 양현백이나 금자방의 정신이 너무나 멀쩡했다.

'그럼 남은 건 하나지.'

단유강의 생각이 거기까지 이어지자 표정이 조금 심각해졌다.

"너희들, 마공을 익히면서 약을 먹나?"

단유강의 말에 양현백과 금자방이 꺼림칙한 표정으로 고개를 끄덕였다.

"마공을 운기하기 전에 단약을 하나씩 먹습니다만……."

단유강이 다짜고짜 손을 내밀었다. 달라는 뜻이다. 양현백은 떨떠름한 표정으로 품에 손을 넣어 단약 하나를 꺼냈다.

양현백으로부터 단약을 건네받은 단유강은 그것을 유심히 살폈다. 그리고 눈살을 찌푸렸다.

"지독한 피 냄새군."

"예? 그게 무슨 말씀이십니까? 그 약에서는 아무런 냄새도 나지 않습니다."

단유강은 대꾸하지 않고 계속 단약을 살폈다. 그리고 고개를 들어 양현백과 금자방의 몸을 살폈다. 더 정확히는 몸속에 흐르는 기운을 살폈다. 고작 사흘 수련했을 뿐인데 벌써 마기가 단전에 자리를 잡았고, 원래 있던 기운들을 집어삼키며 덩치를 불리고 있었다.

"이 단약, 재료가 뭔지 알아?"

양현백과 금자방이 불안한 표정을 지었다. 단약의 재료를 그들이 알 리 없다. 처음에는 그저 영약을 섞어 만든 단약이라 여겼을 뿐이다. 하지만 지금은 어느 정도 짐작이 간다. 그래도 차마 대답할 수가 없었다.

"대충 예상은 하는 모양이네. 맞아. 이거 사람의 피로 만든 거야. 너희들이 익힌 마공에 꼭 필요한 약이지."

양현백은 몸을 부들부들 떨면서 고개를 푹 숙였다. 뭐라 반박하고 싶었지만 그렇게 하지 못했다. 반박하면 할수록 점점 깊은 수렁에 빠져들 것만 같았다.

"대체 뭘 원하시는 겁니까?"

양현백의 목소리에는 힘이 하나도 없었다. 희망이 사라졌다. 그런 사악한 마공을 익힌 자를 무림맹에서 그냥 둘 리 없었다. 최소한 금마옥(禁魔獄)행이고, 조금만 삐끗하면 죽은 목숨이다.

"실체를 알았는데도 계속 그 마공을 익힐 생각이야?"

단유강의 물음에 양현백이 고개를 번쩍 들었다. 그의 눈동자 깊은 곳에서 희망이 일렁였다.

"그, 그렇지 않습니다! 처음부터 그런 사악한 마공인 줄 알았다면 절대 익히지 않았을 것입니다!"

단유강이 고개를 돌려 이번에는 금자방을 쳐다봤다. 금자방 역시 다급히 대답했다.

"저도 마찬가지입니다! 전 처음부터 익히고 싶지 않았습니다!"

단유강이 만족스러운 표정으로 고개를 끄덕였다.

"좋아, 그럼 기회를 주지."

단유강은 그렇게 말하며 두 사람에게 다가갔다. 오른손은 양현백의 단전에, 그리고 왼손은 금자방의 단전에 올렸다.

뿌드득!

단유강의 손에서 뭔가가 뒤틀리는 소리가 울렸다. 그리고 양현백과 금자방의 입에서 동시에 비명이 터져 나왔다.

"크아아악!"

"끄어억!"

두 사람의 눈동자가 살짝 돌아갔다. 그 정도로 대단한 고통이었다. 하지만 그것은 극히 짧은 시간이었고, 이내 두 사람은 원래의 표정으로 돌아왔다. 두 사람의 온몸은 식은땀으로 목욕을 한 듯 푹 젖어 있었다.

"일단 마기를 깨끗이 지웠어. 익힌 지 얼마 안 된 걸 다행으로 생각해. 아니었다면 불가능한 일이니까."

단유강의 말에 양현백과 금자방은 멍한 표정을 지었다. 하지만 이내 그 말이 의미하는 것을 깨닫고는 경악에 찬 얼굴로 단유강을 바라봤다.

"이제 말해."

"무, 무엇을 말입니까?"

"너희들이 알고 있는 것, 하나도 남김없이 몽땅."

단유강은 그렇게 말하며 문밖을 쳐다봤다. 단유강의 눈길을 받은 백설영과 제갈무군이 방 안으로 들어왔다.

"허튼짓할 생각은 꿈도 꾸지 않는 게 좋을 거야. 여기 너희들보다 약한 사람 한 명도 없으니까."

단유강의 말에 양현백과 금자방이 정신없이 고개를 끄덕였다. 두 사람은 지금 혼이 빠져나갔다 다시 돌아온 기분이었다. 모든 저항 의지를 버렸다. 하지만 순순히 아는 걸 모두 얘기할 생각은 없었다.

'앞으로가 문제로군. 그들이 나선다면 이들을 처리하는 건 문제가 아닐 테고……. 과연 날 살려줄까?'

양현백의 표정이 심각해졌다. 그들은 정말로 무서운 자들이었다. 만일 여기서 자신이 아는 모든 걸 술술 말해 버린다면 나중에 돌아오는 대가는 훨씬 지독할 것이다.

양현백은 순간적으로 금자방에게 전음을 보냈다. 미리 말을 맞춰놔야 발설할 정보의 수위를 조절할 수 있다. 자신이 혼자서 아무리 조절을 해봐야 금자방이 입을 열면 아무 소용 없지 않겠는가.

"자, 그럼 슬슬 시작해 볼까?"

양현백이 전음을 마치기가 무섭게 제갈무군이 의미심장한 미소를 지으며 나섰다. 그 미소를 확인한 양현백의 뇌리에 불길함이 스쳐 지나갔다.

"미고현에 있던 자들이 모두 증발했습니다."

"미고현? 거기가 어디지?"

"사천의 구석에 있는 작은 현입니다."

"작은 현? 그런 곳에 굳이 비집고 들어갈 이유가 없었을 텐데?"

"경쟁하는 상단이나 문파가 없어서 규모에 비해 상당한 것을 얻어낼 수 있는 곳입니다."

처음에는 약간의 질책이 깃든 어투로 말하던 표자흠은 그제야 관심을 가지고 보고하던 유염천을 돌아봤다.

"상단도 없고 문파도 없다고? 우리 도박장이 들어갈 정도라면 꽤 돈이 많이 굴러다니는 곳일 텐데?"

"그렇습니다. 근방의 다른 현에 비해 상당히 풍족한 곳이었습니다."

표자흠은 턱을 쓰다듬었다.

"재미있군. 적련(赤聯)에서도 알고 있나?"

"얘기는 해뒀습니다만, 그다지 관심을 보이지 않습니다."

"하긴, 고작 일개 현에 신경을 쓸 놈들이 아니지."

표자흠은 잠시 생각에 잠겼다. 도박장 하나 사라진 거야 별것 아니다. 어차피 적련의 도움을 받아 사천 전역에 도박장과 기루를 비롯한 다양한 사업을 일으켰다. 물론 깨끗한 방법으로 운영할 생각은 전혀 없었다.

"타격이야 없겠지만, 기분은 별로 좋지 않군. 제대로 알아봐. 무림맹이 개입한 흔적이 있는지 확인해 보고, 만일 그렇다면 철저히 흔적을 지워. 달린 끈이 있으면 몽땅 끊고."

"존명."

유염천은 공손히 허리를 숙이며 대답했다. 그리고 바닥으로 꺼지듯 사라졌다. 표자흠은 유염천이 있던 자리를 물끄러미 바라보다가 손으로 턱을 괴고 묘한 표정을 지었다.

"신경 쓸 필요가 없는 일인데 묘하게 기분이 거슬리는군."

그동안 가장 힘들었던 건 사천에 은밀히 자리를 잡는 거였다. 무림맹의 눈을 피해 자리를 잡는 건 결코 쉽지 않았다. 하지만 해냈다. 비록 적련의 도움을 받긴 했지만 훌륭히 자리를 잡았다. 이제 남은 건 높은 하늘로 비상할 힘의 비축뿐이다.

그 일에 비하면 도박장 하나 사라진 것쯤은 아무것도 아닌 일이었다. 그런데도 계속 표자흠의 기분을 건드렸다.

"이상해, 정말로 이상해."

표자흠은 그렇게 중얼거리며 단전에서 끓어오르는 마기를 부드럽게 다스렸다.

"흐음, 골치 아프군."

단유강은 침상에 누워 다리를 꼬고 발을 까딱거렸다. 상황이 심상치가 않았다. 얼마 전 넘어왔다는 오백 명의 마인이 사천에 자리를 잡은 것 같았다. 아직 천망단의 그물에 걸려들지는 않았지만 양현백과 금자방으로부터 뽑아낸 정보를 종합하면 거의 확실했다.

"백호단이라……."

백설영이 수집한 정보에 따르면, 백호단이 움직일 준비 중이라 한다. 그리고 놀랍게도 천마신교의 마인들이 직접 나선다고 한다. 상당히 파격적인 결정이었다. 그동안 무림맹은 천마신교를 무조건 배척하기만 했다.

"뭐, 일단 꼬리를 잡아내기 전까지는 못 움직이겠지만."

단유강은 잠시 생각에 잠겼다. 사천에 숨어든 오백의 마인은 말 그대로 피에 미친 자들이다. 양현백과 금자방만 봐도 알 수 있다. 두 사람도 지금은 못 느끼고 있지만, 만일 계속 마공을 익혔다면 결국 피에 미친 살인귀가 되었을 것이다.

"그런 놈들이 무려 오백이라……."

게다가 마인을 양산하려는 움직임까지 보인다. 양현백과 금자방이 그 증거다. 거기까지 생각하던 단유강은 문득 의아한 생각이 들었다. 양현백이나 금자방도 그렇고, 그들이 부리던 무사들도 그렇고 지나칠 정도로 강했다.

"흐음, 이거 뭔가 있군."

양현백이나 금자방은 절정을 넘어선 고수였다. 그런 고수는 무림맹에 가도 흔치 않다. 아마 이백을 넘지 않을 것이다. 청룡단의 부단주였던 제갈미미가 그쯤 된다. 청룡단을 몽땅 털어봐도 열은 넘지 않을 것이다.

또한 도박장의 무사들은 절정까지는 아니더라도 일류였다. 일류 중에서도 상당히 수준이 숙달된 자들이었다. 그 정도라면 청룡단이나 백호단의 무사가 될 수도 있다.

그런 대단한 자들이 고작 도박장의 호위무사나 하고 있다니, 어딘가 말이 되지 않았다. 차라리 모여서 문파를 열었다면 고개를 끄덕였을 것이다. 그 정도라면 소규모의 문파를 여는 것도 어렵지 않다.

단유강은 몸을 일으켰다. 왠지 좋지 않은 예감이 들었다.

"정보력을 사천으로 집중시켜야겠군."

현재 단유강이 가진 정보력은 모두 백설영에게서 나온다. 백설영과 제갈무군이 힘을 합해 삼 년이나 공들여 만든 정보망이었다.

그 정보망은 주로 무림맹과 미고현 인근에 걸쳐 있다. 사실 그 정도면 충분했다. 특히 무림맹의 동향에 신경을 많이 써왔다. 현 무림을 완전히 장악하고 있는 무림맹을 살피는 건, 조용히 살아가고자 하는 단유강에게 가장 중요한 문제였다.

단유강은 무림맹에서 완전히 손을 놓고 모든 역량을 사천에 집중시켜 마인들의 흔적을 찾기로 했다. 단기적으로는 조금 힘겹겠지만 결국은 그게 훨씬 편하게 사는 길이었다.

제갈미미는 바람처럼 달렸다. 그녀가 향하는 곳은 단유강의 거처였다. 조금 전에 단유강이 백설영과 함께 밖으로 나가는 것을 확인하자마자 이리로 달려왔다.

그녀의 원래 목적은 제갈무군이 아니었다. 지금이야 어찌어찌 제갈무군을 찾긴 했지만 사실 진짜 목적은 진법의 대가를 만나 회유하는 것이었다.

'일단 청룡단에서 나오기로 약속했지만, 아직 그렇게 한 건 아니니까.'

약속은 꼭 지킬 것이다. 제갈무군에 대한 일도 함구할 것이고, 청룡단에서도 나올 것이다. 무림맹에서 이유를 묻겠지만 그것 역시 함구할 것이다.

제갈미미는 빙긋 웃었다.

"약속은 거기까지니까 애써 변명할 필요는 없겠지."

사실 더 정확히 약속을 이행하려면 그럴듯한 변명을 꾸며야 한다. 그렇지 않으면 무림맹에서 결코 가만히 내버려 두지 않을 것이기 때문이다.

무림맹에서 조금만 뒤를 파헤치면 금세 이곳의 실상이 드러날 것이다. 그럼 제갈무군도 더 이상은 도망칠 수 없을 것이다.

'세가의 어르신들이 직접 은밀히 움직이시면 아무리 오라버니라도 더 이상은 어쩌지 못해.'

제갈미미는 그렇게 확신했다. 못 보던 몇 년 새에 제갈무군의 무공이 급격히 늘어난 건 놀랍지만, 거기까지였다. 세가의 어르신들이 나서면 제갈무군이 아무리 하늘로 솟고 땅으로 꺼지는 재주를 지녔다 해도 어쩔 수 없을 것이다.

"자, 그럼 들어가 볼까?"

제갈미미는 허리에 손을 올린 채로 단유강의 방문을 한 번 노려보고는 사뿐사뿐 문 앞으로 걸어갔다.

스르륵.

조용히 문을 열었다. 방 안에는 예상했던 대로 아무도 없었다.

"침상은 정말 끝내주네."

단유강이 쓰는 침상은 크고 화려했다. 제갈미미는 침상으로 다가가 살짝 걸터앉았다. 그저 앉은 것뿐인데도 몸이 깊이 잠기는 느낌이 들었다. 그녀는 몇 번 몸을 위아래로 튕기면서 침상의 탄력을 느껴봤다.

"정말 괜찮은데?"

제갈미미는 그대로 침상에 누워봤다. 정말로 편안했다. 잘 못하다간 이대로 잠들 수도 있을 것 같아 황급히 몸을 일으켰다.

"이러니 항상 누워만 있지."

제갈미미는 나직이 혀를 차고 방 안을 둘러봤다. 그녀의 목적은 단유강이 숨겨놓았을 것이 분명한 서류들이었다.

진법의 대가와 거래를 하면서 아무런 보수도 받지 않고 일을 했을 리가 없었다. 그 거래를 증명하는 서류를 찾으면 어떻게든 다음 일을 진행할 수 있을 것 같았다.

'협박을 하든, 아니면 그걸 근거로 진을 드나드는 방법을 알아내든 말이지.'

사실 제갈미미의 진짜 목적은 거기에 있었다. 그 진을 직접 경험해 본 바에 의하면, 드나드는 것조차 복잡한 진이었다. 그저 한 번 배워서 지나갈 수 있는 진이 결코 아니었다. 그렇다면 진의 출입 방법을 기록해 뒀을 가능성이 컸다.

"아니, 분명히 있어."

제갈미미는 그렇게 확신했다. 그녀가 판단하기에 단유강은 그렇게 머리가 뛰어나지 않다. 그가 뛰어나 보이는 이유는 근처에 머리가 좋은 사람들이 있기 때문이다. 백설영도 그렇고 제갈무군도 그렇고, 상당히 뛰어난 두뇌의 소유자다.

"게다가 하후량인가 하는 쌍둥이는 또 어떻고? 세상에, 그렇게 강하다니."

거기까지 생각하니 뭔가 좀 이상했다. 이곳 천망칠십오대는 유난히 인재가 많았다.

"운도 좋지."

그런 인재가 부하로 들어오는 좋은 운도 일종의 재능이다.

'그런 부하들이 떠나지 않게 잘 다독이는 건 정말로 어려울 테니까. 뭐, 무공도 그리 약한 것 같지는 않고…….'

제갈미미도 단유강이 양현백을 제압하는 모습을 봤다. 당시에는 조금 충격적이었지만 시간이 지나고 생각해 보니 그렇게 대단한 건 아니었다. 당시 양현백은 지나칠 정도로 방심한 상태였다.

어찌 되었든 단유강의 무공도 꽤 대단하다는 건 이론의 여지가 없다. 하면 또 의문이 생긴다.

'그런 무공을 가지고 왜 이런 곳에 남아 있는 걸까? 그것도 사 년이 넘는 시간 동안.'

천망칠십오대는 여러모로 이상했다. 아니, 수상했다. 실력도 실력이고, 다들 뭔가를 감추고 있는 듯했다. 그것은 그녀의 오라버니인 제갈무군도 예외가 아니었다.

제갈미미는 이런저런 생각에 잠겼다가 이내 고개를 저어 상념들을 털어냈다.

"이럴 때가 아니지. 시간이 없어."

제갈미미는 다시 방 안을 면밀히 살폈다. 꽤 꼼꼼히 살폈지만 공문 두 장 외에 별다른 건 찾지 못했다. 모두 그녀가 익히 알고 있는 사항이었다.

"이렇게 노골적인 공문을 보내시다니."

제갈미미는 얼굴이 붉어졌다. 자신을 도우라는 공문을 보낸 걸로 봐서 진법의 대가에 대한 기대가 상당히 큰 모양이었다.

"하아! 이래저래 답답하네."

압박감이 가슴을 짓눌렀다. 제갈미미는 한숨을 내쉬며 다시 한 번 방 안을 둘러봤다. 그러다가 문득 여전히 열려 있는 문이 보였다. 아니, 더 정확히는 열린 문을 통해 십여 장 떨어진 곳에 서 있는 나무가 보였다.

그것을 보고 있으니 지난번에 왔을 때, 다른 청룡단의 부단주들과 하던 내기가 떠올랐다.

"대체 어떤 비밀이 숨겨져 있을까?"

당시 육원검과 강원손은 몇 번이나 다시 이곳을 찾아 나무와 그 주변을 샅샅이 뒤졌다. 자신들이 내기에서 진 이유를 파헤치기 위함이었다. 하지만 그들은 다시 무림맹으로 돌아갈 때까지도 그것을 찾아내지 못했다.

제갈미미는 품에서 비수 하나를 꺼냈다. 그리고 나무를 향해 던졌다.

숙!

비수는 나무 옆을 그대로 지나쳤다. 제갈미미는 고개를 갸웃거렸다. 그리고 이번에는 일부러 나무에서 조금 떨어진 곳을 겨냥했다.

나무를 직접 겨냥했을 때 오른쪽으로 반 치가량 빗나갔으니, 나무의 왼쪽으로 반 치 빗나간 곳을 겨냥하면 나무에 맞출 수 있을 듯했다.

슉!

제갈미미는 황당한 표정을 지었다. 이번에는 겨냥한 대로 왼쪽으로 반 치 빗나가서 날아갔다.

"뭐야? 이게 어떻게 된 거지?"

생각해 보면 그런 단순한 방법으로 나무를 맞출 수 있다면 단유강이 그렇게 자신만만하게 내기를 제안하지 않았을 것이다. 그녀가 보기에 단유강은 겉으로 보이는 것처럼 빈틈이 많지 않았다. 상당히 치밀한 자였다.

제갈미미는 일단 나무를 맞추는 방법을 알아내야겠다고 생각했다. 그래야 어떻게 이런 일이 벌어지는지 알 수 있을 것이 아닌가. 비수를 무한정 갖고 있는 게 아니라서 품에 있던 철전을 이용했다.

먼저 나무를 중심으로 반 치 간격으로 거리를 벌이며 철전을 날렸다. 나무를 향하는 철전은 어김없이 오른쪽으로 반 치 빗겨났고, 나머지는 그냥 노리던 공간을 통과했다.

제갈미미는 조급해하지 않고 계속해서 거리를 벌이며 철

전을 던졌다. 그렇게 백여 개의 철전을 허공으로 던져 넣었다.

"내가 잘못 짚었나?"

제갈미미의 표정이 점점 회의적으로 변해갔다. 그렇게 몇 개의 철전을 더 던졌을 때, 드디어 철전이 나무를 향해 날아갔다.

탁!

제갈미미의 눈이 화등잔만 해졌다. 철전은 똑바로 나무를 향해 날아가 정중앙에 박혔다. 마치 나무를 겨냥해서 던진 것 같았다. 하지만 그녀는 결코 나무를 겨냥하지 않았다.

"어떻게……."

제갈미미는 이해할 수가 없었다. 그녀는 가능한한 가장 나무에서 멀리 떨어진 곳을 겨냥해서 철전을 던졌다. 문을 활짝 열어놓긴 했지만 방에서 밖으로 던지는 거라서 각도의 한계가 있을 수밖에 없다. 그녀는 그 한계 각도로 철전을 던진 것이다.

한데 철전은 원래 그 방향으로 던진 것처럼 똑바로 나무를 향해 날아갔다. 마치 손에서 철전이 떨어진 순간 철전이 그녀 앞으로 이동해서 날아간 것 같았다.

제갈미미는 몇 번 더 철전을 던져 확인했다. 나중에는 가지고 있던 철전이 모두 떨어져 은자를 던져야 했다. 물론 모든 일이 끝나고 나서 다시 회수를 하긴 했지만 말이다.

그렇게 확인한 결과, 나무로 가는 길은 딱 한 지점뿐이라는 것을 알아냈다.

"내가 운이 좋았구나."

그 지점을 찾아낸 것은 상당한 운이었다. 조금만 빗나가도 철전은 허무하게 허공을 갈랐을 것이다.

제갈미미는 일단 그 지점으로 다가가며 천천히 주변을 살폈다. 분명히 뭔가 비밀이 숨어 있었다. 그것이 무엇인지 알고 싶었다. 제갈미미의 뇌리에 진법이라는 단어가 떠올랐다. 이런 일을 가능하게 하는 건 진법밖에 없다.

'역시 진법의 대가가 이곳에 와서 뭔가를 설치한 게 분명해.'

진법의 대가와 단유강의 관계가 심상치 않아 보였다. 그것을 밝혀내면 앞으로 그를 영입하는 데 한결 힘이 될 것이다.

제갈미미는 문으로 다가가 이곳저곳을 살폈다. 하지만 아무리 살펴도 진이 설치된 흔적을 찾을 수가 없었다. 제갈미미는 점점 집중해서 진의 흔적을 찾았다. 그리고 이내 그녀의 집중력이 최고조에 달했다.

"여기서 뭐 해?"

"꺄아아악!"

제갈미미는 갑자기 귓가에서 들려오는 소리에 화들짝 놀라 비명을 지르며 엉덩방아를 찧었다.

"뭐, 뭐, 뭐예요!"

제갈미미는 빙글거리고 있는 단유강의 얼굴을 확인하고는 뾰족한 목소리로 소리쳤다. 하마터면 심장이 떨어질 뻔했다. 그 정도로 놀랐다.

"그건 내가 물을 소리인데?"

단유강의 말에 제갈미미는 그제야 자신의 상황이 떠올랐다. 그녀의 얼굴이 새빨갛게 달아올랐다.

"아, 저, 저는… 그러니까……."

"흐음."

단유강은 의미심장한 눈으로 제갈미미를 바라봤다. 그리고 제갈미미가 살피던 곳을 쳐다보고는 고개를 끄덕였다.

"그게 궁금했나 보군."

단유강은 고개를 돌려 제갈미미를 바라보며 씨익 웃었다.

"남자 혼자 지내는 방에 이렇게 함부로 들어오는 게 뭘 의미하는지 알고는 있나?"

제갈미미는 화끈거리며 달아오르는 뺨에 손을 올렸다. 너무나 부끄러웠다. 쥐구멍이라도 있으면 들어가고 싶은 정도였다.

"내기할까?"

단유강의 갑작스러운 말에 제갈미미가 놀란 눈으로 그를 바라봤다. 단유강은 빙긋 웃으며 열린 문으로 보이는 나무를 쳐다봤다.

"내기를 해서 네가 이기면 오늘 있었던 일은 내 기억에서 완전히 삭제해 주지."

제갈미미가 떨리는 목소리로 물었다.

"제, 제가 지면요?"

"그럼 좀 더 성의를 표시해야지."

"서, 성의요?"

제갈미미는 무슨 생각을 했는지 얼굴이 더욱 새빨개졌다. 그리고는 눈을 질끈 감으며 고개를 돌렸다. 너무 부끄러워서 차마 단유강의 얼굴을 바라볼 수가 없었다.

"무슨 생각을 하는 건지는 모르겠지만 그렇게 부끄러워할 이유는 없을 것 같은데? 내가 말하는 성의는 무림맹에 관한 거야."

"예?"

제갈미미가 놀란 눈으로 단유강을 바라봤다.

"뭐, 이곳에서 있었던 일이나 청룡단에서 나오는 그럴듯한 변명을 준비한다든가 말이지."

제갈미미의 입이 떡 벌어졌다. 그리고 더욱 얼굴이 붉어졌다. 더 붉어질 것이 없을 것 같은데 신기하게 더 붉어졌다. 아마 조금만 더 붉어지면 얼굴에서 피가 쏟아질 것이다. 마치 마음을 읽힌 것 같아서 한편으로는 부끄럽고 다른 한편으로는 두려웠다.

'대체 뭐 하는 사람이지? 정체가 뭐야?'

"대답은?"

"조, 좋아요."

손해날 것이 전혀 없는 내기였다. 그리고 득이 될 것도 전혀 없었다.

단유강은 턱짓으로 문밖 나무를 가리켰다.

"단순한 내기야. 저 나무를 맞추는 사람이 이기는 거지. 어때?"

고개를 살짝 숙인 제갈미미의 눈에 회심의 빛이 번득였다. 조금 전에 나무를 맞추는 방법을 완벽하게 발견한 상황이다.

'이겼다!'

제갈미미는 속으로 환호성을 질렀다. 내기에 걸린 상품이 너무나 보잘것없었지만 그런 건 이미 중요하지 않았다. 그저 단유강과의 내기에서 이길 수 있다는 사실이 순수하게 기뻤다. 이건 자존심이 걸린 문제였다.

'지난번하고는 많이 다를걸? 호홋.'

제갈미미는 그래도 혹시 모르니 단유강이 먼저 비도를 날리길 원했다.

"먼저 던지세요."

단유강이 가볍게 고개를 끄덕이며 품에서 비도 하나를 꺼냈다.

"어려울 것 없지."

단유강의 손이 슬쩍 움직이자, 비도는 일직선으로 날아가 나무에 깊이 틀어박혔다.

제갈미미는 그 과정을 유심히 살펴보고는 크게 고개를 끄덕였다. 역시 자신의 예상대로 단유강의 손이 향한 방향과 비도가 날아가는 방향이 달랐다.

'그 자리가 정답이었어.'

제갈미미의 얼굴에 환한 미소가 맺혔다.

"이번에는 제 차례로군요. 한데 제가 나무를 맞추면 내기는 비기는 건가요?"

단유강이 고개를 저었다.

"그럴 리가. 네가 맞추면 내가 지는 걸로 해. 그래야 공평하니까."

단유강의 말에 제갈미미의 얼굴에 맺힌 미소가 더욱 짙어졌다.

"그 말, 후회하게 될 거예요."

제갈미미는 그렇게 말하고는 비도를 던졌다. 정확히 그녀가 원하는 방향으로 던졌고, 예상대로 똑바로 나무를 향해 날아갔다.

슉!

바람을 가르며 나무를 향해 날아가던 비도는 아슬아슬하게 나무 옆을 스치며 날아갔다.

"마, 말도 안 돼!"

제갈미미는 믿을 수 없었다. 자신의 위치도 아까 연습했던 바로 그 자리였고, 비도를 겨냥한 곳도 몇 번이나 연습한 바로 그 지점이었다. 절대 빗나갈 수 없는 상황이었다.

"그래도 거기까지 알아낸 노력은 인정하지 않을 수 없군. 쉽지 않았을 텐데 말이야."

단유강의 말은 전혀 위로가 되지 않았다. 제갈미미는 살짝 흥분한 눈으로 고개를 홱 돌려 단유강을 바라봤다.

"대체 어떻게 된 거죠?"

"뭐가?"

"제 비도가 왜 빗나간 거냔 말이에요!"

"그야 정확한 지점을 겨냥하지 않았으니까 그런 거지."

"그럴 리 없어요! 전 분명히 정확한 지점을 향해 던졌다고요! 바로 저 지점!"

제갈미미의 손이 철전 하나를 던졌다.

피슉!

철전은 똑바로 나무를 향해 날아갔다. 그리고 비도와 마찬가지로 아슬아슬하게 나무를 스치며 옆으로 빗나갔다.

"어, 어떻게 이럴 수가……. 아까는 분명히……."

"자자, 자세한 건 나중에 직접 알아보도록 하고. 계산을 마무리해야지?"

단유강의 말에 제갈미미가 체념한 얼굴로 고개를 푹 숙였다.

"하아! 알았어요. 보이면 되잖아요. 성의."

"좋아, 제갈세가에서도 가장 뛰어난 후기지수로 평가받는

청령화(淸靈花)의 솜씨를 기대하지."

제갈미미는 그 말이 마치 사슬처럼 자신의 몸을 꽁꽁 옭아매는 걸 느꼈다. 그녀의 한숨이 조용히 흩어졌다.

청룡단주 적사광은 일그러진 얼굴로 서찰을 와락 구겼다.

화르륵.

서찰이 순식간에 타올랐다. 꽉 움켜쥔 적사광의 손에서 뜨거운 열기가 쏟아져 나왔다.

"이제 와 그만두겠다니! 지금 나랑 장난을 하자는 것이냐!"

적사광의 눈에서 광망이 뿜어져 나왔다. 적사광은 치밀어 오르는 화를 억지로 참아내고 있었다.

서찰에는 진법의 대가를 만나지도 못했고 더 이상 찾을 수가 없어 임무를 포기하겠다는 내용이 쓰여 있었다. 그리고 더불어 그 책임을 지고 청룡단에서 나가겠다고 했다.

청룡단은 들어가는 것도 어렵지만 나가는 것도 쉽지 않았다. 청룡단이 무림맹으로부터 받는 지원은 정말로 대단했다. 그 막대한 도움을 받기만 하고 그냥 나가겠다는 건 말도 안 되는 일이었다.

하지만 제갈미미는 그렇지 않았다. 그녀는 지금까지 수많은 공을 세웠다. 그리고 무림맹으로부터 받은 것도 그리 많지 않았다. 제갈세가의 여식이 무림맹에서 개인적으로 받을 것이 있을 리 없었다.

다만 제갈세가로서는 제갈미미의 공 덕분에 뭔가 이득을 보긴 했다. 하지만 그건 그녀와는 전혀 상관없는 일이었다.

그렇게 생각하면 제갈미미가 청룡단에서 나가는 건 하등의 문제가 되지 않았다. 오히려 그녀가 가진 부단주의 자리가 공석이 되었으니 능력은 있지만 자리가 없어 일반 대원으로 머물던 사람이 승진할 수 있는 기회까지 제공한 셈이다.

하지만 적사광은 절대 그녀를 이대로 놔줄 생각이 없었다. 제갈미미는 앞으로의 무림맹에 반드시 필요한 인물이었다. 그리고 그녀의 뒤에 있는 제갈세가의 힘도 절대적으로 필요했다.

"하필이면 이런 시기에!"

이제 얼마 안 있으면 천마신교에서 곽진웅이 오십 명의 마인을 이끌고 무림맹으로 온다. 안팎으로 상당히 시끄러워질 것이다. 천마신교가 당당히 무림맹의 비호 아래 활동하는 것도 그렇고, 그들의 목적이 신강과 청해에서 은밀히 도망친 마인들을 처리하는 것이었기에 적지 않은 피가 흐를 것이다.

적사광은 이번 일을 계기로 무림의 긴 평화가 깨질 것 같은 예감이 들었다. 무림맹이 앞으로 계속 무림의 기둥으로 남아 있기 위해서는 그 시기를 잘 넘겨야 한다. 그러기 위해서는 힘과 인재가 필요하다.

"일단 맹주님을 만나야겠군."

이것은 제갈미미도 미처 예상치 못한 일이었다. 적사광이 그녀에게 이런 집착을 보일 거라고는 전혀 생각하지 못한 것이다.

만일 천마신교의 무사들이 무림맹으로 온다는 걸 알았다면 제갈미미도 절대 그런 서찰을 보내지 않았을 것이다. 지금 상황에서는 시간을 두고 상황을 지켜보는 것이 훨씬 나은 판단이었다.

하지만 아무리 제갈미미라도 거기까지 알 수는 없었다. 천마신교의 무사들이 무림맹으로 와서 활동을 한다는 사실은 당시 회의에 참석했던 자들만 알고 있는 극비였다. 그리고 앞으로도 절대 공개하지 않을 비밀이었다.

"벌써 알아낸 거야?"

단유강이 살짝 놀란 눈으로 백설영을 바라봤다. 백설영은 무표정한 얼굴로 고개를 끄덕였다.

"운이 좋았습니다. 이번 일과 연결되어 있어서 비교적 쉽게 꼬리를 잡을 수 있었습니다."

"그래? 이번 일이라면 상단?"

"예."

백설영은 상단을 만드는 일에 상당한 노력을 기울였다. 아직 기본적인 틀만 만들었을 뿐이지만, 그전에 미리 물밑 작업을 진행하는 중이었다.

"그들과 손을 잡을 정도면 작은 상단은 아니겠군. 게다가 무림맹의 눈을 속일 정도면 웬만한 상단으로는 어림도 없지."

"그렇습니다. 적련입니다."

"적련?"

단유강의 눈이 번득였다. 적련은 천하에서 열 손가락 안에 드는 상단이다. 그들의 잠재력까지 감안하면 훨씬 대단한 상단이었다.

"예상외로군. 그들 정도라면 굳이 그런 모험을 할 필요가 없을 텐데 말이야."

단유강은 잠시 생각에 잠겼다. 그제야 조금 이해가 갔다. 도박장의 무사들이 그렇게 강한 이유를 알아낸 것이다. 적련의 힘이라면 그 정도는 일도 아니다.

"흐음, 그러니까 암흑가까지 집어삼키시겠다, 이거로군. 하긴 피에 미친 마인 오백이라면 충분하지."

단유강의 말에 백설영이 살짝 고개를 숙였다. 굳이 거기까지 보고하지는 않았다. 아직 확신할 수 없었기 때문이다.

단유강은 씨익 웃으며 말을 이었다.

"단, 무림맹이 나서지 않는다면 말이야."

"다른 천망단에 정보를 흘리겠습니다."

단유강이 고개를 끄덕였다.

"그래. 출처가 밝혀지지 않게 조심하고. 웬만하면 아무도 안 다치는 쪽으로 가보자고."

"명심하겠습니다."

백설영이 고개를 숙인 후 물러가자, 단유강은 다시 침상에 누웠다. 그리고 무릎을 세우고 다리를 꼰 채 발을 까딱였다.

"마인 오백에 적련이라……. 이거 예감이 안 좋은데."

단유강의 표정이 점점 딱딱하게 굳어갔다. 미고현에 자리 잡은 이후 처음 느끼는 불길함이었다.

마치 피 냄새가 나는 것 같았다. 코를 마비시킬 정도로 지독한 혈향이 느껴졌다.

"이런 건 싫은데……."

단유강은 지그시 눈을 감고 잠을 청했다.

第二章
적련

태룡전 龍濤

적련은 천하를 아우르는 상단의 연합체다. 다섯 개의 중소 상단이 그들을 위협하는 대상단에 대항하기 위해 힘을 모은 것이 그 시작이었다. 비록 시작은 볼품없었지만 그들은 오랜 세월을 살아남았고, 그동안 착실히 힘과 재력을 불려 나갔다.

지금의 적련은 천하에서 그 누구도 두려워하지 않을 정도로 성장했다. 그들이 두려워하는 것은 단 하나뿐이었다.

"무림맹이 들썩이고 있습니다."

삼총관의 말에 적련의 련주인 우부경은 조용히 차를 한 모금 마셨다.

적련에는 모두 다섯의 총관이 있고, 그들은 각자에게 주어진 권한으로 적련의 힘을 키운다. 실질적으로 적련을 움직이는 자들이 바로 총관이었다.

삼총관은 적련에서도 가장 중요한 권한을 가진 자였다. 적련의 모든 정보를 움켜쥔 사람이 바로 삼총관이었다. 삼총관은 그것 하나만으로 다섯 총관 중 가장 큰 권력을 손에 넣었다.

"최대한 흔적을 감추고 있지만 워낙 다루기 힘든 자들이라서 언제 터져 나갈지 장담할 수가 없습니다."

삼총관의 염려스런 얼굴을 힐끗 쳐다본 우부경은 사람 좋은 미소와 함께 고개를 끄덕였다.

"너무 염려하실 것 없습니다. 어차피 언젠가는 드러나게 될 일입니다. 하지만 우리가 그들에게 어떤 식으로든 연관이 있다는 사실이 드러나선 안 됩니다."

우부경의 말에 삼총관이 곤혹스러운 표정을 지었다. 이건 절대로 쉬운 일이 아니었다. 아니, 어쩌면 벌써 정보가 일부 새 나갔을 수도 있었다. 그만큼 마인들을 다루는 건 쉽지 않았다. 게다가 수가 무려 오백이나 된다. 그들과 관련된 모든 것을 적련이 제공하고 있다. 생필품에서부터 음식까지 모조리 적련이 처리하니 비밀이 새 나갈 틈이 너무나 많았다.

삼총관의 걱정을 알고 있다는 듯 우부경이 빙긋 웃으며 그를 바라봤다.

"지금부터 차근차근 준비해도 늦지 않습니다. 심중만 가지고는 아무것도 할 수 없다는 걸 잘 아시지 않습니까. 더구나 무림맹처럼 거대한 곳이 우리 적련처럼 큰 상단을 상대하려면 더더욱 그렇지 않겠습니까?"

삼총관은 잠시 멍한 눈으로 우부경을 바라봤다.

'처음부터 이럴 생각이었단 말인가?'

우부경의 나이 이제 고작 서른이다. 적은 나이는 아니지만 적련이라는 거대한 상단을 이끌어가기엔 쉽지 않은 나이다. 실제로 전대 적련주는 오십에 련주의 자리에 앉아 환갑과 동시에 물러났다. 우부경에게 자리를 내주고 말이다.

"지시하신 대로 이행하겠습니다."

"서두르시면 안 됩니다. 일이 지나치게 늦어지는 것도 문제지만, 서두르다가 빈틈을 만드는 것보다는 차라리 늦는 게 낫습니다. 제 말, 무슨 뜻인지 아시겠습니까?"

삼총관은 깊이 고개를 조아렸다.

"물론입니다. 제 역량을 모두 동원하겠습니다."

"기대하죠."

우부경의 말이 끝나자, 삼총관은 조용히 인사한 후 물러났다. 우부경은 삼총관이 완전히 사라질 때까지 미소를 지우지 않고 그를 바라봤다.

"아아, 맹을 나서는 게 얼마 만인지 모르겠네."

사마자혜는 기분 좋은 얼굴로 사뿐사뿐 걸음을 옮겼다. 사마자혜의 뒤로 한 명의 사내가 그림자처럼 따라가고 있었다. 그리고 모습은 드러내지는 않았지만 은밀히 그녀를 보호하기 위해 따라나선 자들도 십여 명이나 있었다.

"아가씨, 시간이 너무 지체되었습니다."

사마자혜를 뒤따르던 사내 노극민이 그녀에게 한 발 다가가 말했다. 사마자혜는 살짝 입술을 삐죽였다.

"알았어요. 그래도 조금만 더 이렇게 걸어요. 이렇게 경치가 좋은데 그냥 지나치는 건 자연에 대한 실례에요."

노극민은 그 말에 속으로 고개를 저었지만 한편으로는 이해가 됐다. 사마자혜는 무림맹에서 거의 나오는 일이 없었다. 갇혀 있다고 해도 과언이 아닐 정도였다. 그리고 밖에 나오더라도 무한을 벗어나는 일이 없었다. 그야말로 무림맹에서 나고 자란 여인이었다.

그런 사람이 처음으로 무한 밖으로, 그것도 호북을 넘어 사천까지 왔으니 들뜨는 건 당연했다. 최대한 빠르게 이동하긴 했지만, 사마자혜가 수시로 이동을 멈추는 바람에 일정이 상당히 지체됐다.

이래저래 노극민만 애가 탔다. 이제 조금만 더 가면 목적지에 도착하는데 이런 곳에서 시간을 낭비하고 있으니 답답하기 그지없었다.

"아가씨."

"하아! 조금만 더 보고 싶었는데. 어쩔 수 없죠. 가요."

사마자혜는 그렇게 대답하고는 미련이 남은 눈으로 멀찍이 보이는 웅장한 산을 한 번 바라봤다. 마음 같아서는 저 산에 오르고 싶었지만 지금은 그럴 수 없었다.

이내 두 사람은 경공을 전개해 앞으로 나아갔다. 이대로 몇 시진만 더 가면 목적지인 미고현이었다.

"아가씨, 천망칠십오대가 머무는 장원은 이쪽으로 가야 합니다."

노극민은 의아한 표정으로 사마자혜에게 말했다. 사마자혜는 상당히 뛰어난 여인이었다. 무공도 무공이지만, 머리가 좋고 실수를 하는 일이 드물었다. 한데 그런 그녀가 전혀 다른 길로 향하고 있었다.

"아가씨."

노극민은 다시 한 번 사마자혜를 불렀다. 사마자혜는 미소를 지으며 대답했다.

"저도 알아요. 하지만 그냥 가면 재미가 별로 없지 않겠어요? 조금만 둘러보고 가요."

사마자혜의 말에 노극민의 안색이 살짝 어두워졌다. 설마 여기까지 와서 이럴 줄은 몰랐다. 게다가 지금 이곳은 미고현 안이다. 그다지 볼 것도 없는 곳이었다.

"아가씨."

"알았다니까요. 어찌 되었든 미미를 다시 데려가기만 하면 되는 거잖아요?"

사마자혜의 말에 노극민은 더 이상 말을 이을 수가 없었다.

'하긴 허튼 행동이나 말은 잘 안 하는 사람이긴 하지.'

노극민은 조용히 사마자혜의 뒤를 따르며 눈을 빛냈다. 그녀가 무슨 속셈을 가졌는지 모르지만 분명히 임무 수행에 도움이 될 것이다.

'후우! 조급해할 필요는 없지.'

노극민은 그렇게 생각하며 마음을 편히 가졌다.

연백철은 연방 투덜거리며 걸음을 옮겼다. 그는 지금 단유강의 거처로 가는 중이었다. 오늘부터 다시 단유강의 점심을 사다 날라야 했다.

"젠장, 너무 안 움직이는 거 아냐? 이러다가 다리가 썩어도 난 모른다. 쳇."

연백철은 쉴 새 없이 투덜거리면서도 걸음을 빨리했다. 귀찮다고 구시렁거리긴 했지만 사실은 미안한 마음을 감추기 위한 행동일 뿐이었다. 단유강에게 받은 것은 산더미인데 자신이 해줄 수 있는 건 고작 이런 심부름뿐이라 생각하니 왠지 스스로가 한심해졌기 때문이다.

얼마 전에 제갈무군과 하후량, 하후령 형제가 도박장의 무사들과 싸웠다는 사실을 전해 들은 후로는 더 그랬다. 자기도 그런 싸움에서 단유강의, 아니, 동료들의 도움이 되고 싶었다.

"하긴, 난 아직 약하니까."

왠지 자괴감이 들었다. 아직 하후량이나 다른 대원들에 비해 연백철은 너무나 약했다. 비록 열심히 수련을 하고 있긴 하지만, 또 단유강의 도움으로 상당히 강해지긴 했지만 칠십오대의 일원으로 당당해지기에는 아직 멀었다.

"어라?"

연백철은 누군가 장원으로 들어오는 모습을 발견하고는 의아한 표정을 지었다. 연무장에서 단유강의 거처로 가기 위해서는 정문이 보이는 곳을 지나칠 수밖에 없었다. 딱 그 순간 기다렸다는 듯 누군가가 들어온 것이다.

"누구십니까?"

연백철은 하는 수 없이 방향을 돌려서 정문으로 다가갔다. 이곳은 천망단이 쓰는 장원이다. 엄연히 무림맹 소속인 것이다. 아무나 함부로 들어올 수 있는 곳이 아니었다.

들어온 사람은 두 명이었다. 놀랄 정도로 아름다운 여인 한 명과 날카롭게 벼린 한 자루 검 같은 사내였다.

'거의 백 소저만큼이나 예쁜 사람이네.'

연백철은 그런 생각을 하며 대답을 기다렸다. 사마자혜는 연백철을 향해 예쁘게 웃어준 후 입을 열었다.

"사마자혜예요. 무림맹에서 나왔답니다."

연백철의 눈이 살짝 커졌다. 무림맹에서 아무런 연락도 하지 않고 이렇게 들이닥칠 줄은 몰랐다. 천망단원이 된 지 고작 몇 달이지만 그동안에 한 번도 겪어보지 못했고, 다른 대원들에게 듣기로도 분명히 그랬다. 심지어는 감찰단이 감사를 올 때도 미리 기별은 넣고 온다.

"이곳에 미미가 있다는 말을 듣고 찾아왔어요."

연백철은 그제야 고개를 끄덕였다. 제갈미미가 청룡단에서 나왔다는 말을 듣고 얼마나 놀랐던가. 무려 부단주였다. 그런 직책을 내던졌다는 말에 한편으로는 아까워하면서도 다른 한편으로는 정말로 대단하다고 생각했다.

'역시 그쯤 되니까 무림맹에서도 이렇게 나오는구나.'

세상에 이곳까지 사람을 파견해서 설득하려 하다니, 얼마나 대단한 사람이면 그렇게 하겠는가.

연백철은 속으로 감탄하며 대답했다.

"이곳에 머물지는 않습니다. 가끔 찾아오기는 하지만. 그분을 만나시려면 미고현 중심으로 더 들어가셔야 합니다."

"아, 그런가요?"

사마자혜는 의외라는 듯 눈을 동그랗게 뜨고 연백철을 바라봤다. 제갈미미가 청룡단에서 나온 이유가 천망칠십오대의 대주라는 단유강에게 있다고 판단했는데, 그 예상에 살짝 금이 갔다.

"그렇습니다. 더 정확한 거처를 알려드리고 싶지만 그건 아직 저도 잘 모르는지라……."

연백철은 최대한 정중하게 말했다. 자칫 잘못 보여 칠십오 대에 불이익이 떨어지면 곤란하기 때문이었다.

"그렇군요. 하면 대주님을 좀 뵙고 갈 수 있을까요?"

"그건 어렵지 않습니다만……. 아마 대주님께서도 모르실 것입니다."

연백철의 말에 사마자혜가 빙긋 웃었다.

"네, 상관없답니다. 그저 이곳까지 왔는데 대주님도 안 뵙고 그냥 가면 실례일 것 같아서요."

연백철은 납득했다는 듯 고개를 끄덕였다. 무림맹의 비공 식적인 감찰일지도 모른다는 생각이 불현듯 들었다. 그렇다 면 더더욱 꼬투리를 잡혀선 안 된다. 연백철의 태도가 더욱더 정중해졌다.

"여기서 멀지 않습니다. 제가 먼저 가서 대주님께 상황을 알리겠습니다. 천천히 따라오십시오."

연백철의 말투가 워낙 정중했는지라 사마자혜는 기분 좋 게 고개를 끄덕였다. 그리고 그녀의 뒤에 서 있던 노극민의 표정도 살짝 풀렸다.

연백철은 경공까지 발휘해 단유강의 거처로 달려갔다. 최 소한 단유강이 침상에 누워서 이들을 맞이하는 사태는 막고 싶었다.

사마자혜는 연백철이 달려가는 뒷모습을 보며 눈을 빛냈다.

"천망단의 일개 대원치고는 꽤 뛰어난 것 같지 않아요?"

"그래 보입니다. 적어도 그동안 봐온 천망단의 대주들보다는 뛰어난 듯합니다."

"그런 사람이 일개 대원으로 있군요?"

사마자혜의 말에 노극민이 살짝 고개를 숙였다.

"알아보겠습니다."

"그럼 우리도 슬슬 가볼까요?"

사마자혜는 그렇게 말하고는 연백철이 달려간 방향으로 걸음을 옮겼다. 저렇게 급하게 가는 걸 보니 서둘러 따라가고 싶어졌다. 뭔가를 감추려는 분위기가 짙게 풍겼다.

'아마 나려타곤이라는 칠십오대주의 별호와 관계가 있겠지?'

사마자혜의 입가에 즐거운 미소가 감돌았다.

"흐으음."

단유강은 약간 미심쩍다는 눈으로 앞에 앉은 사마자혜를 바라봤다. 단유강의 그런 눈빛에 사마자혜는 살짝 당황했다. 단유강의 눈빛은 누가 봐도 의심이 가득했다.

'지, 지금 내 정체를 의심하는 거야?'

대놓고 그렇다고 말해도 사실 할 말은 없었다. 무림맹에서 왔다는 것을 증명할 방법이 아직은 없었기 때문이다.

사마자혜는 제갈미미를 설득하기 위해 왔기에 굳이 그런

표식이 필요치 않았다. 노극민의 경우는 그녀를 호위하는 게 일이니 더더욱 필요없었다. 아니, 그의 경우는 무림맹 내에서도 특별한 직책이 없었다.

노극민의 눈썹이 몇 차례 꿈틀거렸다. 사마자혜에게 불경한 눈빛을 보내는 단유강을 당장에라도 징치하고 싶었다. 하지만 차마 그렇게 할 수 없었다. 그저 조용히 이를 갈며 단유강을 무서운 눈으로 노려보는 것이 그가 할 수 있는 전부였다.

"무림맹에서 왔다고 치죠. 그래, 무슨 일로 오셨습니까?"

단유강의 말투는 정중했지만 사마자혜나 노극민의 기분을 단번에 바닥으로 추락시켜 버렸다. 연백철만이 단유강 옆에서 안절부절못하고 있을 뿐이었다.

"제갈 부단주를 만나러 왔습니다."

"제갈 부단주?"

단유강은 잠시 고개를 갸웃거렸다. 일부러 기억이 잘 안 나는 척한다는 게 너무나 훤히 눈에 보였다. 사마자혜의 평정심이 살짝 흔들렸다.

"아아, 미미를 말하는 거군요. 미미라면 이곳에 머물지 않습니다."

사마자혜가 미간을 살짝 찌푸렸다. 단유강과 제갈미미 사이에 정말로 뭔가가 있는 것 같아서 기분이 나빠졌다. 예상을 전혀 못한 건 아니지만 그래도 못마땅했다.

"또한 이곳을 감찰하기 위해 왔습니다."

"감찰?"

단유강이 흥미로운 눈으로 사마자혜를 바라봤다. 사마자혜는 평정심을 유지하려 애쓰며 단유강의 눈빛을 받아넘겼다.

"무슨 권한으로 감찰을 하겠다는 겁니까?"

"우리는 본맹에서 나왔어요. 천망단을 감찰할 권한은 충분하다고 생각하는데요."

단유강이 손을 내밀었다.

"명령서나 공문은?"

사마자혜는 고개를 저었다.

"그런 건 없어요. 하지만……."

단유강은 사마자혜의 말을 중간에서 끊고 다시 물었다.

"명령서나 공문은?"

단유강의 말투는 냉랭했다. 사마자혜는 조금 당황하긴 했지만 그래도 당당했다.

무림맹에서 사마자혜의 위치는 상당히 높았다. 딱히 직책을 가진 것은 아니었지만 무림맹의 군사인 사마자문의 딸이었다. 능력을 인정받아 어릴 때부터 무림맹의 일을 해왔다. 무림맹 하위 부서의 감찰도 여러 번 경험했다. 하지만 그녀에게 명령서나 공문을 요구한 사람은 아무도 없었다.

"그러니까 명령서나 공문도 없이 감찰을 하겠다, 이거로군? 신분을 증명하지도 못하면서 다짜고짜 감찰하겠다고?"

단유강은 그렇게 말하며 슬쩍 고개를 돌려 연백철을 바라봤다.

"몇 달 전에 찾아왔던 사기꾼하고 수법이 아주 똑같지 않아?"

단유강의 물음에 연백철은 자신도 모르게 고개를 끄덕이고 말았다. 그런 적이 있었느냐고 묻는다면 아니라고 대답할 것이다. 연백철은 모르는 일이었다. 하지만 단유강의 눈빛을 보고는 반사적으로 그렇게 해버렸다.

"사, 사기꾼? 지금 날 보고 사기꾼이라고 하는 건가요?"

결국 사마자혜는 흥분해 버렸다. 아무리 대단한 사람이라고 하지만 이렇게 대놓고 무시를 당하고 사기꾼이라고 매도당하면 화가 나는 법이다.

"내가 언제 그랬지?"

"지금 그랬잖아요!"

"난 몇 달 전에 사기꾼이 찾아왔었다는 얘기밖에 한 적이 없는데? 혹시 제 발이 저려서 이런 반응을 보이는 건 아닌가?"

단유강의 말에 사마자혜의 얼굴이 붉게 달아올랐다. 너무나 화가 났다. 당장이라고 저 유들유들한 얼굴에 한 방 먹이고 싶었다. 하지만 그녀보다 그녀의 뒤에 서 있던 노극민이 먼저 나섰다.

스릉.

노극민은 검을 뽑아 단유강에게 겨눴다.

"꿇어라, 죽고 싶지 않으면."

단유강은 눈을 빛내며 노극민을 쳐다봤다. 노극민의 표정은 얼음장처럼 차가웠다.

"호오, 이건 뭔가? 감히 무림맹은 안중에도 없다는 뜻인가?"

단유강의 말에도 노극민은 얼굴빛 하나 변하지 않았다. 아무것도 거리낄 것이 없었다. 무림맹은 자신의 편이었다. 고작 천망단의 대주 하나 처리한다고 무림맹에서 자신에게 제재를 가하진 않을 것이다.

"어디 보자……."

단유강은 씨익 웃으며 연백철을 바라봤다.

"백철아, 당장 가서 전서구 띄워라."

"예?"

연백철은 갑작스런 단유강의 말에 무슨 영문인지 몰라 어리둥절한 표정을 지었다.

"마인 두 명이 우리를 습격했다고 전서구 띄우라고. 무슨 말인지 아직도 모르겠느냐?"

"허억!"

연백철은 크게 당황해서 단유강과 노극민을 번갈아 쳐다봤다. 그리고 사마자혜를 바라봤다.

"알겠습니다!"

연백철은 굳은 표정으로 대답하고는 즉시 몸을 날렸다.

노극민은 연백철이 갑자기 움직이자 깜짝 놀랐다. 아니, 방금 전에 단유강이 한 말 때문에 놀랐다. 단유강은 지금 자신을 천마신교에서 도망친 마인으로 단정했다.

"무슨 짓이냐!"

노극민이 외치며 연백철을 막아섰다. 하지만 연백철을 너무 과소평가했다. 연백철은 추뢰보를 펼쳐 미끄러지듯 노극민의 간격에서 벗어났다.

연백철이 방에서 빠져나가자, 노극민과 사마자혜가 크게 당황했다. 만일 정말로 그런 전서구를 보낸다면 무림맹은 큰 혼란에 빠질 것이다.

현재 무림맹에는 백호단이 언제라도 출동할 태세를 갖추고 있다. 게다가 청룡단의 일부도 그 일에 차출되어 준비 중이었다. 그들은 천마신교에서 도망친 오백 마인이 천망단의 그물에 걸려들기만을 기다리고 있는 중이었다.

그런데 그런 전서구가 무림맹에 도착하면 어찌 되겠는가. 그들이 당장 이곳으로 달려올 것이다. 아직 발견하지도 못한 마인들 때문에 그들이 움직인다면 사태는 걷잡을 수 없는 상황으로 빠져들 것이다.

'나도 책임을 벗어날 수 없다.'

사마자혜는 당황스런 눈으로 단유강을 노려봤다. 단유강

의 표정은 여전히 유유자적했다.

"그, 그만두세요."

단유강은 슬쩍 눈을 돌려 노극민을 쳐다봤다. 노극민의 얼굴이 더욱 차갑게 굳어졌다. 노극민은 다시 검을 뻗어 단유강의 목젖에 검끝을 들이댔다.

"흐음, 요즘 마인들은 겉보기만으로는 잘 모른다더니, 정말이로구나. 마인이 이렇게 당당하게 활보하는 세상이 올 줄이야."

단유강의 말에 사마자혜는 속이 타들어갔다. 말만 들어보면 자신을 정말로 마인이라 여기는 것 같았다. 하지만 표정을 보면 절대 아니었다. 단유강은 지금 자신을 놀리고 있었다.

문제는 그냥 단순히 상황만 놓고 보면 단유강이 잘못한 게 없다는 점이었다.

"하아, 알았어요. 내가 잘못했으니 그만 노여움을 푸세요."

사마자혜가 사과하자 노극민이 눈을 부릅떴다. 그리고 이글거리는 눈으로 단유강을 노려봤다. 사마자혜는 그런 노극민에게 눈짓을 했다. 노극민은 결국 한숨과 함께 검을 거뒀다.

그제야 단유강이 빙긋 웃었다.

"꽤 괜찮은 소저로군."

단유강의 말에 사마자혜가 잠시 발끈했지만 이내 체념한 듯 고개를 절레절레 저었다.

"어이! 백철아! 벌써 전서구 날린 건 아니겠지?"

단유강이 소리치자, 문이 슬며시 열리며 연백철이 고개를 들이밀었다.

"백 소저가 남는 전서구 없다고 해서 그냥 돌아왔는데요? 근데 꼭 날려야 하는 겁니까?"

연백철의 말에 단유강이 유쾌하게 웃었다.

"하하하핫! 역시 날 실망시키지 않는구나. 됐으니까 이리 들어와라. 하하하핫!"

사마자혜는 방 안에 들어오는 연백철을 묘한 표정으로 바라봤다. 연백철은 처음 그녀가 생각했던 것보다 훨씬 강했다. 더욱 깊은 의문이 들었다.

"아가씨, 괜찮으십니까?"

노극민은 걱정스런 얼굴로 물었다. 사마자혜의 안색이 좋지 않았다.

"분해."

사마자혜의 말에 노극민은 입을 다물고 조용히 뒤로 조금 물러났다. 두 사람은 잠시 말없이 걸었다. 그들이 향하는 곳은 미고현의 중심부였다. 그곳에 있는 객잔에 머무를 생각이었다.

원래는 칠십오대가 머무는 장원에서 지내려고 했다. 그래야 혹시 제갈미미가 그곳에 왔을 때 쉽게 만날 수 있을 테니까 말이다. 한데 그러지 못했다. 단유강 때문이었다.

"어떻게 그렇게 매몰차게 내쫓을 수가 있어?"

사마자혜는 화가 났지만 단유강에게 뭐라고 할 수는 없었다. 엄밀히 말하면 단유강은 원칙에 충실할 뿐이었으니까. 원리원칙대로 사는 사람에게 죄를 물을 수는 없는 법 아닌가.

노극민은 감정을 마구 분출하는 사마자혜의 모습을 뒤에서 가만히 바라보다가 자신도 모르게 빙긋 웃고 말았다. 그동안 사마자혜를 보호한답시고 따라다닌 지 벌써 오 년째다. 한데 이렇게 다양한 감정을 표하는 것은 처음이었다.

'어떤 면으로는 대단한 사람이군.'

사마자혜를 이렇게 만들 수 있다는 것도 대단하고, 그런 뛰어난 수하를 거느렸다는 사실도 대단하다. 노극민이 파악한 연백철의 능력은 지금 당장 청룡단에 들어가도 무리가 없을 정도로 대단했다.

'어쩌면 그 이상일 수도……'

사마자혜는 그 이후로도 잠시 동안 분통을 터뜨렸지만 이내 다시 평온한 얼굴로 돌아갔다. 놀랄 정도로 감정 조절이 빨랐다.

"아마 미미도 객잔에 머물고 있겠군요. 미미가 머물 가능성이 높은 객잔을 찾는 게 좋겠어요."

사마자혜의 말에 노극민이 살짝 고개를 숙이고는 주위를 둘러봤다. 미고현이 그동안 상당히 발전했다고는 하지만 그래도 두 사람의 눈에 차는 객잔은 없었다. 그나마 그중에서 상태가 가장 괜찮아 보이는 객잔으로 향했다.

단가객잔.

"왠지 이름이 마음에 안 드네요."

사마자혜는 입술을 살짝 삐죽였다. 단가라는 말에 단유강이 떠올랐다. 천망단의 장원에 들르기 전에 미고현을 비롯한 근처 마을까지 돌아다니며 단유강에 대한 평판을 조금 모았다. 그때의 평판으로 내릴 수 있는 결론은 하나였다.

나려타곤(懶驢打滾).

그것은 단유강의 별호이자 그를 나타내는 완벽한 말이었다. 하지만 실제로 만나보니 별호가 잘못되어도 한참 잘못되었다는 걸 알 수 있었다. 단유강은 당나귀가 아니라 여우였다. 그리고 게으르지도 않았다.

'게으른 사람은 절대 그런 눈빛을 가질 수 없어.'

사마자혜가 단유강에 대해 알아본 것은 제갈미미가 단유강 때문에 돌아오지 않았다고 생각했기 때문이다. 사랑에 빠진 사람은 종종 모든 것을 버리기도 한다.

'나라면 절대 그러지 못하겠지만.'

그래서 더 충격이었다. 제갈미미도 자신과 비슷한 부류의 사람이라고 여겼다. 한데 이렇게 멋지게 모든 걸 내던졌다. 아니, 절대 멋지지 않다. 이건 어리석은 짓이다. 그래서 그 어리석음을 일깨워 주고 다시 제갈미미를 데려가기 위해 이렇게 직접 여기까지 왔다.

"아가씨, 들어가시지요."

노극민의 말에 사마자혜는 상념에서 벗어났다. 그리고 단가객잔 안으로 발을 들였다. 객잔은 상당히 깨끗했다. 사람도 꽤 많았고, 코를 자극하는 음식 냄새도 뛰어났다. 좋은 객잔이었다. 그게 더 사마자혜의 심기를 거슬리게 했다. 단가객잔이라는 이름에 어울리지 않는 곳 아닌가.

단가객잔에는 별채도 있었다. 미고현에서 별채를 갖춘 곳은 단가객잔뿐이었다. 세 개의 별채가 있었는데, 그중 두 개는 먼저 든 손님이 있었고, 남은 하나를 사마자혜가 차지했다.

"별채라도 있어서 정말 다행이죠?"

"그렇습니다."

노극민은 진심으로 그렇게 생각했다. 만일 일반 객실에 묵는다면 노극민은 괜찮겠지만 암중에 호위하는 자들의 고생이 만만치 않다. 하지만 이렇게 별채를 얻으면 그들도 나름대로 편안히 쉴 수 있다. 물론 호위는 빈틈없이 해야겠지만.

'어쨌든 다들 나보다 나은 자들이니⋯⋯.'

노극민의 실력도 뛰어나지만 암중에서 호위하는 자들은 그보다 더욱 대단했다. 그들이 있기에 노극민도 안심하고 사마자혜를 보호할 수 있었다.

노극민은 사마자혜가 방으로 들어가는 모습을 끝까지 지

커본 후 돌아서서 눈을 빛냈다. 이제 진짜 자신의 일을 할 시간이 된 것이다.

'해야 할 일은 두 가지인가?'

우선 연백철에 대해 알아봐야 한다. 그리고 제갈미미가 어디 있는지 찾아내야 한다. 제갈미미를 찾는 건 그리 어렵지 않을 듯했다. 잠깐만 수소문해도 금세 찾을 수 있을 것이다. 하지만 연백철의 뒷조사는 그리 쉽지 않을 것이다.

'쉬우면 재미가 없는 법이지.'

노극민의 입가에 의미심장한 미소가 맴돌았다.

단유강은 아쉬운 표정으로 침상에서 일어나 밖으로 나갔다. 그런 단유강의 뒷모습을 바라보며 연백철이 한숨과 함께 고개를 저었다.

"대주님, 그런데 아까 그 사람들, 그냥 그렇게 보내도 됩니까?"

"왜? 걱정돼?"

"당연하지 않습니까. 사마자혜라는 그 소저, 아마 무림맹 군사의 따님일 겁니다. 그런 사람을 그렇게 내쫓았으니 분명히 후환이 있지 않겠습니까?"

"무림맹주나 군사는 그렇게 가벼운 사람이 아니야. 그런 걸로 후환을 남기거나 하지는 않아."

"그래도 사람인데⋯⋯."

연백철은 걱정을 지울 수 없었다. 무림맹 군사라면 어마어마한 권력을 가진 사람이다. 그저 입김 한 번 혹~ 부는 걸로 천망단의 일개 대주 정도는 갈아치울 수 있을 정도로 대단하다.

"걱정하지 마라. 내가 괜찮다면 괜찮은 거야. 다만⋯⋯."

단유강은 의미심장한 눈으로 연백철을 쳐다봤다. 연백철은 영문을 몰라 눈을 끔뻑이며 단유강을 바라봤다.

"네가 좀 귀찮아질 수도 있겠구나."

연백철은 단유강의 말이 무슨 뜻인지 몰라 고개를 갸웃거렸다. 자신이 귀찮아질 일이 뭐가 있겠는가. 단유강은 씨익 웃으며 화제를 전환했다.

"그나저나 추뢰보의 성취가 제법이던데?"

연백철이 뒷머리를 긁적였다.

"뭐, 어쩔 수 없는 상황이라서⋯⋯."

그동안 연무장에서 하후량, 하후령 형제와 함께 수련했다. 물론 그렇게 하고 싶었던 건 아니었다. 하지만 두 사람이 다 짜고짜 검을 날렸기 때문에 어쩔 수가 없었다.

연백철은 목숨을 걸고 두 사람의 공격을 피했다. 역공은 꿈도 꿀 수 없었다. 쌍칼 형제의 실력은 감히 연백철이 어찌할 수 없을 정도였다. 그저 피하는 것만 해도 모든 정신력과 기력을 쥐어짜야 했다. 덕분에 추뢰보를 정말로 제대로 익힐 수 있었다.

"검법도 제대로 익혀라, 철판처럼 되기 싫으면."

단유강의 말에 연백철이 또 고개를 갸웃거렸다. 제갈무군이 얼마나 강한지 연무장에서 겪어봤다. 쌍칼이 연백철을 상대할 때는 손속에 사정을 많이 두고 하는 편이다. 하지만 제갈무군에게는 그런 거 없이 최선의 공격을 했다. 그런데도 제갈무군은 그 모든 공격을 여유롭게 피해냈다.

　'그 정도 실력만 돼도 여한이 없겠구먼 무슨……'

　연백철은 그런 생각을 하며 단유강의 뒤를 따랐다.

　"그런데 지금 어디를 가시는 겁니까?"

　단유강은 연백철의 질문에 황당한 눈으로 그를 바라봤다.

　"밥은 먹어야 할 것 아냐? 게으른 부하 때문에 밥을 굶을 수야 없지 않겠어?"

　연백철은 그 말에 단유강보다 더 황당하다는 표정을 지었다. 세상에, 누가 누구를 보고 게으르단 말을 한단 말인가. 새벽같이 일어나서 밤늦게까지 수련에 매진하면서도 대주의 밥까지 챙겨주는 자신이 하루 종일 침상에서 뒹구는 나려타곤에게 그런 말을 듣다니!

　"가자. 너도 밥 안 먹었지? 오늘은 내가 사지."

　단유강이 휘적휘적 앞서가자, 연백철이 잠시 멍한 눈으로 단유강의 등을 바라보다가 이내 고개를 휘휘 젓고는 걸음을 옮겼다.

　"단가객잔?"

연백철은 커다란 객잔 앞에 서서 반사적으로 단유강을 바라봤다.

"설마… 여기… 대주님의……."

"거기 서서 뭐 해? 들어가자. 여기 음식이 꽤 괜찮거든. 숙수를 구할 때 신경을 좀 썼지."

연백철은 단유강이 객잔 안으로 들어가 버리자 황급히 그 뒤를 따랐다.

두 사람은 이층 창가에 자리를 잡았다. 미리 준비를 한 듯 두 사람이 자리에 앉자마자 탁자 위에 먹음직스런 음식들이 쫙 깔렸다. 연백철로서는 생전 듣도 보도 못한 요리들뿐이었다.

단유강은 말없이 음식을 먹기 시작했다. 연백철도 잠시 단유강과 주위의 눈치를 살피다 조금씩 요리를 먹었고, 이내 그 맛에 감탄하며 정신없이 먹어대기 시작했다.

요리는 빠른 속도로 사라져 갔다. 그 많은 요리가 몽땅 사라질 때까지 단유강과 연백철은 아무런 말도 하지 않고 먹는 데에만 열중했다.

사실 연백철은 상당히 답답했다. 단유강의 분위기가 평소와 달라 함부로 말을 꺼낼 수가 없었다. 분위기에 압도당한 것이다.

이윽고 모든 요리가 사라졌다. 단유강은 깨끗한 천으로 조용히 입을 닦았다.

"어때? 꽤 먹을 만하지?"

"상당히 맛있었습니다."

연백철은 진심을 담아 그렇게 말했다. 이곳 단가객잔의 음식은 정말로 맛있었다. 큰 도시에 나가도 이런 수준의 음식을 먹기는 결코 쉽지 않을 듯했다.

"한데……."

연백철이 주위를 둘러보며 말을 이었다.

"생각보다 손님이 별로 없는 게 이상합니다. 이 정도 맛이라면 입소문이 나도 벌써 났어야 할 것 같은데……."

그 말대로 지금 두 사람이 있는 이층에는 그들을 제외하고는 손님이 하나도 없었다. 올라오기 전에 본 일층에는 그나마 몇 명 있었지만 탁자 수에 비하면 없는 거나 마찬가지였다.

"생각보다 값이 비싸거든. 그리고 이층은 일층보다 세 배나 더 비싸고."

"예?"

연백철의 눈이 휘둥그레졌다. 그냥 얻어먹는다고 생각해 가격은 확인조차 해보지 않았다. 부랴부랴 가격을 알아보니 그야말로 헉! 소리가 날 정도로 비쌌다.

"이, 이건 너무 비싸지 않습니까?"

웬만한 요리는 하나에 은자 한 냥이 넘었다. 방금 전에 먹은 요리가 꽤 많았으니 적어도 은자 열 냥은 될 것이다. 더구나 이곳은 이층이니 그것의 세 배, 즉 은자 삼십 냥짜리 식사를 한 것이다.

"그래도 앞으로는 좀 달라질 거야."

연백철이 영문을 모르겠다는 표정을 짓자, 단유강이 씨익 웃으며 말을 이었다.

"미고현은 아직도 발전하는 중이거든. 이제 곧 단가상단이 문을 열면 발전 속도가 훨씬 빨라지겠지. 상단은 돈의 흐름을 만들고, 돈이 흐르면 사람이 모여드는 법이거든."

단유강의 말에 연백철은 입을 다물고 무거운 표정을 지었다. 지금 눈앞에 앉아 있는 상관의 생각을 도저히 읽을 수가 없었다.

그저 돈만 많이 벌고자 하는 걸로 보이지는 않았다. 만일 그랬다면 이런 훌륭한 객잔을 두고 다른 식당에서 은자 한 냥이나 하는 요리를 매일 먹지는 않았을 테니까.

"왜? 뭐 궁금한 거라도 있어?"

"아, 아닙니다."

"싱겁기는. 그건 그렇고, 어때, 이 객잔?"

"예?"

"어떠냐고. 이 객잔 말이야."

"아, 무, 물론 매우 훌륭합니다. 음식도 맛있고, 분위기도 좋고, 깨끗하고……."

"점소이 교육도 아주 잘되어 있지. 오늘은 못 느꼈겠지만 나중에 한번 확인해 보면 알 수 있을 거야. 내가 아주 각별히 신경을 썼거든."

연백철은 단유강의 자랑에 입을 다물었다. 하긴 자랑할 만했다. 이 정도 객잔을 가지고 있다는 건 정말로 부러운 일이었다.

'하지만 객잔만 있다고 뭐가 되나. 사내는 꿈을 먹지 않으면 죽은 거나 다름없지. 암.'

"앞으로 이 객잔, 네가 관리해라."

"그러죠, 뭐. 이 정도쯤이야 제가… 예? 뭐라고요?"

연백철은 단유강의 말에 대수롭지 않다는 표정으로 대답하다가 그 내용을 떠올리고는 화들짝 놀라 벌떡 일어섰다.

"아직은 손님이 많지 않아서 그리 돈이 되지는 않을 거야. 하지만 넉넉잡고 반년만 참으면 적지 않은 벌이가 될 거라 확신해. 어때? 한번 해보겠어?"

단유강의 말에 연백철은 얼떨떨한 표정을 지었다. 대체 이게 무슨 영문인지 알 수가 없었다. 연백철이 그런 표정을 짓든 말든 단유강은 계속해서 설명을 이어갔다.

"순이익의 절반은 내게 주는 조건이야. 나쁘지 않을 거야. 나중에 벌이가 괜찮아지면 네게 돌아가는 몫도 만만치 않을 거라 보장하지."

연백철은 멍한 눈으로 단유강을 바라보다가 이내 정신을 차리고 심각한 표정을 지었다.

"대체… 대체 왜 제게 이렇게 잘해주시는 겁니까?"

연백철의 물음에 단유강이 빙긋 웃었다.

"내 부하는 내가 챙겨야지. 왜? 그러면 안 되는 거냐?"

연백철은 할 말이 없었다. 하지만 뭔가가 가슴 깊은 곳에서 치밀었다. 의문이 한가득 일었고, 또 그에 비례해 고마운 마음이 차올랐다. 단유강에게 받은 것이 너무나 많았다. 무공을 받았고, 그것을 발전시킬 토대도 받았다. 그리고 이제는 기반까지 받았다.

"그냥 주는 거 아니니까 그런 표정 지을 거 없다."

연백철은 그 말에 고개를 들어 단유강을 바라봤다. 그의 눈에 긴장감이 가득했다. 확실히 이렇게 잔뜩 지원을 해줬는데 원하는 것이 없으면 말이 되지 않는다. 무림맹만 해도 천망단에 들어올 때 무공을 전수해 주는 조건으로 몇 가지 제약을 건다.

"미고현에 대해서 어떻게 생각해?"

밑도 끝도 없는 질문에 연백철은 잠시 의아한 표정을 지었다. 하지만 이내 별것 아니라는 듯 대답했다. 사실 이건 쉬운 문제였다.

"상당히 살기 좋은 곳입니다."

단유강이 고개를 끄덕였다.

"그래. 다른 곳에 비해서는 비교적 살기 괜찮긴 하지."

"빈민촌도 없지 않습니까. 거지도 없고. 이런 곳은 천하 어디를 가도 보기 어렵습니다."

연백철의 말에 단유강이 고개를 끄덕였다. 당연했다. 그렇게 만든 것이 바로 단유강이었으니까.

"하지만 아직 부족해. 아직도 음지가 남아 있고, 절망에 젖은 사람들이 많아. 앞으로 사람들이 늘어나면 더 심해지겠지."

연백철은 기이한 표정으로 단유강을 바라봤다. 설마 그런 생각까지 하고 있는 줄은 몰랐다. 칠십오대의 다른 대원들은 다 알고 있는 사실이지만 연백철은 이제 처음 듣는 얘기였다.

"이제 슬슬 너도 힘이 되어야 할 때가 되었지."

"예? 그게 무슨 말입니까?"

"아니다. 그냥 그렇다는 말이야. 어쨌든 앞으로 이 객잔은 네 거나 다름없으니까 그렇게 알아."

단유강은 그 말을 남기고 휑하니 사라져 버렸다. 연백철은 미처 단유강을 따라가지 못했다. 머릿속이 혼란스러웠기 때문이다.

"이게 무슨 귀신놀음도 아니고……."

멍하게 서 있는 연백철 앞으로 몇몇 사람이 우르르 다가왔다. 연백철이 확인하니 객잔의 점소이들과 숙수였다. 객잔에 있는 모든 사람들이 나온 것이다. 그들은 연백철 앞에서 공손히 허리 숙여 인사했다.

연백철은 잠시 당황했지만 그제야 단유강의 말이 농담이 아니라는 것을 확인했다.

'이런 젠장, 이런 걸 나보고 어떻게 하라는 거야!'

연백철은 억지웃음을 지으며 점소이들과 숙수를 다시 돌려보냈다. 그리고는 주위를 둘러봤다. 절로 한숨이 새 나왔다.

"후우! 일단 구석구석 돌아봐야 하나? 그나저나 설마 다른 선배들도 다들 이렇게 하나씩 꿰차고 있는 건가?"

그럴 거라는 생각이 들었다. 다른 대원들은 연백철과는 비교도 할 수 없을 정도로 단유강과 오랫동안 함께했다. 이런 혜택을 자신에게만 줬을 리가 없었다.

"좋아, 일단 해보자. 돈 많아서 나쁠 것 없잖아?"

연백철은 팔에 힘을 불끈 주고 힘차게 걸어서 아래로 내려갔다. 상황이 어찌 되었든 일단 받아들인 이상 최선의 노력을 하는 것이 옳은 일이리라.

"으허허헝! 대주님, 이거 정말 너무하시는 거 아닙니까?"

단유강은 장원에 돌아오자마자 우는소리를 하는 제갈무군을 힐끗 쳐다보고는 계속해서 걸음을 옮겼다. 제갈무군은 그런 단유강의 뒤를 졸졸 쫓아가며 계속해서 투덜거렸다.

"대주님과 제가 함께한 지 벌써 몇 년입니까. 그런데 어찌 제게 이러실 수가 있단 말입니까. 으허허헝!"

단유강은 마치 아무 소리도 안 들리는 것처럼 제갈무군의 말을 무시하고 자신의 거처로 향했다. 그렇게 방 안에 들어갔는데도 제갈무군은 물러날 생각을 하지 않았다.

"대주님! 대주님! 전 큰 거 안 바랍니다. 단가기루면 충분합니다. 솔직히 대주님이야 그깟 기루 있으나 없으나 별 상관없지 않으십니까. 으하하핫!"

언제 우는소리를 했냐는 듯 크게 웃는 제갈무군을 잠시 한심한 눈으로 바라보던 단유강이 이내 피식 웃고 말았다.

"철판한테 기루를? 고양이한테 생선을 맡기라는 소리로 들리는구나."

"으헉! 그 무슨 섭섭한 말씀이십니까. 대주님, 이 천기수사 제갈무군이 대체 누구라고 생각하시는 것입니까! 저, 그런 놈 아닙니다. 고양이라니요. 그리고 아무리 생선을 좋아하는 고양이라도 단가기루만 한 생선은 혼자서 다 못 먹습니다. 암요, 그렇고말고요."

"너한테 맡기면 한 달도 안 가서 기녀들은 다 도망가고 기루가 망한다는 데 황금 천 냥을 걸지."

단유강이 웃음기 어린 눈으로 제갈무군을 바라봤다. 제갈무군은 잠시 고민했다.

"왜? 내깃돈이 모자라? 좀 빌려줄까?"

"끄응."

제갈무군은 앓는 소리를 내며 고민을 계속했다. 하지만 이내 한숨을 내쉬며 고개를 저었다.

"에휴, 됐습니다. 대주님하고 내기를 하느니 그냥 그 돈으로 술이나 퍼 마시는 게 낫죠."

단유강이 빙긋 웃었다.

"지난번에 준 건 어떻게 됐어?"

제갈무군이 뒷머리를 긁적였다.

"그게 생각보다 쉽지 않네요. 아직 반 정도밖에 못 풀어냈습니다."

"쉬울 리가 없지. 그거 만드는 데 시간 꽤 오래 걸렸다고 하더라고."

"그래도 이건 너무 심하더군요. 그렇게 자세히 설명되어 있는데도 아직 암기조차 버거울 정도니……."

"그래도 보아하니 조만간 성과가 있을 것 같군."

단유강의 말에 제갈무군이 히죽 웃었다. 그의 눈빛에는 자신감이 묻어났다.

"일단 그렇게나 자세히 풀어놓은 진법을 제가 익히지 못할리 없지 않습니까. 저 천기수사입니다."

단유강은 씨익 웃으며 제갈무군을 바라봤다. 제갈무군은 그런 단유강의 눈치를 살짝 살피다가 그답지 않게 조심스러운 어조로 물었다.

"한데… 폭뢰연환진을 세가 사람들에게 공개해도 되겠습니까?"

단유강은 제갈무군의 태도를 보며 피식 웃었다.

"갑자기 너답지 않게 왜 그러는 거냐? 그건 이미 네 거다."

제갈무군은 단유강의 답을 듣고 환한 표정을 지었다. 단유강은 그런 제갈무군의 표정을 보며 나직이 혀를 찼다.

"쯧쯧, 그렇게 오래 겪어놓고도 아직도 날 모르겠느냐?"

제갈무군이 그답지 않게 어색한 표정으로 뒷머리를 긁적였다.

"그게, 알긴 하지만 그래도 허락을 받아야 마음이 편하지 않겠습니까? 우헤헤헷."

"철판답지 않은 생각과 태도였다. 앞으로는 계속 철판으로 살도록."

단유강의 말에 제갈무군이 몸을 꼿꼿이 세우며 장난스런 말투로 크게 대답했다.

"존명!"

제갈무군은 그렇게 대답한 후 기분 좋게 밖으로 나갔다.

"우헤헤헤헷!"

경망스런 웃음소리가 작은 장원을 뒤흔들었다.

단유강은 제갈무군의 웃음소리가 잦아들자 천천히 침상에서 몸을 일으켰다.

"적련이라……."

최근 적련의 움직임이 심상치 않다는 보고를 받았다. 적련의 힘은 과연 대단했다. 그간 뻗어놓은 끈들을 모조리 잘라버리고 증거를 없앴다. 아마 더 이상은 적련과 마인들의 관계를 찾기 어려울 것이다. 마인들은 이미 자리를 잡았다.

"그나마 절반은 건져서 다행이군."

그것은 적련이 잠시 꼬리를 드러낸 틈에 백설영이 분주히 움직여 얻어낸 정보였다. 오백 마인은 사천 곳곳에 흩어져 자리를 잡았다. 적련의 전폭적인 도움이 있었기에 그 짧은 시간에 그런 일을 하는 것이 가능했다.

백설영은 그중 절반의 근거지를 파악했다. 나머지 절반은 아직 그녀의 힘만으로는 찾기 어려웠다.

"이거 정보 조직을 확대해야 하는 건 아닌지 모르겠어."

단유강은 그렇게 중얼거리며 눈을 빛냈다. 이제부터가 진짜 시작이다. 사천은 아마 격전지가 될 것이다.

"일단 무림맹에 이 정보를 흘려야겠군. 뭐, 그럼 알아서 움직이겠지."

무림맹의 힘은 대단했다. 무림맹의 정보력도 만만치 않다. 다만 이번에는 적련의 행사가 너무나 은밀했다. 적련 또한 만만치 않은 곳이기에 어쩔 수 없는 일이었다.

"이번에는 정말로 운이 좋았어."

만일 백설영이 상단을 만들고자 하지 않았다면 아직도 모르고 있었을 것이다. 그만큼 적련의 움직임은 은밀했다. 백설영과 제갈무군이 가진 정보력을 모조리 사천의 상단 쪽에 투입했기에 간신히 꼬리를 잡은 것이지, 그렇지 않았다면 어림도 없었을 것이다.

"그런 놈들을 사천에 그냥 둘 수는 없지. 언제 무슨 일을 벌일지 모르는 놈들이니까."

단유강은 문을 열고 밖으로 나갔다. 당분간은 맘 편히 침상에서 뒹굴기 어려울 것이다. 큰 세력들이 움직이면 그 틈바구니에서 약자들만 죽어나는 법이다.

"일단 할 수 있는 건 다 해봐야지."

단유강은 눈을 빛냈다. 그의 눈빛에는 의지가 가득 담겨 있었다. 나려타곤이라는 별호와는 전혀 어울리지 않는 눈빛이었다.

第三章

사마자혜

龍傳
태룡전

무림맹주 혁무길은 사마자문을 바라봤다.

"정확한 정보인가?"

"아직 확인은 못했습니다만, 정황상 허위 정보는 아닌 것 같습니다."

"흐음."

혁무길은 턱수염을 쓰다듬으며 눈을 빛냈다. 얼마 전에 천마신교의 무사들이 넘어왔다는 연락을 받았다. 그들은 일단 무림맹이 있는 무한으로 오는 중이다. 하지만 방금 들은 그 정보가 사실이라면 굳이 무림맹까지 올 필요가 없어진다.

"천마신교는 지금 어디쯤 오고 있는가?"

"사천 북부쯤에 있습니다."

"일단 근처에서 대기하라고 전하게. 그리고 최대한 빨리 정보의 사실 여부를 판단하게. 사실이 확인되기 전까지는 절대 경거망동해서는 안 되네."

"물론입니다."

"그리고 적련을 은밀히 주시하게. 확실한 증거가 없다면 절대 나서면 안 되네."

"알겠습니다."

사마자문은 그렇게 말하고 물러났다. 혁무길은 눈을 빛내며 생각에 잠겼다. 만일 조금 전에 들은 정보가 사실이라면 마인들의 꼬리를 잡는 건 시간문제였다.

"그래도 쉽지만은 않겠군. 그렇게 흩어져 있다면 모조리 잡는 건 무리야."

무림맹으로 들어온 정보는 마인들의 행방이었다. 마인들이 적련의 도움을 받아 사천 곳곳으로 스며들었고, 기루나 도박장 등의 사업체를 곳곳에 열고 뿌리를 내리려 한다는 것이었다.

만일 그들의 의도대로 된다면 무림맹은 불붙은 벽력탄을 품에 안은 꼴이 된다. 마인들이 달리 마인이라 불리는 게 아니다. 특히 천마신교의 힘이 미치지 않는 마인들이라면 더더욱 그렇다. 그들은 피에 미친 자들이다.

"자칫하면 사천이 피에 잠기겠구나."

혁무길의 얼굴에 그늘이 드리워졌다. 절대로 그렇게 되선 안 된다. 그런 일이 벌어지기 전에 무조건 막아야만 한다. 혁무길은 고집스럽게 입을 꾹 다물며 의지가 가득 담긴 눈으로 중얼거렸다.

"내 목을 걸고라도 지켜낼 것이다."

사마자혜는 눈을 빛내며 제갈미미를 바라봤다. 제갈미미는 약간 미안한 표정으로 사마자혜의 눈을 피했다.

"네가 이런 일을 저지른 게 그 진법의 대가라는 사람 때문이야?"

사마자혜의 말에 제갈미미는 어색한 미소를 지었다. 뭐라고 대답할 수가 없었다. 어설픈 거짓말이 통할 상대가 아니었다. 아니, 사마자혜에게만큼은 거짓을 말하기 싫었다.

제갈미미가 대답을 하지 않자 사마자혜는 한숨을 내쉬었다.

"하아! 알았어. 더 묻지 않을게. 그러니 이제 그만 돌아가자."

사마자혜가 제갈미미를 만난 것은 미고현에 들어온 다음 날이었다. 제갈미미 역시 같은 곳에 묵고 있었기에 쉽게 만났다. 단가객잔의 세 별채 중 하나를 사용하던 사람이 바로 제갈미미였던 것이다.

사마자혜는 제갈미미를 만나자마자 그녀를 자신의 별채로

끌고 갔다. 그리고 계속해서 제갈미미를 설득했다. 다시 무림 맹으로 돌아가자고, 청룡단의 부단주 자리가 아직도 남아 있다고.

하지만 제갈미미는 그럴 수가 없었다.

"미안, 그럴 수 없어. 그러니 혼자 돌아가."

"대체 왜 그렇게 고집을 부리는 거니? 네가 없는 무림맹에 혼자 가봐야 무슨 재미가 있겠어? 내가 왜 직접 여기까지 왔는지 아직도 모르겠어?"

제갈미미는 고개를 숙였다. 왜 모르겠는가. 무림맹에 있는 동안 임무를 수행하는 시간을 제외하면 대부분을 사마자혜와 함께 보냈는데 말이다. 사마자혜에게는 친구가 거의 없었다. 제갈미미가 유일한 친구였다.

"미안. 지금은 이 말밖에는 못하겠네."

"하아! 정말이지……."

사마자혜는 이해할 수가 없었다. 무림맹 청룡단의 부단주는 상당한 직책이다. 왜 그런 직책을 내던지고 이런 곳에서 시간을 낭비한단 말인가.

"역시 진법의 대가라는 사람 때문이지? 좋아, 내가 해결해줄게."

사마자혜의 말에 제갈미미가 놀란 눈으로 그녀를 바라봤다.

"뭘 그렇게 놀라? 내가 아무런 준비도 없이, 또 아무런 임무도 부여받지 않고 여기까지 왔을 것 같아?"

"하지만……."

제갈미미는 걱정스런 눈으로 사마자혜를 바라봤다. 사마자혜가 뛰어나다는 건 알고 있다. 하지만 이번 일은 사안이 완전히 다르다. 진법의 대가는 진 안에 숨어 있다. 그 진을 해결하지 못하는 한 그를 만날 수는 없다.

"무슨 걱정 하는지 알아. 하지만 걱정하지 마. 나도 다 생각이 있으니까."

제갈미미가 의아한 얼굴로 사마자혜를 바라봤다. 그녀가 알기로 사마자혜에게 진법에 대한 지식은 거의 없다. 그리고 그녀 주변에 있는 사람들 중에도 마찬가지다. 사마자혜가 아는 사람들 중에 진법을 제대로 익힌 사람은 제갈미미가 유일했다.

한데 그런 사마자혜가 이렇게 대단한 자신감을 보인다는 건 뭔가 분명한 타개책이 있다는 뜻이다.

"진법의 대가가 굉장한 진 안에 숨어 있다고 했지?"

제갈미미가 고개를 끄덕이자 사마자혜가 눈을 빛냈다.

"그 진의 크기가 얼마나 된다고 했지?"

"아마 반경 오십여 장은 될 거야."

사마자혜가 환한 얼굴로 고개를 끄덕였다. 반경 오십 장이면 혼자서 살아가기에는 상당한 넓이다. 아마 그 공간에는 대부분 진을 이루기 위한 것들로 채워져 있을 것이다.

"진의 입구는 정확히 알아?"

제갈미미가 고개를 저었다.

"보긴 했지만 자신할 수가 없어. 입구가 하나라는 보장도 없고."

"뭐, 상관없어. 어차피 그 정도 넓이라면 충분히 감시가 가능하니까."

"감시?"

제갈미미가 눈을 빛냈다. 그제야 사마자혜가 무슨 생각을 하고 있는지 알아챈 것이다. 사실 알아채는 게 너무 늦었다. 요즘 여러 가지 일을 겪다 보니 제정신이 아니라 예전처럼 머리가 팽팽 돌아가지 않았다.

"사람이라면 생활하는 데 필수적으로 필요한 것들이 있지 않겠어? 그 좁은 곳에서 나오지 않고 지내는 데는 한계가 있기 마련이야."

사마자혜가 말한 방법이 가장 확실했다. 진법에 대한 이해가 필요한 것도 아니다. 그저 밤낮을 가리지 않고 지키면 된다. 언젠가는 나올 테니까.

"그래서 지금 사람을 모으고 있어. 천망단에 도움을 요청하고 싶었는데, 칠십오대의 대주라는 사람을 만나보니까 만만치 않더라고. 칠십오대는 무리고, 칠십사대나 칠십육대로 가려고."

칠십사대나 칠십육대는 이곳에서 꽤 멀리 떨어진 곳에 있다. 하지만 칠십오대에 비해 수가 상당히 많다. 그들을 끌어들이면 큰 도움이 될 것이다.

제갈미미는 차마 그것까지 말릴 수는 없었다. 그래서 그저 고개만 끄덕였다.

'과연 그분은 어떻게 하실까? 그리고 오라버니는?'

제갈미미는 제갈무군이 이곳에 있는 이유가 바로 그 진법의 대가 때문이라고 생각했다. 진법에 대한 제갈무군의 집착이 얼마나 어마어마한지 알기에 그렇게 판단할 수밖에 없었다.

'그 사람을 무림맹에 끌어들일 수 있다면 모든 게 해결될지도 모르겠네.'

제갈미미는 그렇게 생각하며 고개를 끄덕였다. 왠지 머리가 복잡했다. 살짝 두통까지 일었다. 이곳에 온 이후로 제대로 풀리는 일이 하나도 없었다.

"하아."

제갈미미의 한숨에 사마자혜가 부드럽게 웃으며 그녀의 손을 맞잡았다.

"너무 걱정하지 말라니까. 다 잘될 거야. 나만 믿어."

제갈미미는 사마자혜를 바라보며 힘없이 웃어주고는 자리에서 일어났다. 이렇게 신경을 써주는 것은 고마웠지만 왠지 마음이 내키지 않았다. 가슴에 쌓았던 뭔가가 와르르 무너지는 느낌이었다.

"오늘은 이만 가볼게. 너도 바쁠 테니까."

제갈미미는 그 말을 남기고 방에서 나갔다. 사마자혜는 차마 제갈미미를 잡지 못했다. 그녀의 말대로 오늘은 상당히 바쁠 것이 분명했고, 또한 제갈미미의 몸에서 풍기는 분위기가 왠지 접근하기 어렵게 만들었기 때문이다.

"좋아, 내가 다시 예전의 미미로 만들어주겠어!"

사마자혜가 결연한 표정으로 방금 전까지 제갈미미가 앉아 있던 자리를 바라봤다.

단유강은 미고현 곳곳을 돌아봤다. 처음 이곳에 왔을 때는 다 쓰러져 가는 허름한 마을이었다. 한데 이제는 제법 발전했다. 이대로 조금만 더 발전하면 웬만한 도시 못지않게 될 것이다.

그렇게 걸어가던 단유강은 어느 집 앞에서 걸음을 멈췄다. 번화가에서 약간 떨어진 곳에 위치한 작고 아담한 집이었다.

끼이익.

단유강은 집주인의 양해를 구할 생각도 없이 무작정 문을 열고 안으로 들어섰다. 그의 눈에 열 살쯤 되어 보이는 소녀가 보였다.

"대주님!"

소녀는 단유강을 발견하자마자 하던 일을 제쳐 두고 쪼르르 달려갔다.

"웃차! 우리 세연이 잘 있었느냐?"

단유강은 소녀, 관세연을 번쩍 안았다. 관세연은 까르르 웃으며 대답을 대신했다.

"혼자 있느냐?"

"네. 오라버니는 일하러 갔어요. 그리고 언니는 명가장에 갔어요."

관세연의 오빠인 관소혁은 번화가에 있는 제법 큰 객잔의 점소이였다. 단유강이 마련해 준 일자리였다. 그리고 그녀의 언니인 관예지는 장사를 하는 사람들을 돕고 있었다. 그 역시 단유강 덕분에 얻을 수 있는 일자리였다. 그랬기에 세 남매는 언제나 단유강에게 고마워했다.

"그렇구나. 아차, 내 정신 좀 봐. 이거 받아라."

관세연은 단유강이 내미는 것을 보고 환하게 웃었다. 단유강의 손에 있는 것은 당과였다.

"에헤헷, 고맙습니다."

관세연은 행복이 가득 묻어나는 미소를 지으며 당과를 한 입 베어 물었다. 그 표정을 보는 단유강의 얼굴에도 비슷한 미소가 떠올랐다.

단유강은 관세연의 머리를 쓱쓱 쓰다듬었다. 관세연은 그런 단유강에게 환하게 웃어주며 남은 당과를 마저 먹었다. 단유강의 표정이 더욱 부드러워졌다.

이들 세 남매는 단유강에게 있어서 아주 특별했다. 단유강이 이곳 미고현에서 계속 머무르며 이곳 사람들을 위한 여러 가지 일을 하는 이유도 바로 이들 남매 때문이었다.

사실 단유강은 천하 어디에 있든 별 상관 없었다. 지금의 단유강은 그저 조금 긴 시간 동안 쉬고 싶을 뿐이었다.

"우리 세연이 혼자서 심심했겠구나."

관세연이 고개를 저었다.

"헤헤, 아뇨. 공부하느라 시간 가는 줄도 몰랐어요."

관세연의 말에 단유강이 방 안을 힐끗 쳐다봤다. 탁자 위에 놓인 서책이 보였다. 그녀에게 글을 가르쳐 준 것은 백설영이었다. 단유강은 관세연의 머리를 부드럽게 쓰다듬어 주었다.

"역시 우리 세연이는 착하구나."

단유강의 칭찬에 관세연이 환하게 웃었다. 그리고 단유강의 목을 꽉 끌어안으며 말했다.

"나 대주님한테 시집갈래요."

관세연의 말에 단유강이 크게 웃었다.

"하하하핫! 나중에 크면 생각해 보자."

관세연이 눈을 동그랗게 뜨며 살짝 떨어졌다.

"나중에요? 정말이죠?"

단유강이 고개를 끄덕였다.

"그래. 나중에 우리 할머니만큼 예뻐지면 한 번 생각해 보마."

관세연의 얼굴이 더욱 환해졌다.

"그 약속 잊으시면 안 돼요?"

"절대 잊지 않으마."

단유강은 자신에게 매달리는 관세연과 잠시 놀아주다가 이내 자리를 털고 일어났다.

"나는 그만 가볼 테니까 심심하거나 무슨 일이 있으면 언제든 날 찾아오너라."

"네. 살펴가세요, 대주님."

관세연이 공손히 허리를 숙였다. 관예지가 항상 강조하며 가르치던 인사였다, 단유강은 그 모습을 대견한 듯 바라보다가 이내 몸을 돌렸다.

집밖으로 나온 단유강의 뒤에 홀연히 문노가 나타났다.

"항상 살피고 있습니다. 염려하지 마십시오."

단유강이 고개를 끄덕였다.

"알아, 문노가 언제나 신경 써주고 있다는 거."

"우리에겐 은인 아닙니까."

"그렇지, 은인이지."

"한데 정말로 세연이랑 혼인하실 생각이십니까?"

문노의 물음에 단유강이 호탕하게 웃었다.

"하하하핫!"

한참을 웃던 단유강은 재미있다는 표정으로 턱을 쓰다듬었다.

"나중에 정말로 우리 할머니만큼 예뻐진다면 못할 것도

없지."

문노가 허탈한 표정으로 헛웃음을 흘렸다.

"허헛, 거의 불가능하겠군요."

관세연은 상당히 귀엽다. 이제 고작 열 살이지만 상당히 예쁜 편이다. 아마 나중에는 굉장한 미인으로 성장할 것이다. 관세연의 언니인 관예지만 봐도 알 수 있다. 관예지도 미고현에서 제일가는 미녀였다.

만일 관예지의 뒤에 단유강이 없었다면 몇 번이나 몹쓸 일을 당했을 것이다. 관예지의 미모는 백설영에게도 전혀 뒤지지 않았다.

관세연은 그런 관예지보다 더 아름다워질 것이 분명했다. 단유강이나 문노가 보기에는 그랬다.

문노는 허탈한 웃음을 흘리다가 문득 뭔가가 떠올랐다.

"한데 어느 할머님을 말씀하시는 것입니까?"

단유강이 피식 웃었다.

"알면서 뭘 물어?"

너무나 당연하다는 말에 문노가 어색한 웃음을 지으며 고개를 끄덕였다. 단유강에게는 상당히 많은 할머니가 존재한다. 하지만 단유강이 지금 말한 할머니는 분명히 그분일 것이다.

"그나저나 공자님도 이제 나이가 꽤 차셨으니 진지하게 짝을 찾아보셔야 하지 않겠습니까?"

문노가 진지한 얼굴로 묻자, 단유강이 피식 웃었다.

"방금 전에는 세연이랑 엮으려고 하더니, 갑자기 말이 바뀌네?"

"그야 대부분이 농담 아닙니까. 허허헛, 전 지금 진지합니다. 설영이도 괜찮은 것 같은데, 공자님은 어떠십니까?"

단유강이 고개를 저었다.

"별로 여자로 느껴지지가 않아. 그리고 설영이는 벌써 짝이 있지 않나?"

"예? 설영이가 대주님을 좋아하는 줄 알았는데, 아니었습니까?"

"글쎄."

단유강은 애매하게 대답하며 걸음을 재촉했다. 문노가 혼례에 대한 얘기를 시작하면 한도 끝도 없이 이어진다는 걸 잘 알기 때문이다.

"하면 예지는 어떻습니까? 제가 보기에는 예지도 상당히 괜찮은 아이인데……."

"벌써 몇 번이나 얘기를 한 것 같은데……."

단유강의 걸음이 더 빨라졌다. 문노는 지치지 않고 그 뒤로도 미고현에 사는 이름난 미녀들의 이름을 읊었다. 그것도 모자라 제갈미미와 사마자혜까지 들먹였다.

단유강은 진땀을 빼며 경공을 펼쳤다. 단유강의 몸이 순식간에 점이 되어 사라졌다. 문노는 그 모습을 보며 고개를 절레절레 저으며 한숨을 내쉬었다.

"휴우! 이렇게 눈이 높으셔서야 원. 하긴, 저분의 할머님들이 어디 보통 분들이셔야 말이지."

단유강은 사마자혜가 온 이후로 매일 미고현을 둘러봤다. 곳곳을 돌아다니며 사소한 것 하나 놓치지 않고 유심히 살폈다. 마치 미고현 전체를 눈에 담아두려는 것 같았다.

단유강의 뒤에는 항상 연백철이 따라다녔다. 연백철의 표정은 단유강이 그에게 객잔을 맡긴 이후로 펴질 줄을 몰랐다.

"인상 펴라. 젊은 놈이 무슨 고민이 그렇게 많은 거냐."

단유강의 말에 연백철이 발끈했다. 하지만 입 밖으로 그 불만을 내뱉지는 못했다. 언제 나타날지 모르는 문노 때문이었다.

'젠장! 내 고민을 만들어준 게 대체 누군데!'

연백철은 한 번 화를 꾹 눌러 삼킨 후 단유강에게 물었다.

"한데 요즘은 왜 이렇게 열심히 돌아다니시는 겁니까?"

정말로 궁금했다. 나려타곤이라는 별호를 얻을 정도로 침상을 좋아하는 사람이 갑자기 매일 밖으로 나와 돌아다니니 왠지 모를 걱정이 들기도 했다. 뭔가 일이 벌어지는 게 아닐까 하는 생각도 들었다.

"왜? 난 그러면 안 되는 거냐?"

"그, 그런 건 아니지만……."

"그건 그렇고, 너 청룡단에 가고 싶다고 했었지?"

"예?"

연백철은 갑자기 단유강이 왜 그런 걸 묻는지 몰라 당황했다. 그리고 막상 고개를 끄덕이려니 뭔가가 목구멍에서 턱 걸렸다.

"가고 싶으면 가도 돼. 다른 사람 눈치 보지 말고."

단유강의 말에 연백철이 황당하다는 표정을 지었다. 청룡단이 가고 싶다고 해서 마음대로 갈 수 있는 곳인가? 이제 간신히 천망단에 들어온 자신이 어떻게 청룡단에 간단 말인가.

'하긴, 모르지. 삼 년 정도 죽어라 수련을 하면…….'

단유강 덕분에 무공에 새로운 눈을 떴다. 그리고 내공도 몰라볼 정도로 강해졌다. 이대로 조금만 더 노력하면 청룡단에 들어갈 수 있을지도 몰랐다.

그렇게 상념에 잠겨 단유강의 뒤를 따르던 연백철의 눈에 일단의 무리가 우르르 몰려가는 것이 보였다. 연백철이 봤으니 당연히 단유강도 봤다.

"쟤들 뭐냐?"

단유강의 물음에 연백철이 고개를 갸웃거렸다. 그도 처음보는 사람들이었다. 그들의 복장이나 허리춤에 매달린 검을 보건대, 무림인임이 분명했다.

"글쎄요. 이 근처에 있는 웬만한 무림인들은 다 안다고 생각했는데……."

연백철의 말에 단유강이 한심하다는 눈으로 그를 쳐다봤다.

"척 보면 몰라? 천망단 아니냐. 보아하니 칠십사대인 것 같은데……."

"예? 천망칠십사대라고요? 그들이 왜 여기에 옵니까?"

"그걸 내가 알아봐야겠냐, 아니면 네가 알아봐야겠냐?"

"…제가요."

단유강은 방금 무사들이 사라진 쪽으로 턱짓을 했다. 연백철은 투덜거리며 재빨리 그들을 뒤쫓았다. 단유강은 그런 연백철의 뒷모습을 보며 슬쩍 웃고는 천천히 그 뒤를 따랐다.

잠시 후, 연백철이 헐레벌떡 달려왔다.

"대주님, 무림맹에서 왔다는 그 사람들입니다."

"사마자혜?"

"예."

단유강은 재미있다는 표정으로 턱을 쓰다듬었다. 연백철이 손가락으로 가리키는 곳으로 쭉 가면 그곳이 나온다.

"설마 진법의 대가라는 놈을 찾으러 온 건가?"

단유강은 조금 걸음을 서둘렀다. 역시 예상대로 그들은 진을 포위하듯 둘러싸고 있었다. 단유강은 그 모습을 보며 씨익 웃었다.

"이거, 재미있긴 하지만 밑에서 구르는 사람들이 너무 불쌍하잖아."

단유강의 말에 연백철이 조심스럽게 물었다.

"예? 그게 무슨 말입니까?"

"저들이 뭘 하고 있다고 생각해?"

"글쎄요. 저곳에는 진이 설치되어 있지 않습니까? 그러니 진 안에서 나오는 자를 잡을 준비를 하는 거 아닙니까?"

단유강이 크게 고개를 끄덕였다.

"생각보다 멍청하지는 않구나."

"저, 생각보다 똑똑합니다. 그리고 지난번에도 분명히 저 보고 똑똑하다고 하지 않으셨습니까."

"그래그래. 누가 뭐라고 했나? 왜 그렇게 열을 내고 난리야?"

"끄응, 내가 말을 말아야지."

연백철이 고개를 절레절레 저었다. 그리고는 다시 분위기를 바꿔 질문을 계속했다.

"그런데 저들이 왜 불쌍합니까? 보아하니 무림맹의 높으신 분 같은데 잘만 하면 공을 세워서 청룡단에라도 들어갈지 혹시 압니까?"

"어떻게 공을 세울 건데?"

"예? 어떻게 세우긴요. 저 안에서 나오는 사람을 턱 잡으면 그만 아닙니까. 진법의 대가라고 했으니 무공은 좀 약하지 않을까요?"

단유강이 씨익 웃으며 말했다.

"그거야 진법의 대가가 나타났을 때의 얘기고."

연백철의 눈이 휘둥그레졌다.

"예? 그럼 안 나타납니까? 아무리 안에 준비를 철저히 해뒀다 해도 저 정도면 한 달은 넘기기 힘들 텐데……."

"홋, 한 달이 아니라 십 년을 기다려 봐라. 나오나."

연백철의 표정이 묘해졌다. 고작 석 달 정도에 불과하지만 그동안 단유강을 겪으면서 깨달은 게 몇 가지 있었다. 단유강이 이렇게 확신하는 건 절대적으로 그렇기 때문이다.

"뭔가 있군요? 설마 저 안에 진법의 대가가 없는 건 아닙니까?"

단유강의 눈이 살짝 커졌다.

"호오! 너, 꽤 생각이 있구나."

"그, 그럼 그 사람 어디 갔습니까? 하긴, 그 사람이 계속 저기에 머문다고는 아무도 말을 하지 않았으니까……."

"잘 머리를 굴려봐라. 그런 것도 다 도움이 될 테니까."

연백철의 얼굴이 일그러졌다.

"그딴 게 어디 도움이 된단 말입니까?"

"장사하는 데는 확실히 도움이 되겠지. 사람에 대해 파악하는 건 장사의 기본 아니냐."

장사라는 말이 나오기가 무섭게 연백철의 얼굴이 아래로 푹 꺼졌다. 그리고 연방 입에서 한숨이 새 나왔다. 뇌리에 객잔이 떠오르니 절로 그렇게 되었다.

"휴우우우!"

"잘해라. 그 객잔 망하면 여럿 굶어 죽을 테니까."

그 말에 연백철의 어깨가 더 무거워졌다. 한숨이 더 깊어졌다.

단유강은 고개를 푹 숙인 연백철을 재미있다는 듯 바라보다가 이내 고개를 돌려 멀리 떨어진 곳에서 눈을 빛내며 진을 바라보고 있는 사마자혜를 쳐다봤다.

"쯧쯧, 여러 사람 피곤하게 만드는구나."

단유강은 가만히 서서 그 광경을 지켜보다가 천천히 사마자혜에게 다가갔다.

사마자혜는 진작부터 단유강을 발견했지만 자신에게 다가올 때까지는 계속 모른 척했다.

"오랜만이네."

단유강의 말에 사마자혜가 발끈하며 고개를 돌려 노려봤다. 마치 아랫사람이나 친구에게 하는 듯한 말에 화가 치밀었다.

"뭐라고요?"

하지만 단유강은 사마자혜의 반응에는 전혀 신경도 쓰지 않고 그녀를 지나쳤다. 그리고 천망칠십사대의 대원 중 한 명에게 다가갔다.

"한 여섯 달 됐나?"

"아, 대주님. 오랜만입니다."

사마자혜는 한편으로는 기가 막히기도 하고 다른 한편으

로는 부끄럽기도 해서 얼굴이 새빨개졌다.

'으으으, 정말……!'

정말로 얄미웠다. 자신의 감정을 이렇게 극단적으로 뒤흔드는 사람은 정말이지 처음이었다.

단유강은 사마자혜가 무슨 생각을 하는지, 또 어떤 표정으로 있는지는 전혀 신경도 쓰지 않고 천망단의 대원과 웃으며 대화에 몰두했다.

"여기는 웬일이야?"

"임무를 받고 왔습니다."

단유강과 대화하는 대원 송독기는 예전에 단유강의 도움으로 큰 병으로 죽어가는 어머니를 살릴 수 있었다. 그 이후로 단유강을 대할 때 자신의 대주에게보다 훨씬 더 깍듯했다.

"임무? 내가 보기엔 그냥 다 놀고 있는 것 같은데?"

송독기는 쓴웃음을 지었다. 단유강의 성격을 조금이나마 알고 있기에 악의가 없다는 것도, 또 이렇게 하는 말도 많은 생각을 한 후에 나온다는 걸 잘 알고 있었다.

"노는 게 아니라, 저 안에서 누군가 나온다기에 지키고 있는 겁니다."

송독기는 진 안쪽을 가리키며 그렇게 말했다. 진으로 들어가는 것도 여러 번에 걸쳐 시도해 봤지만 아무도 성공하지 못했다.

"안에 누가 있는지는 알고?"

"그것까지는 모르고 있습니다."

송독기는 그렇게 말하며 사마자혜와 그녀의 근처에서 진 안쪽을 살피고 있는 칠십사대주의 눈치를 번갈아 살폈다.

사마자혜는 두 사람의 대화를 듣고 아미를 살포시 찌푸렸다.

'정말……!'

당장이라도 뭐라고 쏘아붙이고 싶었지만 말을 섞는 건 더 싫었다. 그래서 고개를 홱 돌려 버렸다. 하지만 고개를 돌린 와중에도 힐끗거리며 단유강을 몇 번이나 살폈다. 그는 한 번 보고 나면 눈을 떼기 어려울 정도의 미남이었다.

'얼굴만 잘생기면 다야?'

사마자혜는 속으로 쉴 새 없이 투덜거렸다. 그러는 와중에도 단유강과 송독기의 대화는 계속되었다.

"누군지도 모르는 사람을 기다린다……."

"하지만 안에 누가 있다면 언젠가는 나오지 않겠습니까?"

단유강이 고개를 끄덕였다.

"언젠가는 나오겠지. 안에 누가 있다면 말이야."

단유강의 말에 송독기의 안색이 변했다. 그뿐 아니라 사마자혜의 안색까지 변했다. 그 단순한 사실을 생각하지 못한 것이다.

'내, 내가 그런 초보적인 실수를 하다니…….'

제갈미미를 되돌리는 데 너무 신경을 썼고, 단유강에게 휘둘린 게 분해서 일을 서둘렀다고 하지만 아무리 그래도 이건 씻을 수 없는 실수였다.

"내가 안에 들어가서 확인해 보고 올까?"

그 말에 주변에 있던 모든 사람들의 눈이 단유강에게로 모였다. 그중에는 사마자혜도 있었다. 사람들의 눈이 이번에는 사마자혜에게로 향했다.

사마자혜가 당황하자, 단유강은 그녀가 더 곤경을 겪기 전에 서둘러 진 안으로 향했다. 안에는 어차피 아무도 없었지만 최소한 확인하는 척은 해야 할 것이 아닌가.

단유강이 진 안으로 너무나 쉽게 사라지자, 모든 사람의 눈에 허탈감이 떠올랐다.

잠시 후, 단유강이 진 안에서 나오며 고개를 저었다.

"아무도 없군."

단유강의 말에 사마자혜가 나섰다.

"믿을 수 없어요. 당신은 안에 있는 사람과 상당한 친분이 있죠? 당신이 거짓을 말하는지 어떻게 확인하죠?"

단유강은 사마자혜의 도발적인 눈빛을 보며 턱을 쓰다듬었다.

"흐음, 그런 문제가 있었군. 그럼 어떻게 한다……."

사실 단유강이 나설 이유는 없었다. 단유강이 나선 것은 굳이 수십 명에 달하는 천망단의 무사들이 헛고생하는 것이 보기 싫었을 뿐이다.

"간단하죠. 제가 함께 들어가면 돼요."

사마자혜가 눈을 빛내며 나서자 단유강이 고개를 저었다.

"그건 좀 곤란하군. 이 안에 들어갈 수 있는 건 나 혼자뿐이라서."

"그게 말이 된다고 생각하시나요?"

"물론이지. 내 몸 자체가 이 진의 열쇠 역할을 하거든. 확인해 볼까?"

단유강은 그렇게 말한 후 진을 몇 번이고 들락거렸다. 들어갈 때와 나올 때의 위치가 매번 달랐다. 즉, 단유강은 진의 어떤 곳을 뚫고 들어가더라도 전혀 영향을 받지 않는다는 뜻이다.

사마자혜는 그 모습을 멍하니 바라봤다. 설마 정말 이런 진이 존재할 줄은 몰랐다.

'대체 얼마나 대단한 진이기에……. 아니, 그보다 이런 진을 설치한 그 진법의 대가라는 사람은 대체 어떤 사람이기에…….'

사마자혜는 더욱 욕심이 났다. 그런 자는 반드시 무림맹에 있어야 한다. 만일 자칫 잘못해서 마인들의 손에 넘어가기라도 하면 무림에 재앙을 가져올 것이다.

"정말 안에 아무도 없나요? 맹세라도 할 수 있나요?"

단유강이 단호히 고개를 끄덕였다.

"물론. 지금 저 안에는 아무도 없어. 무엇이든 걸고 맹세해도 좋아."

단유강의 태도가 너무나 단호해 그 말이 진심으로 들렸다. 아니, 진심으로 들리지 않아도 어쩔 수 없었다. 지금으로선 확인할 방법이 없으니까.

"진법의 대가와 대체 무슨 관계죠? 그렇게 친한 사이인가요?"

"글쎄."

단유강의 모호한 대답에 사마자혜가 잠시 발끈했지만 이내 차분히 마음을 가라앉혔다. 지금은 흥분해 봐야 아무것도 얻지 못한다.

"그 사람을 만나고 싶어요. 그런 사람이 만일 마인들의 손에 넘어간다면 어떤 일이 벌어질지 당신이 더 잘 아시겠지요? 그런 능력은 무림맹에서 관리하는 게 가장 좋아요."

사마자혜의 말에 단유강이 피식 웃었다.

"마인들 따위에게 잡힐 사람이 아니야."

"그래도 무림맹에 힘을 보태는 게 세상을 위해 낫지 않을까요?"

"그건 나나 당신이 판단할 문제가 아니지."

단유강은 그렇게 말하고는 돌아섰다. 단유강이 휘적휘적 걸어가자, 그때까지 멍한 눈으로 모든 광경을 지켜보던 연백철이 당황하며 그 뒤를 따라갔다.

사마자혜는 분한 눈으로 단유강의 뒷모습을 바라봤다.

연백철은 너무나 궁금해서 가슴이 터지기 일보 직전이었다. 그래서 결국 앞서 걸어가는 단유강에게 물어볼 수밖에 없었다.

"대주님, 저 진 안에 대체 누가 있는 겁니까?"

"아무도 없어."

"그러니까 원래 누가 살았느냐고요."

"아무도 안 살았다고."

단유강의 대답에 연백철은 멍한 표정으로 단유강의 뒤통수를 바라봤다. 설마 그런 대답을 들으리라고는 생각도 못했다.

"아, 아무도 살지 않는 곳이라고요? 그, 그럼 대체 왜……."

연백철은 말을 더듬다가 허탈한 표정을 지었다. 이제야 모든 아귀가 딱딱 맞아떨어졌다. 소검문의 일에서부터 진법의 대가까지 연결하니 아주 그럴듯한 그림이 그려졌다.

'처음부터 이럴 계획이었구나!'

연백철은 갑자기 제갈미미와 사마자혜가 불쌍해졌다. 그녀들은 단유강의 질기고 지독한 거미줄에 걸린 가련한 나비였다.

그리고 소검문도 불쌍해졌다. 소검문의 행태가 비록 조금 심하긴 했지만 그래도 망할 정도까지는 아니었다. 하지만 단유강은 가차없이 소검문을 무너뜨렸다.

"왜? 또 소검문이 불쌍하다느니 하는 어처구니없는 생각을 하고 있는 거냐?"

단유강의 말에 연백철은 흠칫 놀랐다. 가끔 단유강이 자신의 머릿속을 훤히 들여다보는 건 아닌가 하는 생각이 들 때가 있다. 연백철이 대답을 하지 못하자 단유강이 또 물었다.

"왜? 마치 머릿속을 읽는 것 같아서 그런 거냐?"

"허억!"

연백철은 자신도 모르게 헛숨을 내뱉었다. 그의 눈이 경악으로 물들었다.

"저, 정말로 제 생각을 읽으시는 겁니까?"

연백철의 반응에 단유강이 크게 웃었다.

"으하하핫! 하여간 재미있다니까. 네놈 표정에 다 쓰여 있다."

"예? 하지만 대주님은 지금……."

단유강은 지금 연백철의 앞에서 걸어가고 있다. 연백철의 표정을 볼 수 없는 위치인 것이다.

"생각은 못 읽어도 뒤통수에 눈은 달려 있지."

단유강의 말에 연백철은 또 멍한 표정으로 단유강의 뒤통수를 바라봤다. 대체 어디까지가 진짜고 어디까지가 농담인지 구분할 수가 없었다.

단유강과의 일이 있은 후, 사마자혜는 자신감을 상실해 버렸다. 이곳에서는 무엇을 하더라도 제대로 해나갈 수 없을 것만 같았다.

사마자혜는 단가객잔 별채에서 꼬박 하루를 그저 멍하니 앉아서 시간을 보냈다.

얼마나 그렇게 앉아 있었을까. 어느새 날이 어둑어둑해지고 있었다. 해가 완전히 졌을 때, 노극민이 돌아왔다.

"아가씨, 다녀왔습니다."

사마자혜는 힘없는 표정으로 노극민을 바라봤다.

"알아왔나요?"

"예. 별달리 의심이 가는 구석이 없더군요. 다만 그 정도로 고강한 무공을 어떻게 익혔는지는 잘 모르겠습니다."

노극민은 그렇게 말을 꺼낸 후, 연백철에 대해서 조사한 사항을 자세히 보고했다.

연백철은 낭인으로 몇 년간 떠돌다가 무림맹에 투신했다. 아무것도 모르고 실력도 없는 삼류 낭인으로 시작해 수많은 실전을 겪으며 차츰 성장해 무림맹에 들어올 능력을 키운 사례였다. 천망단에 들어오는 무사들 중 절반이 그런 식이었다.

노극민이 조사한 바에 따르면, 연백철의 가족은 한 명도 남아 있지 않았다. 부모님은 낭인 생활을 시작하기 직전에 돌아가셨고, 형제도 없었다.

"고향 쪽도 수소문해서 알아봤지만 무림맹에 들어오며 작성한 서류와 한 치의 오차도 없었습니다."

사마자혜는 보고를 모두 듣고는 고개를 끄덕였다.

"그럼 아무런 문제가 없다는 뜻이로군요."

"그렇습니다."

사마자혜의 눈이 다시 조금 살아났다. 그녀는 자리에서 벌떡 일어났다.

"일단 무림맹에 전서구를 띄워서 추천을 하죠."

"그렇게 하겠습니다."

"좋은 인재를 얻었으니 성과가 아예 없는 건 아니로군요."

사마자혜는 그렇게 말하며 제갈미미를 떠올렸다. 그녀를 어떻게 설득하는지가 가장 문제였다. 진법의 대가가 사라졌다는 말을 전했지만 제갈미미는 그래도 전혀 움직일 생각을 하지 않았다.

'그럼 이곳에서 남은 문제는 예전에 천면색귀를 처단한 고수의 행방과 미미의 설득뿐인가?'

생각해 보면 이곳 미고현은 이상한 점이 상당히 많았다. 천면색귀를 처단한 고수도 그렇고 진법의 대가도 그렇고, 한 지역에 너무나 많은 인재가 드나든다. 게다가 연백철도 있다.

사마자혜는 그들의 관계에 대해서 곰곰이 생각했다.

"저… 아가씨."

"예?"

사마자혜는 혼자만의 상념에 잠겨 있다가 노극민이 부르자 퍼뜩 정신을 차렸다.

"맹의 소식을 좀 알아봤습니다."

노극민은 품에서 서찰 하나를 꺼내 사마자혜에게 내밀었다. 노극민은 이미 그 내용을 읽어서 알고 있었다. 서찰을 전하는 그의 얼굴은 딱딱하게 굳은 상태였다.

사마자혜는 의아한 눈으로 서찰을 펼쳐 읽었다. 그리고 눈이 화등잔만 해졌다.

"마인들이 사천에 있다고요?"

사마자혜의 표정이 심각해졌다. 가벼운 마음으로 나왔는데 무거운 상황에 부딪쳤다. 하지만 도망칠 생각은 없었다. 아마 사마자문이나 혁무길이 알면 난리가 나겠지만, 또 노극민이 극렬하게 반대를 하겠지만 그녀는 절대 자신의 고집을 꺾고 싶지 않았다.

사마자혜의 마음을 전혀 짐작조차 못하는 노극민이 그녀를 설득했다.

"이곳에서의 일은 이제 마무리하고 맹으로 돌아가야 할 것 같습니다. 너무 위험합니다."

노극민의 말에 사마자혜가 빙긋 웃었다.

"지금 돌아갈 생각, 전혀 없어요. 우리도 뭔가 도움이 되어야 하지 않겠어요?"

노극민의 눈이 커다래졌다. 이건 절대 허락할 수 없는 일이었다.

"안 됩니다! 절대 안 됩니다! 너무 위험합니다. 이대로 이곳에 있다가 무슨 일이라도 생기면 전 군사님의 얼굴을 다시는 볼 수 없습니다."

"위험한 일을 할 생각은 없어요. 저도 제 주제를 잘 안답니다."

사마자혜의 말에 노극민은 입을 다물었다. 사마자혜는 그 틈을 놓치지 않고 말을 이었다.

"절 따르는 천망단들과 무림맹에서 함께 온 분들이면 우리도 꽤 대단한 일을 할 수 있을 거라 생각하는데, 제 생각이 틀렸나요?"

노극민은 고개를 저었다.

"그래도 너무 위험합니다."

사마자혜는 단호한 표정을 지었다.

"전 어린애가 아니에요. 그리고 노 대협도 제 보모가 아니고요. 언제까지 절 그런 눈으로 보실 건가요?"

사마자혜의 말에 노극민이 크게 당황했다. 설마 사마자혜가 그런 식으로 생각하고 있을 줄은 몰랐다.

"아, 아가씨, 전 절대 그런 식으로……."

"알아요. 얼마나 절 위해 애써주시는지. 하지만 저도 이제는 날개를 펴고 싶어요. 언제까지 병아리처럼 어미 닭 뒤만 졸졸 따라다닐 수는 없잖아요. 안 그런가요?"

노극민은 할 말이 없었다. 사마자혜의 말이 옳다. 진작 그녀의 말대로 해줬어야 한다. 하지만 지금은 아니었다. 이번 일은 너무나 위험했다.

"걱정하지 마세요. 저 바보 아니에요. 위험한 일은 최대한 피하도록 할게요."

결국 노극민이 한숨을 내쉬었다.

"후우, 어쩔 수 없군요. 아가씨는 제가 목숨을 걸고 지켜드리겠습니다."

사마자혜가 환하게 웃었다.

"고마워요, 정말로 고마워요."

사마자혜는 속으로 중얼거렸다.

'하지만 저를 위해 죽으실 필요는 없어요. 제가 절대로 그렇게 만들지 않을 거예요. 절대로.'

第四章

마인을 찾아서

太龍傳

단유강은 부드러운 눈으로 백설영을 바라봤다. 백설영은 살짝 얼굴을 붉히며 보고를 시작했다.

"무림맹을 움직이는 데 성공했습니다. 그리고 천마신교의 무사들이 사천으로 넘어온 걸 확인했습니다. 그들은 열 명씩 따로 움직이고 있습니다."

"적련 쪽은 어때?"

"파악이 힘듭니다. 마인들과 관계된 끈을 완전히 정리해서 더 이상 뒤를 캘 수가 없습니다. 더 무리하면 이쪽이 드러날 위험이 있습니다. 그렇게 할까요?"

단유강은 단호히 고개를 저었다.

"그럴 필요없어. 고작 그런 일 하는 데 이쪽이 드러나면 곤란하지."

적련에 의해 천망칠십오대의 능력이 세상에 드러나면 상당한 진통을 겪어야 할 것이다. 단유강 혼자 있다면 별로 신경 쓰지 않았겠지만, 정작 단유강은 쏙 빠져 있고 백설영이나 제갈무군만 드러나게 된다.

"몇 명이나 파악했다고 했지?"

"일단 마인과 연관된 사업장 백여 군데를 찾았고, 마인은 이백칠십삼 명을 찾았습니다."

"무림맹에 넘긴 명단은?"

"그중 꼬리를 잡기 위해 서른 명만 남기고 나머지는 다 넘겼습니다."

"조만간 무림맹에서 공문이 내려오겠군. 잘못하면 천망단도 여럿 다치겠어."

단유강은 잠시 생각에 잠겼다. 이번 일의 핵심은 적련이다. 적련의 움직임을 제대로 파악하지 못하면 많은 사람이 다치게 된다.

'이럴 때 할아버지 같은 능력이 있으면 참 편할 텐데 말이지.'

잠깐 실없는 생각을 하던 단유강은 고개를 흔들어 상념을 털어버렸다. 지금은 쓸데없는 생각을 할 시간이 없었다.

"대주님, 그런데 이번에 무림맹에서 온 사람들의 움직임이 조금 심상치 않습니다."

"응? 사마자혜 말하는 거야?"

"예. 그들이 이 근방의 천망단을 모으고 있습니다."

"근방의 천망단? 지난번에 칠십사대와 칠십육대가 있는 건 봤는데……."

"그 외에 천망단 오 대를 더 모았습니다."

"그렇게나 많이?"

다 합해서 칠 대의 천망단이다. 하나당 스무 명만 해도 백 명이 훨씬 넘어가는 수다. 더구나 몇몇 천망단은 그 수가 오십이 넘는 곳도 있다.

"몇 명이나 되지?"

"모두 합하면 이백 명이나 됩니다. 아무래도 그들을 이용해 마인들을 상대할 계획인 것 같습니다."

단유강이 눈살을 찌푸리며 벌떡 일어섰다.

"멍청한! 다 죽일 셈인가!"

"무림맹에서 그들과 함께 온 무사들이 열두 명 있습니다."

단유강이 고개를 저었다.

"마인들을 겪어본 적이 있어?"

"아직 없습니다. 하지만 대충 예상은 할 수 있습니다."

"사마자혜를 따라온 열두 무사가 마인을 몇이나 상대할 수 있을 것 같아?"

"그들이라면 동수(同數)를 상대해도 밀리지 않을 것입니다."

"과연 그럴까?"

단유강이 씨익 웃으며 백설영을 바라봤다. 순간, 단유강의 몸에서 지독한 마기가 뿜어져 나오기 시작했다. 마치 뭉클거리며 검은 연기가 흘러나오는 듯했다. 하지만 눈에 보이지는 않았다.

백설영은 순간 숨이 턱 막혔다. 마기가 자신의 온몸을 감싸는 순간, 가슴 깊은 곳에서 공포가 스멀거리며 기어올라 왔다. 도저히 참기 어려운 지경에 이르렀을 때, 모든 마기가 씻은 듯이 사라졌다.

백설영은 가쁜 숨을 정리하며 단유강을 바라봤다.

'대체 이분의 끝은 어디란 말인가.'

설마 마기까지 다룰 수 있으리라고는 생각도 못했다. 지금까지는 극도로 정순한 정파의 무공을 익혔다고만 생각했다. 단유강이 그동안 보여주거나 가르친 무공들은 어쩌면 도가 계열일지도 모른다는 착각을 했을 정도로 짙은 현기와 선기를 가졌다.

"어때, 직접 겪어보니까?"

단유강의 물음에 백설영은 대답을 망설였다. 섣불리 대답할 수 없었다. 단유강이 보여준 마기는 지독했다. 그런 걸 아무 마인이나 구사할 수 있을 리 없었다.

"진짜 피에 미친 마인들이 내뿜는 마기는 이 정도가 아니야. 훨씬 더 지독하고 잔혹하다고."

단유강의 말에 백설영은 자신의 생각을 수정할 수밖에 없었다. 사천에 스며든 마인들은 피로써 마공을 연성한 자들이다. 그들의 마기는 방금 단유강이 보여줬던 것보다 더 까다로울 것이다.

'그런 자들을 상대해 본 경험이 없다면······.'

참혹한 광경이 눈에 보이는 듯했다. 사마자혜와 함께 온 열두 명의 무사가 대단한 실력을 가지고 있긴 하지만, 마인들과 싸우면 어떻게 될지 장담할 수 없었다.

'게다가 그들만 있는 게 아니지.'

사마자혜가 끌어모은 이백 명의 천망단도 문제다. 천망단은 아무래도 실력이 모자랄 수밖에 없다. 그런 자들이 마인 앞에 서면 제 실력을 발휘도 못해보고 학살당할 것이다.

그렇게 되면 열두 명의 고수도 제 실력을 발휘하기 어렵다. 이백 명이나 되는 무사를 신경 쓰면서 싸워야 하는데, 그건 거의 불가능하다.

'어떻게 흘러가더라도 참변을 면치 못하겠구나.'

백설영은 정신이 번쩍 들었다. 이 문제는 더 이상 가볍지 않았다. 자칫하면 이백 명이나 되는 목숨이 날아가게 생겼다.

"문제는 그것뿐만이 아니야."

단유강은 정신을 차리지 못하는 백설영을 바라보며 말을 이었다.

"마인들이 자신이 처한 상황을 인지한다면, 정말로 미친 짓을 벌일 수도 있다는 거야."

"그, 그게 무슨……."

"예를 들면 이런 거지. 마인 수십 명이 은밀히 힘을 모은다. 그리고 먹음직한 먹이가 이백 명이나 모인 곳을 급습한다. 미처 사태를 파악하기도 전에 그들의 심장을 뽑아 도망친다."

단유강의 섬뜩한 말에 백설영의 눈이 화등잔만 해졌다.

"자, 그럼 어떻게 될까?"

백설영이 몸을 부르르 떨었다. 마인들이 사람의 심장을 얻으면 더 강해질 것이다. 그리고 더 미쳐 날뛸 것이다. 그때부터는 무림인뿐 아니라 일반인들까지 끌어들이게 된다.

"한 번 미친 마인은 통제가 불가능해. 그들은 주변의 모든 걸 파괴할 거다. 계속 피를 마시면서 끊임없이 강해지는 거지. 한계에 이를 때까지."

"한계가 있나요?"

"당연하지. 피로 익힌 마공은 생각보다 한계가 낮다고. 그런데 그게 더 문제야. 한계에 달하면 더 많은 피를 갈구하거든. 피만이 자신의 한계를 부술 수 있다고 믿는 거지."

진정으로 두려운 얘기였다. 지금 그런 마인이 무려 오백 명이나 사천에 들어와 있다. 언제 터질지 모르는 벽력탄, 아니, 진천뢰 같은 자들이었다.

"무섭군요."

"무섭지. 그래서 걱정하는 거고."

백설영은 어찌해야 할지 생각을 해봤다. 뾰족한 타개책이 떠오르지 않았다. 그러다가 문득 사마자혜가 왜 자신들에게는 아무런 말을 하지 않는지 궁금해졌다.

"왜 우리는 제외하고 일을 진행시키는 걸까요?"

"내가 있기 때문이지."

"예?"

백설영은 아직 사마자혜와 단유강 사이에서 무슨 일이 벌어졌는지 모른다. 단유강은 그런 백설영을 위해 몇 가지 사실을 설명해 주었다. 그 말을 모두 들은 백설영이 나직이 한숨을 내쉬며 고개를 끄덕였다.

"하아! 당연히 오지 않겠군요. 하지만 연 대원한테는 관심이 좀 있는 것 같은데…….."

"백철이의 실력을 조금 엿봤거든."

백설영은 이해했다는 표정으로 고개를 끄덕였다. 연백철의 실력은 상당하다. 지금 당장 청룡단에 가서 부단주를 맡아도 무리없을 정도로 강하다. 정작 그 실력을 본인은 잘 모르고 있지만 말이다.

"아마 어떤 식으로든 백철이에게 접근할 거야. 청룡단으로 끌어들이는 게 가장 간단한 방법이겠지."

백설영이 약간 걱정스런 표정으로 단유강을 바라봤다. 그동안 단유강이 연백철에게 들인 공이 꽤 많다. 마음에 들어한다는 걸 알기에 막상 연백철이 청룡단으로 가버리면 꽤 서운할 것 같았다.

"제가 손을 좀 써볼까요?"

단유강이 고개를 저었다.

"됐어. 백철이 청룡단 가고 싶어하는 거 잘 알잖아. 그런 건 스스로 선택해야지. 뭐, 백철이가 청룡단으로 가면 꽤 잘 해낼 것 같기도 하고."

단유강의 말투는 어딘가 모르게 약간 서글퍼 보였다. 다른 사람은 들어도 느끼지 못하겠지만 백설영은 충분히 그것을 느꼈다. 하지만 손을 쓸 생각은 없었다. 단유강의 말대로 그것은 연백철이 선택할 문제였다.

"어떻게 할까요?"

백설영이 다시 진지한 얼굴로 물었다. 지금 닥친 진짜 중요한 문제는 연백철이 아니라 오백 명의 마인과 이백 명의 천망단이었다.

"어떻게 움직여야 할지 고민이었는데 마침 잘됐지. 우리도 따라가자고."

단유강의 말에 백설영이 염려 가득한 눈으로 그를 바라봤다.

"그러면 많은 사람들이 알게 될 텐데요."

단유강의 표정이 단호해졌다.

"좋은 사람들을 잃을 수는 없지. 어차피 백철이도 청룡단으로 가야 하고, 마침 잘된 거야. 안 그래?"

단유강이 그 말을 하며 빙긋 웃었다. 백설영은 단유강의 그런 미소를 보며 굳은 표정으로 말했다.

"전 절대 떠나지 않을 거예요."

"하하! 설영이도 기회가 오면 날아올라야지. 언제까지 나랑 같이 진창에 빠져 있을 수는 없잖아?"

단유강은 그렇게 말하며 자리에서 일어났다.

"다들 모아줘. 연무장에서 기다릴게."

백설영은 횅하니 사라지는 단유강의 뒷모습을 바라봤다. 너무 급하게 사라져 차마 더 말을 하지 못했다.

"여기가 왜 진창이에요? 이곳이 바로 하늘인데. 전 지금 날고 있다고요."

백설영의 중얼거림이 나직이 방 안에 울렸다. 그녀의 눈빛이 부드럽게 일렁였다.

연무장에 나란히 서 있는 네 사내의 눈이 빛났다. 그들은 앞에 선 단유강을 바라보며 투지를 불태웠다. 제갈무군을 제외하고는 말이다.

"겁을 먹은 사람은 없는 것 같군."

단유강이 빙긋 웃으며 말하자 제갈무군이 피식 웃었다.

"세상에서 제일 무서운 사람이 여기 있는데 고작 마인 따위에 겁을 먹을 리가 있습니까?"

단유강이 고개를 끄덕였다.

"뭐, 그런 건 중요하지 않지. 그런 그렇고……."

단유강의 시선이 하후량, 하후령 형제에게로 향했다.

"동생은 잘 있나?"

"예. 아주 건강하게 잘 있습니다."

단유강이 고개를 끄덕였다.

"다행이군. 이번 기회에 세연이네로 보내는 건 어때?"

그 말에 두 형제는 잠시 고민하다가 이내 굳은 표정으로 고개를 끄덕였다.

"그렇게 하겠습니다. 그렇지 않아도 너무 먼 곳에 있어서 왕래가 불편하던 참이었습니다."

사실 진작 데려왔어야 했다. 하지만 그동안은 건강에 문제가 있었기에 데려오고 싶어도 그럴 수가 없었다. 이제는 건강을 완전히 되찾았으니 어디든 갈 수 있다.

관씨 남매라면 믿을 만하다. 아마 그들의 동생인 하후아영도 편해 지낼 수 있을 것이다.

단유강은 턱을 쓰다듬으며 잠시 생각하다가 입을 열었다.

"그냥 단가표국에 맡기는 것도 괜찮겠군. 어때? 믿고 맡길 만해?"

단유강의 물음에 하후량이 자신있게 대답했다.

"물론입니다. 단가표국 표사들의 능력은 제가 보증할 수 있습니다."

하후량의 말에 단유강이 빙긋 웃었다.

"그럼 맡기도록 하자고. 의뢰는 내가 할 테니까."

단유강은 그렇게 말하며 품에서 주머니 하나를 꺼내 옆에서 있는 백설영에게 넘겼다. 백설영은 공손히 그 주머니를 받아 들며 말했다.

"대주님의 명대로 처리하겠습니다."

하후량과 하후령은 잠시 멍한 표정을 지으며 단유강과 백설영을 번갈아 쳐다봤다. 하지만 이내 부드러운 표정으로 어쩔 수 없다는 듯 고개를 저었다. 항상 이런 식이었다. 두 사람은 단유강에게 정중히 마음을 담아 포권을 취했다. 아무런 말은 없었지만 그 마음만큼은 절절히 느껴졌다.

"자자, 이번 기회에 이름들을 날려보자고. 언제까지 이런 촌구석에서 썩고 있을 수는 없잖아?"

단유강은 그렇게 말하며 돌아섰다. 그리고 정면에 보이는 문을 바라봤다.

"가자."

단유강이 먼저 움직이자, 투지에 불타는 네 사내가 힘차게 걸음을 내디뎠다. 그들의 걸음에는 자신감이 가득했다. 그리고 두 눈은 단유강의 등에 고정되어 있었다.

사마자혜는 눈살을 찌푸렸다. 힘이 될 것 같았지만 일부러

부르지 않았다. 통제할 자신이 없었기 때문이다. 한데 이렇게
알아서 찾아왔다.

'대체 어떻게 알고 찾아온 거지?'

사마자혜는 이해할 수 없다는 눈으로 단유강을 바라봤다.
이번 일은 꽤 세심하게 통제를 했다. 자신들이 움직이는 것을
마인들에게 들키기라도 하면 자칫 낭패를 당할 수도 있기에
신중에 신중을 더했다. 한데 어떻게 알았는지 단유강이 칠십
오대를 이끌고 온 것이다.

사마자혜는 연백철을 힐끗 쳐다본 후 다시 단유강을 바라
봤다. 단연 돋보였다. 처음에는 아름다운 외모의 백설영에 눈
이 갔지만 그것은 아주 잠깐이었다.

'저 복면을 쓴 사람은 대체 뭐지?'

제갈무군은 복면을 쓰고 있었다. 사마자혜는 물론이고, 자
신의 얼굴을 아는 사람들이 대거 몰려왔으니 함부로 얼굴을
드러내고 나다닐 수가 없었다.

사마자혜는 잠시 한심하다는 눈으로 복면을 쓴 제갈무군
을 바라봤다. 당당한 무림맹의 일원이 대낮에 복면을 쓰고 돌
아다니는 걸 용납하기 어려웠다. 당장 벗으라고 호통을 치고
싶었지만 꾹 참았다. 지금 말싸움을 해봐야 자신만 손해였다.
더구나 전혀 밀릴 것 같지 않은 단유강을 상대로는 말이다.

'그래도 저 사람이 있으니……'

사마자혜는 연백철을 다시 바라봤다. 탐이 났다. 만일 도

움을 얻을 수 있다면 이번 일에 큰 힘이 될 것이다. 사마자혜는 아무튼 단유강이 여기까지 모든 대원을 이끌고 왔다는 것은 공을 세우기 위함이라고 판단했다.

지금 중요한 건 힘이었다. 통제할 수 없다면 문제지만, 자신이 통제만 한다면 꽤 큰 힘을 발휘해 줄 것이다. 그러기 위해서는 일단 단유강의 기선을 제압하는 게 중요하다.

"무슨 일로 여기까지 오신 건가요?"

단유강은 심드렁한 눈빛으로 사마자혜를 바라봤다.

"그냥 지나가던 길이었소만……."

"예?"

사마자혜는 당황스런 표정으로 단유강과 근처에 있는 칠십오대 대원들을 쳐다봤다. 그들에게서 뿜어져 나오는 투지가 그녀에게 고스란히 전해졌다.

'흥, 빤히 눈에 보이는데 발뺌은. 자존심을 좀 세워보시겠다 이건가? 절대 물러날 수 없지.'

사마자혜는 새치름한 눈으로 고개를 끄덕였다.

"그렇군요. 그럼 지나가세요."

단유강은 빙긋 웃으며 그녀를 지나쳐 걸어갔다. 칠십오대의 나머지 대원들도 단유강을 따라갔다. 사마자혜는 단유강의 모습이 사라질 때까지 그 뒷모습을 뚫어져라 노려봤다.

이내 단유강이 시야에서 사라지자, 사마자혜는 나직하게 한숨을 내쉬었다. 생각해 보면 이렇게 왔을 때 잡았어야 하는 게 옳았다. 어쩌면 저들은 다시 돌아오지 않을지도 모른다. 사마자혜는 고개를 흔들어 부정적인 생각을 털어냈다.

"아니야. 그럴 리 없어. 어차피 저 마을에 가면 다시 만날 수 있을 거야."

앞으로 마인들을 상대하려면 강한 사람이 하나라도 더 있어야 피해가 적고 일의 성공 확률이 높아진다. 만일 단유강이 고집을 부려 그냥 돌아가 버린다면 정말로 아쉬울 것이다.

"연백철…… 그 사람은 좀 아깝네."

다른 대원들은 아예 눈에 차지도 않았다. 머릿수는 충분히 채웠다. 이제부터는 고수가 필요한 시점이었다. 사마자혜는 물론이고 노극민도 설마 천망칠십오대 전원이 연백철보다 훨씬 뛰어난 고수일 거란 생각은 전혀 못했다.

사마자혜의 눈이 주변을 살폈다. 이미 첫 목표를 정했고, 그것을 위해 그동안 열심히 끌어모은 이백여 천망단원들이 주위에 포진해 있었다. 그리고 진짜 마인을 상대해야 할 열두 명의 고수와 노극민 또한 계획된 위치에 숨어 있었다.

"자, 이제 정말 시작이야. 정신 바짝 차려야 해."

사마자혜가 그렇게 다짐하며 천천히 걸음을 옮겼다. 다른 사람들에게만 위험을 떠안길 수는 없었기에 그녀가 선택한 것이 바로 미끼였다.

사마자혜는 심장이 두근거리는 소리를 들으며 차분히 호흡을 골랐다. 그리고 눈앞에 보이는 마을을 향해 계속해서 걸음을 옮겼다.

"대주님, 그냥 가도 괜찮습니까?"

연백철이 참지 못하고 물었다. 연백철은 지금 크게 흥분한 상태였다. 보통 싸움을 앞두고 이렇게까지 흥분하는 건 갓 낭인이 되었을 때 외에는 거의 없었다. 연백철 스스로도 자신이 왜 그러는지 몰랐다.

"괜찮아."

단유강의 대답에 연백철은 답답했다. 끓어오르는 투기를 발산하고 싶어서 심장이 터질 지경이었다. 그래서 더 흥분했다. 그 순간, 누군가 연백철의 어깨를 툭툭 두드렸다. 연백철이 고개를 돌려 바라보니 어느새 복면을 벗은 제갈무군이 빙긋 웃으며 서 있었다.

"뭘 그렇게 긴장해? 꼭 이 친구들한테 전염이라도 된 것 같잖아."

연백철은 제갈무군이 가리키는 쪽을 쳐다봤다. 그곳에는 하후량, 하후령 형제가 막대한 투기를 내뿜고 있었다. 연백철은 그제야 자신이 왜 이렇게 흥분했고 투기를 절제하지 못했는지 알 수 있었다.

'정말 말이 안 나오는군.'

두 사람이 내뿜는 투기는 정말로 대단했다. 투기만으로 다른 사람을 감싸 안는 것은 결코 쉬운 일이 아니었다. 한데 저

쌍칼 형제는 그렇게 했다. 연백철은 새삼 대단하다고 느꼈다.

'응? 그러고 보니⋯⋯.'

연백철은 새삼스러운 눈으로 다른 대원들을 하나하나 바라봤다. 쌍칼 형제의 투기에 전염된 사람은 자신뿐이었다. 제갈무군과 백설영은 아무렇지도 않은 표정이었다. 문노야 원래 그렇다 쳐도 이건 생각 외의 일이었다.

"왜? 내가 저 친구들보다 약할 거라 생각했어?"

제갈무군이 웃으며 말하자 연백철은 자신도 모르게 고개를 끄덕였다. 그러자 제갈무군이 크게 웃었다.

"으하하하!"

제갈무군은 정색을 하며 말을 이었다.

"눈썰미가 제법이군. 내가 더 약한 거 맞아. 으하하핫!"

결국 마지막은 웃음으로 마무리했지만 방금 제갈무군이 한 말은 연백철에게 뭔가를 깨우쳐 줬다.

'이건 무공의 고하가 문제가 아니라는 증거로군.'

연백철은 최대한 평정심을 유지하려 애썼다. 처음에는 잘되지 않았지만 마을에 도착할 무렵에는 투기를 안으로 갈무리할 수 있었다. 이제 일행 중에서 투기를 내뿜는 사람은 쌍칼 형제뿐이었다.

"제법이군."

제갈무군은 놀란 눈으로 그렇게 말했다. 설마 자신의 한마디로 이렇게 빨리 변화할 줄은 몰랐다. 방금 연백철이 깨달은 것은 무공의 벽을 허무는 데 상당히 중요한 것이다. 제갈무군은 새삼스럽게 단유강을 바라봤다.

'대주님은 처음부터 저놈의 자질이 범상치 않다는 걸 알아보신 건가?'

제갈무군은 이내 고개를 끄덕였다. 충분히 가능성이 있었다. 그가 보기에 단유강은 그런 사람이었다.

"자, 다 왔다. 떨거지들이 오기 전에 후딱 해치우자."

단유강의 말에 대원들이 눈을 빛냈다. 이제부터가 진짜 시작이었다.

고작 수십여 호의 집이 옹기종기 모여 있는 작은 마을이었다. 단유강은 마을 중앙에 있는 제법 큰 집으로 향했다. 그리고 슬쩍 고개를 돌려 제갈무군에게 말했다.

"복면, 다시 써라."

"예에? 이 잘생긴 얼굴을 또 가려야 한단 말입니까? 자혜도 이제 만날 일이 없을 것 같은데……."

"뭐, 무림맹으로 개처럼 질질 끌려가고 싶다면 말리지 않는다."

"씁니다. 쓰지요. 예."

제갈무군은 냉큼 복면을 뒤집어썼다. 단유강은 그 모습을 확인하고 만족스럽게 고개를 끄덕였다.

"꽤 악당답군."

"누가요? 백철이요? 하긴, 백철이 인상이 좀 험악하긴 하죠. 으하하핫!"

제갈무군의 너스레에 단유강이 혀를 차며 고개를 저었다. 연백철은 그 옆에서 얼굴이 시뻘게져서는 제갈무군을 잠시 노려봤다. 하지만 이내 체념한 듯 다시 고개를 돌렸다.

"누가 철판 아니랄까 봐. 에휴."

일행이 그렇게 두런두런 얘기를 하는 사이, 어느새 목표로 했던 집 앞에 도착했다. 단유강이 고개를 돌려 백설영을 바라보자, 백설영이 즉시 보고를 했다.

"마인 다섯이 머무는 곳입니다. 이 마을에서 최근 다섯 명의 처자가 실종되었습니다."

마인이 사는 곳에서 실종되었다는 것은 피를 빨려 죽었다는 뜻이다. 아마 이대로 방치하면 조만간 마을에 남아나는 사람이 없을 것이다.

"마기가 거의 흘러나오지 않는 걸 보니 땅을 파고 들어가 있는 모양이군."

단유강은 그렇게 말하며 가볍게 손을 들었다.

"목표는 척살이다. 시작."

단유강의 명이 떨어지기가 무섭게 쌍칼 형제가 몸을 날렸다.

쾅!

문짝이 박살나며 사방으로 파편이 비산했다. 하후량은 그

사이로 과감히 몸을 들이밀며 검을 휘둘렀고, 하후령은 하후량의 뒤에 바짝 붙으며 눈을 빛냈다.

"백철이! 서둘러라!"

단유강의 말에 잠시 넋 놓고 있던 연백철이 화들짝 놀라 검을 뽑았다. 그리고 단유강을 한 번 쳐다보고는 이를 악물고 몸을 날렸다.

"하아압!"

채채채채챙!

연백철이 몸을 날림과 동시에 마인 하나가 튀어나왔다. 그역시 검을 들고 있었는데, 검신이 새빨간 핏빛이었다.

연백철과 마인은 정신없이 검을 섞었다. 단유강은 그 모습을 보며 고개를 끄덕였다.

"수련 제대로 했네."

연백철은 훌륭하게 자신의 검법을 펼쳤다. 천망검법을 자유자재로 펼치니 마인의 검이 빈틈을 찾지 못하고 흐느적거렸다. 게다가 가끔 터져 나오는 추뢰보는 단연 발군이었다.

단유강은 고개를 돌려 쌍칼 형제를 바라봤다. 둘이서 마인 넷을 한꺼번에 상대하고 있었는데, 척 보기에도 연백철이 상대하는 마인보다 몇 배는 강한 놈들이었다.

단유강은 손을 번쩍 들며 외쳤다.

"앞으로 다섯 초 안에 끝내!"

단유강의 외침에 쌍칼 형제의 검이 빨라졌다.

스파파팟!

"크아악!"

"커억!"

마인 둘이 단숨에 넘어갔다. 그리고 두 초식을 더 써서 남은 마인의 목을 잘랐다.

"으아아아아!"

다섯 초식을 모두 쏟아붓고도 마인을 쓰러뜨리지 못한 연백철이 괴성을 지르며 달려들었다. 목숨을 도외시한 공격이었다. 마인은 그 순간 흠칫 놀라며 빈틈을 보였고, 그 빈틈을 정확히 노린 연백철의 검이 그의 심장을 갈랐다.

푸슉!

연백철은 검을 뽑으며 뒤로 쭉 물러났다.

"허억! 허억!"

기력을 모두 탕진한 느낌이었다. 숨이 가쁘고 다리가 후들거렸다. 연백철은 천천히 손을 들어 자신의 손바닥을 들여다봤다. 최근 새로 생긴 굳은살이 보였다.

'내가… 강해졌구나!'

가슴이 벅차올랐다. 방금 자신이 상대한 자는 마인이다. 마공을 익힌 마인을 상대로 승리를 쟁취한 것이다. 예전의 자신이라면 상상조차 할 수 없는 일이었다.

'예전의 나라면 백 명이 모여도 상대할 수 없었겠지.'

고작 몇 달이었다. 그 짧은 시간에 이렇게 강해져도 되는 건지 문득 두려워졌다.

그렇게 갖은 상념에 잠긴 연백철의 어깨를 두드리는 손이 있었다. 연백철은 멍한 눈으로 고개를 돌려 손의 주인을 바라봤다. 복면을 쓴 제갈무군이었다.

"이제 시작일 뿐이야. 가자."

연백철은 굳은 표정으로 고개를 끄덕였다. 맞는 말이다. 이제 시작일 뿐이다. 마인을 찾아 싸우는 것도, 또한 자신이 더 강해지는 것도.

대원들이 모두 빠져나가자, 단유강은 불씨 다섯 개를 던졌다. 각각의 불씨는 정확히 마인의 시체에 내려앉았다.

화르륵!

시체가 타기 시작했다. 단유강은 잠시 그 광경을 바라보다 몸을 돌렸다. 다른 대원들은 벌써 마을을 빠져나가고 있었다.

사마자혜는 마을을 가로지르며 기이한 느낌에 사로잡혔다. 어떻게 마인들을 꼬여낼지 고민하며 걸었는데, 어느 순간부터 뭔가 비틀린 느낌이 들었다. 그녀의 걸음이 조금 더 빨라졌다.

순식간에 마을 중앙에 도착한 사마자혜는 눈 가득히 들어오는 불길에 화들짝 놀랐다. 그녀가 목표로 했던 집에서 넘실대며 불길이 흘러나오고 있었다. 사마자혜는 황급히 집 안으로 뛰어들어 갔다.

불길은 아직 많이 퍼지지 않은 상태였다. 사마자혜는 다급히 땅을 파 불을 향해 흙더미를 던졌다. 불이 막 번지기 시작하려는 찰나였기에 생각보다 쉽게 불길을 잡을 수 있었다.

"이게 대체 어떻게 된 일일까?"

사마자혜는 차분한 눈으로 주위를 살폈다. 그녀는 어렵지 않게 다섯 구의 시체를 발견했다. 그 시체들 역시 불타고 있었는데, 집에 번진 불길은 시체에서 옮겨 붙은 듯했다.

"설마……."

사마자혜는 황급히 움직여 시체를 태우고 있는 불길을 껐다. 내공을 이용해 검으로 흙을 파내고 그것으로 불길을 잡았다. 그녀가 그렇게 하는 사이 노극민이 조심스럽게 그곳으로 다가왔다.

"아가씨?"

노극민은 정해진 위치에서 사마자혜를 기다리다가 아무리 기다려도 그녀가 오지 않자 걱정이 되어 여기까지 찾아왔다. 노극민은 시체에 붙은 불을 끄고 있는 사마자혜를 보고는 서둘러 그녀를 도왔다.

시체는 겉이 새까맣게 타버렸다. 다행히 일찍 발견해 완전히 타지 않았기에 대충 몇 가지는 알아볼 수 있었다.

"이들이 바로 우리가 목표로 했던 마인들이 분명합니다."

노극민의 말에 사마자혜가 무거운 표정으로 고개를 끄덕였다. 마인들은 죽어 불탔는 데도 불구하고 진득한 마기를 흘려대고 있었다. 마인들의 단전에 자리한 마공이 깨지면서 조금씩 잔존 마기를 자연으로 돌려보내고 있었다. 이대로 하루쯤 지나면 완전히 깨끗해질 것이다.

"이곳에 마인 다섯이 있다고 했었나요?"

"그렇습니다."

시체도 딱 다섯 구였다. 그리고 그 다섯 시체에서 마기가 흘러나오고 있었다. 누군가 먼저 선수를 친 것이다. 사마자혜는 기분이 상당히 나빠졌다. 갑자기 단유강의 얼굴이 떠올랐다.

'설마 그들이?'

사마자혜는 고개를 저었다. 그럴 확률은 없었다. 이곳에 있는 다섯 마인을 상대하려면 그 정도 실력으로는 어림도 없었다. 게다가 불이 번진 정도를 보면 방금 전에 이들을 처단한 것이 분명했다.

"아직 멀리 가지 못했을 거예요. 빨리 찾아봐요!"

사마자혜의 말에 노극민이 고개를 살짝 숙이고는 몸을 날렸다. 이곳에는 이백 명이나 되는 무사가 있다. 그들을 이용하면 충분히 찾을 수 있을 것이다.

노극민이 멀어지는 모습을 가만히 바라보던 사마자혜의 뇌리에 천면색귀를 물리친 고수의 일이 떠올랐다. 무림맹에서는 그 고수를 찾고자 했으나, 결국 흔적을 발견하는 데는 실패하고 말았다.

"어쩌면 그 흔적을 지금 찾았는지도 몰라."

사마자혜는 그런 생각을 하며 눈을 빛냈다. 무림맹에서 처음 나온 것치고는 상당히 많은 성과를 올리고 돌아갈 수 있겠다고 생각하니 벌써부터 가슴이 뛰었다.

노극민은 이백여 천망단원을 움직여 사라진 고수를 찾았다. 천망단은 그 특성상 포위망을 형성하거나 정보를 수집하고 누군가를 추적하는 일에 능숙했다. 하지만 그런 천망단 이백 명이 동원되었는데도 그 흔적을 찾을 수가 없었다.

노극민은 성과없이 속속 돌아오는 천망단원들을 바라보며 나직이 한숨을 쉬었다.

"제갈 부단주의 부재가 아쉽군."

제갈미미는 사마자혜의 부탁을 받아 무림맹으로부터 얻은 정보를 가공하는 중이었다. 그 정보를 가지고 마인들이 어디에서 무엇을 하는지 찾아내고, 그들의 용모파기까지 알아내는 일을 맡았다. 지금도 수시로 정보를 받고 있었다.

만일 제갈미미가 정보를 관리하지 않고 이 일에 함께 손을 거들었다면 이렇게 어이없이 고수들의 종적을 놓치진 않았을 것이다.

"어쨌든 이제는 다음 목표로 가는 수밖에 없군."

노극민은 사마자혜가 있는 쪽으로 걸음을 옮겼다. 노극민의 표정에 안타까움과 안도감이 동시에 떠올랐다. 사실 그는 사마자혜가 더 이상 무리하지 않고 무림맹으로 돌아가기를 원했다. 하지만 일단 일을 시작했으면 누구보다 뛰어난 성과를 얻기를 바랐다.

누군가 마인을 미리 처단했다는 것은 사마자혜에게 닥칠 위험 하나가 줄어들었다는 뜻이다. 하지만 성과를 전혀 얻지 못했다는 뜻도 된다.

노극민은 이 모순적인 느낌에 고개를 절레절레 저었다.

한편, 숨어 있는 마인 다섯을 처리한 단유강 일행은 유유히 다음 목표를 향해 나아가고 있었다.

"다음은 어디지?"

"서창 부근으로 가야 할 것 같습니다."

"서창? 거기에도 마인들이 숨었어?"

"정확히는 서창이 아니라 그 근방입니다. 서창에도 마인들의 근거가 되는 사업체가 있습니다. 마인들은 사업체를 다른 자들에게 맡기고 숨어 있습니다."

백설영의 설명에 단유강이 고개를 끄덕였다.

"그렇군. 그런 놈들이 오백이나 있단 말이지. 아니, 이젠 다섯이 죽었으니 사백구십오 명인가?"

"아마 더 적을 것입니다. 무림맹 백호단이 천마신교 측 무사들과 합류했습니다."

"그래? 그럼 북부 쪽은 일단 신경 쓰지 않아도 되겠군."

단유강은 잠시 생각에 잠겼다. 최대한 빨리 정리하고, 아직 드러나지 않은 놈들을 추적해야 한다. 남쪽과 북쪽에서 동시에 몰아치면 아마 숨어 있는 놈들도 위기감을 가지고 움직일 것이다. 어쩌면 한데 뭉칠지도 모른다.

"그게 제일 이상적인데 말이야."

한데 뭉치면 상대하기가 오히려 더 쉽다. 일일이 찾아다닐 필요가 없지 않은가. 마인 수백 명을 한꺼번에 상대하기에는 대원들의 무공이 좀 모자라지만, 여기에는 대원들만 있는 게 아니다.

"문노는 돌아갔나?"

단유강의 물음에 백설영이 고개를 끄덕였다.

"예. 혹시 모를 사태에 대비해서 돌아갔습니다. 미고현에 있던 도박장이 무너졌으니 어떤 방식으로든 일이 벌어질 거라 예상했습니다."

단유강이 만족스런 표정으로 고개를 끄덕였다.

"잘했어. 역시 설영이는 믿음직스러워."

백설영의 얼굴이 살짝 붉어졌다. 제갈무군이 옆에서 그 모습을 못마땅하게 쳐다봤다.

"거참, 일일이 얼굴 좀 붉히지 마라. 이거 원, 남세스러워서."

백설영의 얼굴이 얼음장처럼 차가워졌다.

"복면이나 쓰시지."

"젠장, 쓰면 되잖아."

제갈무군은 투덜거리면서 복면을 썼다. 하지만 끝까지 백설영을 노려보는 눈을 치우지 않았다.

"자자, 잡담은 일 끝나고 하자. 대충 느낌이 오는구나. 이번 놈들은 땅속에 들어가 있지 않은가 보네?"

단유강은 이를 드러내며 웃었다. 그리고 고개를 돌려서 대원들을 바라보며 턱을 쓰다듬었다.

"흐음, 이번에는 세 놈이니까 철판이랑 백철이가 한번 해볼래?"

단유강의 말에 제갈무군이 기겁을 했다.

"으헥! 백철이랑 제가요? 대주님, 상성이 너무 안 좋은데요? 차라리 설영이랑……."

단유강이 고개를 끄덕였다.

"하긴 좀 그렇지? 그럼 이번엔 설영이랑 백철이가 해."

단유강의 말이 떨어지기가 무섭게 백설영이 살짝 고개를 숙였다.

"명을 받듭니다."

하지만 연백철은 얼떨떨하면서도 불안한 표정을 감추지 못했다.

"제, 제가 또요?"

연백철의 태도에 제갈무군이 이를 갈며 그의 옆으로 다가가 어깨에 팔을 둘렀다.

"으윽! 이, 이거 뭡니까?"

제갈무군이 팔에 힘을 꽉 주자, 연백철은 갑자기 찾아오는 고통에 인상을 찌푸렸다. 제갈무군은 연백철의 표정이나 말에는 아랑곳하지 않고 그의 귀에 대고 조용히 속삭였다.

"잘 지켜라. 설영이 옷자락 하나라도 잘리는 날에는 아주 그냥······."

제갈무군의 말에 섞인 냉기에 연백철은 몸을 부르르 떨었다. 그리고 새삼스러운 눈으로 그를 바라봤다. 제갈무군은 언제 그런 말을 했느냐는 듯 헤실헤실 웃으며 백설영 옆으로 다가가고 있었다.

"무서우면 언제든 나랑 바꿔도 돼. 이 천기수사 어르신께서 깨끗이 해결해 줄 테니까. 으헤헤헷!"

"닥쳐."

백설영은 그 한마디를 남기고 사뿐사뿐 앞으로 걸어갔다. 제갈무군은 그녀의 뒷모습을 복잡한 눈으로 바라봤다.

연백철은 그런 두 사람의 모습을 보며 다시 한 번 몸을 부르르 떨었다.

第五章

사천당가

태룡전

사마자혜는 굳은 표정을 감추지 못했다. 벌써 네 번째였다.

"이번에도 마찬가지로군요. 마치 누군가 우리의 일거수일투족을 살피면서 방해를 하는 것 같습니다."

노극민의 말에 사마자혜는 나직이 한숨을 내쉬었다. 솔직히 말하자면 방해라고 할 수는 없었다. 자신보다 한발 앞서서 일을 처리한 것이 방해는 아니지 않은가. 그저 조금 빨랐을 뿐이다.

"천망단은 어떤가요?"

"조금 동요하고 있긴 합니다만, 아직은 걱정없습니다."

"하아, 걱정이군요. 앞으로도 계속 이런 식이면 저들을 더이상 이끌 수 없을 거예요."

사마자혜의 말에 노극민도 더 이상 뭐라 말을 할 수 없었다. 그녀의 말대로 이런 상황이 계속되면 천망단을 더 이상이끌고 다닐 수 없을 것이다.

"이대로 당하고만 있을 수는 없어요. 이번에는 조금 더 무리를 해서라도 그들의 의표를 찔러야겠어요."

노극민이 의아한 표정을 짓자, 사마자혜가 말을 이었다.

"완전히 반대로 되돌아갈 생각이에요. 서창 쪽으로 온 것은 이쪽에 더 많은 마인이 있기 때문이었는데, 누군지 모르지만 마인들을 잘 소탕해 주고 있으니 우리는 상대적으로 취약한 쪽으로 가면 되지 않겠어요?"

"그럼 어쩌실 생각이십니까?"

"민강 쪽으로 가겠어요."

민강은 지금 사마자혜 일행이 있는 곳에서 북동쪽으로 한참을 가야 나오는 강이다. 미고현을 다시 지나 꽤 멀리까지이동해야 도착할 수 있었다.

노극민은 내심 고개를 끄덕였다. 최근 받은 연락에 따르면, 사천 북쪽에서부터 무림맹 백호단이 마인들의 근거지를 박살내는 중이라 했다. 그들이 사천을 전부 청소하는 데는 꽤 오랜 시간이 필요할 것이다. 그사이에 소문을 접하거나 정보를얻은 마인들이 더 깊숙이 숨어버리면 참으로 곤란해진다.

"서두르는 게 좋아요. 우리를 위해서도, 또 무림맹을 위해서도 말이에요."

노극민도 그 말에 동의했다. 마인들을 모두 솎아내지 못하면 그들은 독버섯처럼 자라나 다시 커다란 위협으로 다가올 것이 분명했다.

표자흠은 눈살을 찌푸리며 눈앞에 부복한 유염천을 노려봤다. 그의 몸에서 그간 깊숙이 감춰두었던 마기가 넘실대며 일어났다.

"적련과의 끈이 몽땅 끊어졌다고? 지금 이 상황에서?"

"그렇습니다. 너무나 은밀하고 급작스럽게 진행된 일이라 저 또한 미처 눈치채지 못했습니다."

"으드득! 그놈들이 감히……!"

표자흠은 이를 갈았다. 지금은 상황이 너무나 안 좋았다. 천마신교에서도 그가 교주 다음으로 두려워하는 곽진웅이 직접 나섰다. 그리고 무림맹에서도 백호단 전원을 투입할 정도로 적극적으로 움직이고 있었다.

이대로 조금만 더 지나면 사천에 숨어서 간신히 자리를 잡아가는 마인들이 떼죽음을 당할 것이다.

"그렇게 둘 수는 없지. 내가 어떻게 만들어낸 기반인데!"

표자흠은 유염천을 노려보며 물었다.

"설마 적련에서 우리에 대한 모든 것을 무림맹에 넘긴 것은 아니겠지?"

"그것은 아닌 듯합니다. 정확히 확인할 수는 없지만 공격당한 곳이 연속적이지 않습니다. 지금까지의 진행 상황으로 파악해 보건대, 아마 절반 정도를 알아낸 것 같습니다. 만일 적련에서 명단과 정보를 넘겼다면 이런 식으로 일을 처리할 이유가 없습니다."

표자흠이 고개를 저었다.

"아니야. 우리의 정보를 미끼로 무림맹과 거래를 할 수도 있지. 우부경은 그러고도 남을 놈이야."

적련의 련주 우부경은 비록 나이는 아직 어리지만 표자흠조차 그 속을 제대로 읽어내지 못할 정도로 노련했다. 그리고 냉혹했다.

"아마 그것은 아닐 것입니다. 그런 식으로 거래해서 우리를 넘기기엔 그들이 우리에게 투자한 금액이 지나치게 많습니다. 적련이 바보가 아닌 이상 그것을 그렇게 허투루 포기할 리가 없습니다."

유염천의 말에 표자흠이 살짝 흥분을 가라앉혔다. 해일처럼 일어났던 마기가 잔잔하게 가라앉았다. 유염천의 말에 일리가 있었다. 하지만 완전히 의심을 접지는 않았다. 우부경이라면 이런 상황에서도 뭔가 이득을 얻어낼 수 있을 것이다.

"후우! 일단 적련에 대한 생각은 접지. 지금 중요한 건 그게 아니니까."

지금 중요한 건 이 사태를 어떻게 해결하느냐이다. 이대로 숨죽일 수도 없고, 또 섣불리 움직일 수도 없었다. 지금 상황에서 무림맹과 부딪치는 건 자멸로 가는 지름길이었다.

"대체 어떻게 하면 좋을까?"

"일단 몸을 숨기는 것이 최선입니다."

"쥐새끼처럼 말이냐?"

표자흠의 몸에서 마기가 뭉클거리며 피어났다.

"현재 천하는 무림맹의 것입니다. 지금 당장은 그것을 뒤집을 방법이 없습니다."

유염천이 차분히 말하자 표자흠은 다시 마기를 거둬들였다. 그 역시 충분히 상황을 인식했다. 그가 아무리 발악을 해도 도망가거나 죽거나 둘 중 하나를 택해야만 한다.

"한데 과연 제대로 몸을 숨길 방법은 있나? 알다시피 우리 애들은 커다란 약점이 있으니 말이야."

현재 사천에 숨어든 마인들은 모두 마기를 감추지 못한다. 그나마 그것이 되는 사람은 표자흠이나 유염천 정도였다. 두 사람 역시 완전히 마기를 감추지는 못한다. 사람의 피를 탐한 순간부터 피할 수 없는 굴레였다.

"밤을 틈타 조금씩 이동하는 수밖에 없습니다. 낮에는 땅을 파고 몸을 묻어야 합니다."

땅속에 들어가 있으면 마기가 밖으로 퍼지지 않는다. 그저 근처의 땅이 조금 마기에 물들 뿐이다. 그나마도 마인이 사라지고 하루쯤 지나면 흔적조차 남지 않고 정화된다.

표자흠은 앓는 소리를 냈다.

"끄응! 비참하군."

"어쩔 수 없습니다. 지금은 참아야 할 때입니다."

표자흠은 이를 갈았다. 유염천의 말대로 지금은 참아야 할 때다. 적련이 끝까지 자신들을 외면하지는 않을 것이다. 다시 기반을 마련한 후, 은밀히 힘을 키우면 언젠가는 이 굴욕을 모조리 되갚아줄 수 있을 것이다.

"좋아, 가지. 숨을 장소는 마련해 놨나?"

유염천이 고개를 숙였다.

"물론입니다. 교주님과 중요한 애들 몇 명이 숨을 곳은 이미 마련되었습니다. 다만 나머지는 어쩔 수 없이 운에 맡겨야 할 듯합니다."

오백 명이나 되는 마인 중 벌써 수십 명이 당했다. 아마 앞으로도 피해는 극심할 것이다.

"절반 정도라고 했던가?"

"그렇습니다. 하지만 확신할 수는 없습니다."

아까도 했던 얘기다. 이렇게 다시 하는 이유는 아까웠기 때문이다. 사천으로 함께 넘어온 마인을 모두 잃으면 아무리 기반을 다져 봐야 소용이 없다. 그들은 표자흠의 힘이었다.

"경거망동하지 못하게 하고 잘 살피도록. 언제라도 틈이 나면 빼낼 수 있게 말이야."

표자흠은 그렇게 말한 후 손을 밖으로 몇 번 내저었다. 물러가라는 뜻이었다. 유염천은 공손히 포권을 취했다.

"존명."

유염천이 밖으로 나가자, 표자흠이 차가운 표정으로 주먹을 말아 쥐었다. 이번 일은 너무나 의심되는 부분이 많았다. 적련의 일도 그렇고, 방금 밖으로 나간 유염천도 믿기 어려웠다.

"결국 아무도 믿어선 안 된다는 사실만 뼈저리게 깨달았군. 향후 흑마성교를 일으키려면 정신 바짝 차려야겠어."

표자흠은 지그시 눈을 감으며 흑마성교라는 말을 연방 되뇌었다. 아무리 중얼거려도 듣기 좋은 말이었다. 흑마성교의 교주인 자신은 향후 진정한 마인들, 피를 섬기는 마인들의 주인이 될 것이다.

우부경은 삼총관의 보고를 들으며 만족스럽게 고개를 끄덕였다.

"마무리를 깔끔하게 하셨군요. 수고하셨습니다."

삼총관이 고개를 조아렸다.

"제가 한 일이 뭐가 있겠습니까. 다 련주님께서 힘을 써주신 덕분입니다."

예의상 하는 말이 아니었다. 우부경은 상당한 도움을 주었다. 그것도 아주 은밀하게. 삼총관은 그 도움을 받아 적련과 마인들 사이를 이어주던 끈을 모두 제거할 수 있었다.

이제 마인들이 다시 적련과 손을 잡으려면 직접 적련 본단에 찾아오거나, 아니면 적련이 다시 손을 내밀 때까지 기다릴 수밖에 없었다.

"그들이 운영하던 사업장들은 다 어찌 되었습니까?"

"무림맹에 당한 곳의 경우, 련의 비밀 상단을 통해 일부는 흡수시키고 일부는 과감히 포기했습니다."

우부경이 크게 고개를 끄덕였다.

"잘하셨습니다. 거의 포기하고 있었는데 대단한 일을 하셨군요."

적련에는 여섯 개의 비밀 상단이 존재한다. 다섯 총관이 각각 하나씩을 관리하고, 련주가 하나 관리한다. 그 비밀 상단들은 적련에서 공식적으로 나서기 어려운 일들을 은밀히 처리한다.

"절반도 회수하지 못했습니다. 손해가 막심합니다. 그나마 아직 흑마성교의 교주가 무사하다는 점이 다행이긴 합니다만……."

우부경이 단호히 고개를 저었다.

"무림맹의 손에서 벗어난 것만으로도 충분한 이득입니다. 그리고 그들과는 더 이상 손을 잡을 필요없습니다. 아니, 손을 잡아선 안 됩니다."

"하지만 아직도 그들이 가진 힘은……."

"그들은 더 이상 우리 적련에 호의를 보이지 않을 것입니다. 우리가 먼저 내치지 않았습니까. 아무리 속 좋은 사람이라도 쉽게 웃지 못할 일입니다. 하물며 그들은 마인입니다. 은혜는 잊어도 원한은 수백 배로 갚는 자들이지요."

우부경의 말에 삼총관은 등줄기가 오싹해졌다. 만일 마인들이 살아남아 적련에 해코지라고 한다면 그 여파를 감당하기 어려울 것이다. 적련은 상인 집단이지 무가가 아니었다. 마인들의 거대한 힘을 감당하다 보면 막대한 손실을 각오해야 할 것이다.

"두려워할 필요는 없습니다. 그들은 우리를 상대할 여력이 없을 테니까요. 무림맹만 상대하는 것도 버겁지 않겠습니까?"

우부경은 그렇게 말하며 기묘한 미소를 지었다. 그 미소는 삼총관의 팔뚝에 소름이 올올이 돋아나게 만들었다.

"이번이 몇 번째지?"

"열두 번째입니다."

백설영의 대답에 단유강이 고개를 끄덕였다.

"서창 인근은 이제 대충 정리가 된 모양이군. 그나저나 사마자혜는 지금 어디에 있지?"

단유강의 물음에 백설영이 약간 어두운 표정으로 대답했다.

"원래 예상대로라면 지금쯤 서창 인근에 도착했어야 하는데, 그러지 않은 모양입니다."

"그럼?"

"아무래도 전혀 다른 방향으로 길을 튼 듯합니다."

"길을 틀었다고?"

단유강의 얼굴이 살짝 굳었다. 사마자혜는 무려 이백 명이나 되는 무사를 이끌고 있다. 그들은 절대 마인의 상대가 아니다.

"예상되는 방향은?"

"일단 백호단이 설치는 북쪽으로는 가지 않았을 것입니다. 몇몇 유력한 길을 제외하면 남는 건 미고현 남쪽으로 가는 길과 동쪽으로 가는 길이 있는데, 전 이 중에서 민강 쪽이 의심스럽습니다."

백설영의 차분한 설명에 단유강이 나직이 한숨을 내쉬었다. 처음부터 이런 걸 예상했어야 하는데 너무 안이하게 생각했다. 자신이 사마자혜라도 그런 식으로 행동했을 것이다.

"후우! 그냥 예상대로 움직여 줬으면 좋았을 텐데. 그나저나 민강 근방에서 가장 위험한 곳이 어디지?"

"목천입니다. 그곳에는 무려 열 명이나 되는 마인이 모여 있습니다."

"열 명이라……. 이대로 가면 궤멸이군."

아마 열 명의 마인을 처리할 수는 있을 것이다. 사마자혜와 함께 온 열두 무사도 꽤 대단한 고수였다. 그들이 힘을 합하면 마인 열 명을 어찌어찌 해결할 수는 있을 것이다. 하지만 그건 마인들이 정정당당하게 싸웠을 때에 해당한다.

"아무래도 천망단이 살아남는 건 쉽지 않을 듯합니다."

"여기서 민강까지 얼마나 걸릴 것 같아?"

백설영은 약간 불안한 눈으로 연백철을 바라봤다. 연백철의 속도가 가장 느리기 때문이었다. 연백철만 아니라면 한 시진이면 갈 수 있었다. 물론 상당히 무리해서 경공을 펼쳐야 한다. 하지만 연백철이 끼면 두 시진이 훨씬 넘게 걸릴 것이다.

"곤란하군. 그럼 일단 거긴 내가 가지. 너희들은 미고현을 중심으로 그 근방을 샅샅이 조사해."

단유강의 말에 백설영이 고개를 살짝 숙였다.

"어라? 대주님, 정말로 혼자 가실 겁니까?"

"다 죽일 수는 없잖아."

단유강의 말에 제갈무군이 음흉한 웃음을 지었다.

"우흐흐흐, 갑자기 웬 착한 척이십니까? 남 일에는 관심도 없는 분이. 설마 자혜한테 관심이 있으신 겁니까? 하긴 자혜가 좀 예쁘긴 하죠."

제갈무군은 그렇게 말하며 백설영을 힐끗 쳐다봤다.

"설영이보다는 조금 모자라지만 그래도 자혜 정도면 아주 훌륭하죠. 흐음, 그나저나 자혜를 형수님으로 모시기는 싫은데……. 대주님, 차라리 자혜 말고 우리 미미는… 꾸엑!"

제갈무군은 뒤통수를 부여잡고 그대로 주저앉았다. 잠시 뒷머리를 마구 문지르던 제갈무군이 벌떡 일어나며 외쳤다.

"아, 거, 왜 자꾸 머리를 때리고 그러십니까! 이러다 외운 진법 다 까먹으면 어쩌라고!"

단유강이 백설영을 바라봤다. 백설영은 가볍게 고개를 숙인 후 검을 뽑았다.

스릉.

"헉!"

제갈무군은 그 광경을 보며 맹렬히 손사래를 쳤다.

"여, 여기까지 와서 이러기야?"

제갈무군의 말에도 백설영은 무표정한 얼굴로 검을 휘둘렀다.

"이크크! 알았어! 알았다고! 이크! 어딜 공격하는 거야! 남자에게 그곳이 얼마나 중요한데! 이크크! 알았다니까! 잘못했다고!"

제갈무군과 백설영이 만들어내는 촌극을 가만히 지켜보던 단유강은 나머지 대원들을 바라봤다. 연백철과 하후량, 하후령 형제가 단유강과 눈을 마주쳤다.

"미고현에서 보자. 금방 끝내고 가마."

쌍칼 형제는 공손히 포권을 취했다. 연백철도 얼결에 덩달아 포권을 취했다. 그들이 다시 고개를 들었을 때, 단유강의 모습은 더 이상 보이지 않았다.

사마자혜는 망연한 얼굴로 눈앞에 벌어진 참상을 바라봤다.

"어떻게 여기까지……."

아무리 생각해도 이해할 수가 없었다. 이곳까지 오는 내내 강행군을 했다. 즉흥적으로 결정했기에 다른 사람이 알아차리고 대처했을 가능성은 없었다. 그런데도 또 똑같은 일이 벌어졌다.

사마자혜의 눈앞에는 열 구의 시신이 불타고 있었다. 그녀가 멍하니 타오르는 불꽃을 바라보고 있자, 노극민이 나서서 불을 끄고 시체를 살폈다.

사마자혜는 의욕이 깨끗이 사라졌다. 이렇게나 애썼는데 아무런 성과도 못 얻었으니 당연했다. 게다가 이백 명이나 되는 사람이 헛걸음하지 않았는가.

"하아!"

사마자혜는 한숨을 내쉬었다. 밀려오는 자괴감에 몸이 축처졌다. 그런 사마자혜를 바라보는 노극민의 마음도 그리 편치 않았다. 사실 노극민은 마인들과 부딪치지 않아 다행이라 여겼다. 사마자혜에게 위험한 상황이 생기는 걸 원치 않았기 때문이다.

하지만 또 이렇게 풀이 죽은 모습을 보니 너무나 안쓰러웠다.

"아직 모든 게 끝난 건 아닙니다."

노극민의 말에 사마자혜가 씁쓸한 표정으로 그를 바라봤다. 말은 맞다. 아직 끝난 건 아니다. 마인들은 여전히 많이 남아 있었고, 정보도 아직 꽤 보유 중이었다. 하지만 사마자혜는 힘없이 고개를 저었다.

"됐어요. 더 이상 아무것도 하고 싶지 않아요. 이제 그만 돌아가죠."

사마자혜의 말에 노극민이 한숨과 함께 고개를 저었다.

"무사히 돌아왔구나. 다행이야."

제갈미미는 반가운 얼굴로 그렇게 말하며 사마자혜를 맞이했다. 하지만 이내 사마자혜의 표정을 보고는 의아한 눈으로 물었다.

"왜 그래? 무슨 일 있었어?"

사마자혜가 고개를 저었다.

"아니야. 아무 일도 없었어."

정말로 아무 일도 없었다. 너무 일이 없어서 그게 문제였다. 정작 살아 있는 마인은 한 번도 보지 못했으니 말이다.

사마자혜는 자신이 겪은 일을 하나도 빠짐없이 제갈미미에게 얘기해 주었다. 제갈미미는 사마자혜의 말을 들으며 눈을 빛냈다. 왠지 누가 그랬는지 충분히 알 것 같았다.

'아직 자혜는 모르지만 칠십오대에는 고수가 있어. 어쩌면 모두 고수일지도 모르지.'

제갈미미가 확인한 고수는 하후량, 하후령 형제다. 그리고 제갈무군의 능력도 어느 정도 확인했다. 연백철에 대해서도 웬만큼은 안다. 나머지 사람들은 아직 어떤지 모르지만 그들도 고수일 확률이 높았다.

'그때는 정말 대단했지.'

문득 예전 도박장 무사들과 싸우던 일이 떠올랐다. 당시 하후량, 하후령 형제가 싸움에 난입해 보여준 능력은 실로 가공했다. 그 둘이라면 어떤 마인을 상대하더라도 충분히 이길 수 있을 것 같았다.

'그들일 거야, 분명히.'

제갈미미는 확신했다. 사마자혜가 단유강을 봤다는 말을 듣고 나니 더더욱 확실해졌다.

"내 말 듣고 있는 거야?"

사마자혜의 말에 제갈미미가 퍼뜩 정신을 차렸다.

"응? 아, 물론이지. 호호홋."

사마자혜가 미심쩍다는 눈으로 제갈미미를 바라봤다. 하지만 이내 다시 풀 죽은 표정으로 고개를 숙였다.

"그런 표정 지을 필요없어. 어쨌든 마인을 처단했으니 결과적으로는 잘된 거 아냐?"

"그야 그렇지만……."

"결과적으로 마인들과 부딪치지 않아서 인명 피해도 전혀 없었고 말이야."

제갈미미의 말이 옳다는 건 알지만 그래도 그냥 고개를 끄덕이긴 싫었다. 사마자혜는 입술을 살짝 내밀고는 고개를 돌렸다.

"아직 마인들이 얼마나 대단한지도 모르잖아. 그들이 만일 천망단 무사들만 집중적으로 노렸으면 아마 수많은 사람이 죽었을 거야."

그제야 사마자혜의 표정이 조금 나아졌다. 확실히 마인들을 조금 우습게 보긴 했다. 하지만 자신이 가진 전력을 생각하면 그럴 만했다. 그래도 정면으로 부딪쳤다면 천망단이 큰 피해를 입었을 게 틀림없다는 생각을 하니 조금은 위로가 되었다.

"그럼 이젠 어떻게 할 거야?"

"글쎄."

사마자혜는 심각한 표정으로 생각에 잠겼다. 이대로 무림맹으로 돌아가긴 싫었다. 이곳에 내려와서 자신이 제대로 한 일이 하나도 없지 않은가.

제갈미미를 설득하는 것도 실패했다. 진법의 대가를 만나는 일도 실패했고, 의문의 고수를 찾는 일도 실패했다. 그리고 마인을 처단하는 일도 결국 실패로 끝났다.

'이 상태로 돌아가면 다시는 나오지 못할 거야. 나도 뭔가

제대로 공을 세워야 해.'

그렇게 생각에 생각을 거듭하던 사마자혜는 이내 결연한 표정으로 고개를 끄덕이며 입을 열었다.

"마인들을 찾을 거야."

"뭐? 또?"

제갈미미의 반응에 사마자혜가 그게 아니라는 듯 고개를 저었다.

"이번엔 달라. 아직 무림맹의 정보망에 걸려들지 않은 마인들을 찾아낼 거야. 직접 싸울 생각은 없어. 다만 찾기만 할 생각이야."

제갈미미는 그 말을 들으며 곰곰이 생각했다. 마인들을 찾아 싸우겠다면 말릴 생각이었는데, 그저 이런 식이라면 그것도 나름대로 괜찮을 것 같았다. 운 좋게 마인을 하나라도 찾아내면 사마자혜가 잃어버렸던 자신감도 되찾을 수 있을 테고 말이다.

"좋아, 잘해봐. 내가 힘껏 응원해 줄게."

사마자혜의 얼굴이 환해졌다.

"고마워. 앞으로 미미가 많이 도와줘야 돼. 알았지? 꼭 부탁해."

제갈미미는 사마자혜의 말에 그저 고개를 끄덕일 수밖에 없었다. 조금은 씁쓸한 표정으로 말이다.

단유강은 미고현에 있는 천망단의 장원으로 돌아왔다. 그리 어렵지 않은 일이었기에 다른 대원들이 돌아온 것과 그리 큰 차이가 나지 않게 도착할 수 있었다.

단유강에게는 별것 아닌 일이었지만 연백철에게는 그렇지 않았다.

"으헥? 대, 대주님! 설마 벌써 민강까지 갔다 오신 겁니까?"

연백철이 놀라는 것도 당연했다. 단유강은 그냥 민강까지 달려갔다 돌아온 것이 아니었다. 민강 근방에 있는 마인을 찾아서 제거하고 다시 돌아온 것이다.

"우, 우리는 서창에서 여기까지 달려오는 것밖에 못했는데……."

연백철이 놀라는 이유가 바로 그것이었다. 자신은 젖 먹던 힘까지 모조리 끌어내서 간신히 미고현에 도착했는데, 고작 그사이에 단유강은 민강까지 갔다가 일을 마치고 다시 미고현으로 돌아온 것이다.

게다가 서창에서 미고현까지의 거리보다 미고현에서 민강까지의 거리가 더 멀다. 연백철이 턱이 빠지도록 놀랄 만했다.

"별일은 없었고?"

단유강은 대수롭지 않다는 표정으로 대원들을 한 번씩 훑어봤다. 이렇게 그저 보는 것만으로도 대충 몸 상태를 알 수 있었다. 단유강은 고개를 끄덕였다.

"없었군."

이번에는 단유강의 시선이 백설영에게로 향했다. 그녀에게 뭔가 할 말이 있어 보였기 때문이다. 아니나 다를까, 백설영은 단유강과 눈이 마주치자마자 보고를 시작했다.

"사천 남부 지역의 마인들이 완전히 소탕되었습니다. 그리고 우리가 아직 파악하지 못한 마인들도 상당수 척살되었습니다."

단유강의 눈이 흥미로 반짝 빛났다.

"당가가 움직였습니다."

당가라는 말에 단유강이 그럼 그렇지 하는 표정으로 고개를 끄덕였다. 당가가 가진 저력은 상당했다. 한때는 사천 전체를 지배하다시피 한 적도 있다고 전해질 정도였다.

"그동안 숨죽이고 있더니 이제 슬슬 기지개를 켜는군."

"생각보다 뛰어납니다. 정보력만 해도 저희보다 앞섭니다."

단유강은 고개를 끄덕였다. 당가가 숨죽이기 시작한 것이 백 년 전부터다. 무려 백 년 동안이나 준비를 했는데 그 정도야 너무나 당연한 결과였다.

"당가가 변수였군. 누군지 모르지만 아마 성질 좀 나겠어. 하하하!"

단유강의 말과 웃음을 이해한 백설영이 눈을 동그랗게

떴다.

"그 말씀은⋯ 이번 일에 배후가 있다는 뜻인가요?"

단유강은 굳이 대답하지 않았다. 하지만 백설영을 비롯한 대원들은 그 말을 계속 곱씹으며 생각에 잠겼다.

확실히 우연으로 생각하기에는 어색한 점이 많았다.

일단 오백 명이나 되는 마인이 한꺼번에 넘어왔다. 천마신교에 속하지 않은 마인들은 잘 뭉치지 않는다. 극도로 이기적이기 때문이다. 자신만 생각하지 조직이나 남을 고려하지 않는다.

그리고 그런 마인들을 적련이 나서서 받아주었다는 점도 이상했다. 마인들은 어디로 넘어왔는지도 모르게 사라졌다. 사천에 있다는 것도 정말로 우연히 알아냈다. 이는 적련이 사전에 준비를 했다는 뜻이다.

하지만 이것만으로는 배후가 있다는 점을 설명하기 어렵다. 사전에 적련과 마인들이 손을 잡았다면 모두 해결되는 문제이기 때문이다.

백설영이 눈을 빛내며 단유강을 바라봤다. 분명히 자신이 모르는 뭔가가 더 있었다.

"뭐, 거의 확실한 거니까 더 생각할 필요는 없어. 아마 흔들기가 실패했으니 뭔가 다른 수를 또 쓰겠지. 그때 드러나면 다행이고 아니면 말고. 그전에 우리는 이곳을 어떻게 지킬지 궁리하면 돼."

단유강의 말에 백설영을 제외한 나머지 대원들이 고개를 끄덕였다. 나름대로 수긍한 것이다.

"아무튼 당가가 나서준 덕분에 우리 일이 줄어서 다행이 네. 안 그래?"

단유강이 의미심장한 미소를 지었다.

"아! 그러고 보니 더 이상 무리할 필요가 없겠군요."

백설영이 기쁜 표정을 지었다. 여기서 더 무리한다면 칠십 오대의 능력이 드러날 수밖에 없다. 오늘 벌인 일만으로도 충분히 그럴 가능성이 있었다.

"앞으로 당가를 좀 더 주시해. 그리고 정보력을 보강하는 게 좋지 않겠어?"

"그렇게 하겠습니다."

즉시 대답하는 백설영에게 단유강이 품에서 뭔가를 꺼내 던졌다. 백설영은 반사적으로 그것을 받았다. 커다란 주머니였다. 입구를 벌리자 안에서 휘황찬란한 광채가 쏟아져 나왔다.

"돈이 많이 필요할 거야."

단유강은 그 말을 남기고 돌아섰다. 대원들의 눈이 단유강에게로 향했을 때는 이미 그 자리에 없었다.

연백철은 귀신에 홀린 표정으로 방금 전 단유강이 서 있던 자리를 멍하니 바라봤다. 아까도 그렇지만 이번에도 언제 어떻게 사라지는지 아예 보지도 느끼지도 못했다.

"괴물이 따로 없군."

자신도 모르게 중얼거리는 연백철의 말에 나머지 대원들이 공감한다는 표정으로 고개를 끄덕였다.

호북성 무한, 무림맹의 심처. 맹주인 혁무길이 흐뭇한 눈으로 사마자문을 바라보고 있었다.

"벌써 일이 마무리되었단 말인가?"

"그렇습니다. 당가와 연수하여 순식간에 끝내 버렸습니다."

"허어, 당가가 드디어 일어서는 모양이군. 잘된 일이야. 앞으로 사천은 한결 편하게 지켜볼 수 있겠어. 안 그런가?"

혁무길의 말에 사마자문은 내심 쓴웃음을 지었다. 당가가 이렇게 힘을 드러냈다는 것은 앞으로 어떤 외압이 들어와도 이겨낼 자신이 있다는 뜻이다. 앞으로 무림맹이 사천에 가지고 있는 이권이 상당히 흔들리게 될 것이다.

'그래도 그런 내색을 할 수는 없지.'

사마자문은 그렇게 생각하며 살짝 고개를 숙였다.

"그렇습니다. 그들의 힘은 상당했습니다. 아마 앞으로 사천은 당가의 손에서 움직이게 될 것입니다."

혁무길이 만족스런 표정으로 고개를 끄덕였다.

"좋은 인연을 만들어두게. 그들과 연계하면 무림맹도 한층 더 성장할 수 있을 걸세. 무림맹이 오래 버텨야 무림의 평화도 길어지지 않겠는가?"

"그렇게 조치를 취하겠습니다."

사마자문은 고개를 숙이며 그렇게 대답했다. 하지만 속마음은 조금 달랐다.

'아마 그들은 대화에 쉽게 응하려 하지 않을 것입니다. 어쩌면 사천에 자리 잡은 천망단을 모두 철수시켜야 할지도 모릅니다.'

차마 그 말을 할 수는 없었다. 아직 벌어지지도 않은 일로 당가를 적대한다는 인상을 심어주고 싶지 않았다. 맹주인 혁무길은 공명정대한 인물이었다. 하지만 세상의 평화를 지키기 위해서는 그것만으로는 부족하다. 그 부족한 부분을 채워야 하는 것이 바로 군사인 사마자문이 해야 할 일이었다.

"그건 그렇고, 이번 일에 피해는 얼마나 되는가?"

"거의 없습니다. 미리 구한 정보와 당가의 협조 덕분에 마인들이 힘을 모으기 전에 완전히 분쇄할 수 있었습니다. 그리고 적련의 움직임을 몇 가지 잡아냈습니다."

"그것 또한 당가의 힘인가?"

사마자문은 송구스런 표정으로 고개를 살짝 숙였다.

"그렇습니다."

적련의 수상한 움직임을 잡아낸 것이 이번 일의 가장 큰 성과였다. 확실한 증거가 없어 적련을 압박할 수는 없겠지만 그래도 앞으로 대처하는 데 상당한 도움이 될 것이다.

이번 일을 해결하는 데 당가의 힘이 큰 도움이 되긴 했지만 사마자문은 상당한 위협을 느끼고 있었다.

'이 정도로 힘을 키울 동안 내가 전혀 파악하지 못했다는 게 두렵구나.'

무림맹의 눈과 귀는 천하 곳곳에 퍼져 있다. 당가가 있는 곳도 마찬가지다. 게다가 당가는 사천에서 가장 번화한 곳인 성도 근방에 위치한다. 그곳은 더더욱 많은 눈과 귀가 존재한다.

그런데도 당가는 그 모든 눈과 귀를 속이고 조용히 힘을 키웠다. 비록 사천에 국한되긴 하겠지만 그런 가공할 정도의 정보력을 키웠다면 다른 힘 또한 만만치 않을 게 분명했다.

아무튼 대충 그렇게 보고가 마무리되었다. 사마자문이 막 물러가려 할 때, 혁무길이 지나가는 말로 물었다.

"참, 자혜는 어찌 되었나? 듣자하니 사천으로 간 모양이던데, 괜찮은 것인가?"

사마자문이 쓴웃음을 지었다.

"괜찮습니다. 아마 조만간 다시 돌아올 것입니다."

사실 사마자문도 상당히 의외였다. 사마자혜는 지금까지 아무런 성과가 없었다. 최소한 제갈미미를 설득하는 것 하나만이라도 했어야 하는데 그조차 못했다.

'성과가 없으면 그냥 돌아오면 될 것을, 대체 무엇을 하고 있는 게냐.'

사마자문의 의문은 바로 그것이었다. 더 이상 그곳에서는 할 일이 없었다. 마인들의 소탕도 모두 끝났다. 보고에 의하면, 진법의 대가를 포섭하는 것도 불가능에 가깝다고 했고, 천면색귀를 처리한 고수의 흔적 또한 찾기 어렵다고 했다.

"이만 물러가겠습니다."

"그러게."

사마자문은 맹주전에서 나온 후 한숨을 내쉬며 자신의 집무실도 돌아갔다. 가는 내내 사마자혜의 모습이 뇌리에서 사라지지 않았다.

"이제 돌아가서야 합니다."

노극민의 말에 사마자혜가 단호히 고개를 저었다. 정말로 일이 이렇게까지 안 될 수도 있다는 걸 이번에 단단히 경험했다.

"마인의 소탕도 모두 끝나지 않았습니까."

당가의 개입은 사마자혜도 미처 예측하지 못했다. 그리고 그것은 너무나 뼈아팠다. 그녀가 막 새로운 일을 펼친 직후에 당가가 개입해서 모든 상황을 끝내 버린 것이다.

결국 사마자혜는 천망단만 죽어라 부리고 아무런 성과도 얻지 못했다. 이 일은 결국 천망단의 정기 보고에 올라가게 될 것이다. 그리고 그것을 그녀의 아버지인 사마자문이 고스란히 읽을 것이다. 그녀는 그것이 너무나 싫었다.

'그렇지 않아도 날 인정하지 않고 아이 취급 하시는데, 이런 일까지 귀에 들어가면……. 정말 생각하기도 싫어.'

"이대로 돌아갈 순 없어요."

"아가씨!"

사마자혜는 고집스런 표정으로 고개를 살짝 돌려 노극민의 시선을 외면했다. 자신도 괜한 고집을 피운다는 걸 알기에 차마 그의 얼굴을 볼 수가 없었다.

노극민은 답답했다. 그리고 사마자혜가 왜 이렇게 변했는지 안타까웠다. 무림맹에 있을 때는 결코 이렇지 않았다. 언제나 남을 배려하고, 총명한 여인이었다. 한데 고작 며칠 만에 이렇게 변해 버렸다.

"후우, 그럼 어쩌실 생각이십니까?"

"당가에 가볼 생각이에요."

노극민이 얼굴을 살짝 찌푸렸다.

"당가에 말입니까?"

"이번에 느꼈어요. 당가의 힘은 정말로 대단해요. 그들을 무림맹에 끌어들이면 굉장한 힘이 될 거예요."

노극민이 한숨과 함께 고개를 저었다.

"후우, 그건 어렵습니다."

"왜죠? 해보지도 않고 어려우니 포기할 생각은 없어요."

"그게 아니라, 당가는 누군가의 아래로 들어가지 않는 곳입니다."

"아래로 들어오라는 게 아니라 손을 잡자는……."

"아가씨가 당가의 입장이라면 그렇게 받아들이겠습니까?"

노극민의 말에 사마자혜가 입을 다물었다. 확실히 그렇게 받아들이기는 힘들 것이다. 무림맹이 손잡자고 나서면 그건 무림맹 휘하로 들어오라는 뜻에 가깝다.

"당가는 오래전부터 사천의 패자였습니다. 사천을 지배하던 자들입니다. 무림맹 아래로 들어오라는 제의에 응할 리가 없습니다. 그들은 그것을 모욕으로 생각할 겁니다."

노극민의 말에도 사마자혜는 고집을 꺾지 않았다.

"그래도 해보고 싶어요. 실패하더라도 큰 문제가 되는 건 아니잖아요?"

노극민은 걱정스런 눈으로 사마자혜를 바라봤다. 실패하면 문제가 생길 수도 있다. 무림맹에 피해가 가는 건 아니다. 피해는 오로지 사마자혜 혼자서 감당하게 될 것이다. 그게 훨씬 더 걱정스러웠다.

'그래도 여차하면 군사님께서 도와주시겠지.'

노극민은 속으로 그렇게 중얼거리면서도 한편으로는 사마자문이 사사로운 일에 무림맹의 힘을 쓰지 않을지도 모른다는 생각이 들었다.

"좋습니다. 하지만 이번이 정말로 마지막입니다. 당가에 들른 후에는 바로 무림맹으로 돌아가셔야 합니다."

노극민의 말에 사마자혜가 환하게 웃으며 고개를 끄덕였다.

"물론이에요. 더 이상은 뭘 하라고 해도 못할 것 같아요."

사마자혜는 그렇게 말한 후 잠시 생각에 잠겼다가 입을 열었다.

"우리만 가는 건 좀 위험할 수도 있죠? 아닌가요?"

노극민은 그녀의 말에 살짝 놀랐지만 이내 얼굴에 떠오른 놀람을 감추고 고개를 끄덕였다.

"안전을 장담할 수는 없습니다."

"그럼 조력자를 한 명 더 데리고 가죠. 괜찮겠죠?"

"물론입니다. 조력자가 있다면 훨씬 안심할 수 있을 것입니다."

노극민은 그렇게 말하면서도 조금 불안한 마음이 들었다. 혹시 제갈미미를 조력자로 데려가려는 생각이 아닌가 해서였다. 제갈미미는 제갈세가에서 상당히 아끼는 여인이다. 그녀를 데리고 갔다가 무슨 일이라도 생기면 정말로 큰일이 벌어진다.

"천망단에 가요. 연백철, 그 사람이라면 꽤 큰 도움이 될 거예요."

연백철이라는 말에 노극민도 내심 고개를 끄덕였다. 하지만 그를 데려가기 위해서는 넘어서야 할 산이 하나 존재한다.

"칠십오대주가 과연 허락을 할까요?"

단유강이 워낙 만만치 않다는 것을 알고 있고, 또한 사마자

혜가 이렇게 된 원인이 그에게 있다고 여기는 노극민으로서
는 또 그를 만나는 것 자체가 탐탁지 않았다.

사마자혜는 그런 걱정을 왜 하느냐는 표정으로 말했다.

"왜 그 사람을 만나야 하죠? 연백철을 직접 만나서 얘기하
면 되잖아요?"

"하지만 연백철은 그 사람의……."

"우리는 무림맹에서 왔어요. 그리고 천망단은 무림맹의 하
부 조직이고. 우리는 그를 부릴 자격이 있어요. 칠십오대주가
이상한 사람이라고요. 그 사람 몰래 데려가면 아무 문제 없어
요."

노극민은 결국 고개를 끄덕였다. 맞는 말이었다. 하지만
만일 단유강이 이 사실을 알면 가만히 있지는 않을 것이다.

'이상하군. 내가 왜 그자를 두려워하지? 그는 그저 천망단
의 일개 대주일 뿐인데.'

노극민은 몇 번 고개를 갸웃거리다가 이내 잡념을 털어버
리고 앞장섰다.

"그럼 가시지요."

사마자혜는 노극민이 걸음을 옮기자 그 뒤를 따랐다. 그녀
의 얼굴에 결연함과 초조함이 반씩 떠올랐다.

"이곳까지 웬일이십니까?"

연백철은 살짝 놀란 표정으로 사마자혜를 바라봤다. 설마

사마자혜가 자신을 만나기 위해 연무장까지 찾아올 줄은 몰랐다.

"왜요? 전 이곳에 오면 안 되나요?"

"그, 그건 아니지만……."

연백철은 조금 부담스러웠다. 다른 사람이라도 함께 있다면 덜했을 텐데, 지금 연무장에는 자신 혼자뿐이었다.

'젠장, 다들 어딜 간 거야?'

오전까지는 모두 있었는데, 자신이 단유강의 점심 심부름을 하고 오는 사이 모두 사라졌다. 그때부터 지금까지 계속 혼자 수련을 했다.

"부탁이 있어서 찾아왔어요. 들어주실 거죠?"

"예? 그, 그, 글쎄요."

"무슨 남자가 그렇게 패기가 없어요? 그리고 제 부탁 하나 들어주는 게 그렇게 어려운 일인가요?"

"하지만 일단 대주님의 허락을 받아야……."

"별로 힘든 일은 아니에요. 그리고 그리 대단한 일도 아니고요. 굳이 대주님의 허락을 받을 필요도 없는 일이랍니다. 어때요? 해줄 수 있으세요?"

연백철은 약간 애교까지 섞어가며 말하는 사마자혜의 모습에 정신을 차릴 수가 없었다. 기루가 아닌 곳에서 이런 일을 겪는 것은 처음이었기에 더더욱 당황스러웠다. 하지만 단유강의 얼굴이 떠오르자 그나마 조금 정신을 차릴 수 있었다.

"이, 일단 무슨 부탁인지 들어보고 결정하겠습니다."

연백철의 말에 사마자혜가 약간 불만스러운 표정을 지었다. 하지만 이내 화려한 웃음을 머금으며 나긋나긋한 목소리로 입을 열었다.

"당가에 볼일이 있어 가야 하는데, 마땅한 호위가 없네요. 연 대협께서 절 호위해 주시면 안 될까요?"

"대, 대협이라니 당치 않습니다. 그리고 이 일은 대주님께 보고를 하도록 하겠습니다. 아마 허락해 주실 것 같습니다."

사마자혜의 표정이 보기 좋게 일그러졌다.

'허락해 줄 리가 없잖아, 이 멍청아!'

연백철 같은 고수를 다른 곳으로 보낼 리가 없다. 자신이 대주였다면 그렇게 했을 것이다. 사마자혜는 불만 가득한 눈으로 연백철의 뒷모습을 노려봤다. 연백철은 어느새 연무장을 벗어나고 있었다.

단유강은 묘한 표정으로 연백철을 쳐다봤다. 그리고 고개를 돌려 마침 옆에 있는 백설영을 바라봤다.

"이거, 꽤 절묘하지 않아?"

"그렇습니다."

단유강은 약간 미심쩍다는 눈으로 연백철을 찬찬히 살폈다. 연백철은 아교처럼 기분 나쁘게 달라붙는 단유강의 눈빛에 몸을 움찔 떨며 뒤로 몇 걸음 주춤주춤 물러났다.

"문제는 이놈이 그런 막중한 임무를 실수없이 완수할 수 있느냐로군."

임무라는 말에 연백철의 눈이 번쩍 빛났다. 최근 마인들과 싸우면서 자신이 얼마나 강해졌는지 제대로 느꼈다. 일단 그것을 인지하고 나니 계속해서 힘을 쓰고 싶었다. 아니, 그것을 자랑하고 싶다는 게 더 정확했다. 임무라면 그럴 기회가 또 온다는 뜻 아닌가.

"맡겨주십시오! 반드시 완수하겠습니다!"

단유강이 못 미더운 눈으로 연백철을 바라봤다. 그렇게 잠시 연백철의 눈을 확인하고는 이내 고개를 끄덕였다.

"좋아, 한번 해봐. 설영이가 좀 도와주면 되겠지."

단유강이 백설영을 바라보자 백설영이 고개를 살짝 숙였다.

"그렇게 하겠습니다."

연백철이 조심스럽게 물었다.

"그럼… 당가에 가도 되는 겁니까?"

"내가 가지 말라고 했으면 안 갈 생각이었어?"

단유강의 말에 연백철이 크게 당황했다.

"그, 그, 그, 글쎄요. 거, 거기까지는 아직 생각을……."

"쯧쯧, 어쨌든 잘해봐라. 그 여자만 제대로 보호해도 아마 청룡단쯤은 문제없을걸."

연백철의 얼굴이 살짝 굳었다. 청룡단은 연백철의 꿈이나 다름없었다. 한데 요즘 그 꿈이 조금씩 흔들리고 있었다. 연백철은 고개를 세차게 저었다. 지금은 이렇게 한가한 생각을 하고 있을 때가 아니었다.

"당가, 마음 놓고 있을 만한 곳이 아니야. 잘 알아둬."

단유강의 말에 연백철이 흠칫 놀랐다. 하지만 이내 고개를 끄덕였다. 단유강의 말대로 당가는 위험한 곳이다. 독과 암기의 가문, 그리고 사천의 왕으로 군림하던 가문이다. 그런 곳에서 무림맹의 인물을 호위하는 것이다.

"받아."

단유강이 뭔가를 던졌다. 연백철은 그것을 가볍게 잡아챘다. 어린아이 주먹만 한 구슬이었다. 색은 거무튀튀했는데, 철로 만든 듯했다.

"이게 뭡니까?"

"벽력탄."

"으헉!"

연백철은 하마터면 벽력탄을 손에서 놓칠 뻔했다. 간신히 그것을 다시 잡은 연백철의 등줄기에 식은땀이 마구 흘러내렸다.

"이, 이렇게 위험한 걸 그렇게 함부로 던지시면 어쩝니까!"

연백철의 외침에 단유강이 빙긋 웃었다.

"위험해지면 지체하지 말고 던져. 내공을 담아 던지지 않으면 아마 터지지 않을 거야. 폭발력은 꽤 좋으니까 위기 상황에서 빈틈을 만드는 데 아주 유용할 거야."

연백철의 표정이 딱딱하게 굳었다. 그는 벽력탄을 조심스럽게 품에 넣었다. 그리고 단유강을 향해 자신이 할 수 있는 최대한의 경의를 담아 포권을 취했다.

"다녀오겠습니다."

단유강이 손을 가볍게 흔들자, 연백철이 조심스럽게 집무실에서 나갔다. 단유강의 눈짓을 받은 백설영이 그 뒤를 따라나갔다. 연백철이 당가에서 수행해야 할 임무를 설명해 주기 위함이었다.

두 사람이 밖으로 나가자 단유강의 얼굴에 따뜻한 미소가 맴돌았다.

"점점 재미있어지네. 당가라……."

第六章

천하제일미

龍濤
태룡전

사마자혜가 연백철을 대동하고 당가로 떠났다. 그와 동시에 자연스럽게 그녀와 함께 있던 무림인들도 사라졌다. 은밀히 숨어 다니던 열두 고수와 사마자혜가 끌어들였던 이백 명의 천망단도 원래의 자리로 돌아갔다.

실로 오랜만에 미고현에 찾아온 평온함이었다.

"정말로 오랜만이구나."

단유강은 평화를 만끽하며 침상을 뒹굴었다. 이렇게 여유를 갖는 건 정말로 오랜만인 듯했다. 물론 바쁘다고 할 때도 하루에 몇 시진씩 꼭 이렇게 침상에 누워 있었지만 말이다.

단유강이 그렇게 침상에 누워 막 잠들락 말락 하고 있을 때, 그의 평화가 깨지는 소리가 들려왔다.

"대주님, 저 설영이에요."

단유강은 아쉬운 표정으로 눈을 떴다. 이 시간에 백설영이 왔다면 분명히 중요한 이유가 있을 것이다. 백설영은 물론이고, 칠십오대의 모든 사람은 되도록 단유강이 잠자는 것을 방해하지 않으려 노력했다.

"들어와."

단유강이 그렇게 말하며 누워서 무릎을 세운 채 다리를 꼬고 발을 까딱였다. 그러자 문이 열리고 백설영이 안으로 들어섰다. 오늘은 평소보다 훨씬 곱게 차려입은 듯한 느낌이 물씬 풍겼다. 단유강이 눈을 가늘게 뜨고 약간 의아한 표정을 지었다.

"손님이 찾아왔습니다."

"손님?"

손님이라는 말에 단유강이 의아한 표정을 지었다. 단순한 손님이라면 백설영이 자기 선에서 적당히 처리했을 것이다. 이렇게 단유강의 잠까지 방해할 정도라면 보통 손님이 아니라는 뜻이다.

"당가에서 찾아왔습니다."

단유강의 눈이 살짝 커졌다.

"당가? 거기서 왜? 이번 일 때문에 천망단을 다 돌고 있는 건가?"

"그런 건 아닌 것 같습니다. 사천에 있는 모든 천망단에 당가의 장로를 보내지는 않을 테니까요."

"장로?"

단유강의 눈이 휘둥그레졌다. 천망칠십오대는 고작 일곱 명으로 구성된 작은 대(隊)다. 그런 곳에 장로를 보냈다는 건 분명히 뭔가가 있다는 뜻이다.

"끄응."

단유강은 결국 몸을 일으켰다. 장로까지 찾아왔는데 만나지 않을 수가 없었다.

"지금 어디 있지?"

"장원에는 머물 곳이 없어서 일단 객잔으로 보냈습니다."

"철판이 데리고 갔나?"

백설영이 고개를 끄덕이자 단유강이 혀를 찼다.

"쯧쯧, 고양이한테 생선을 맡겼군. 아마 객잔으로 안 가고 기루로 갔을 거다."

백설영의 얼굴이 딱딱하게 굳었다.

"만일 그랬다면 각오해야 할 거예요."

냉기가 감도는 말에 단유강이 묘한 눈으로 백설영을 바라봤다. 그러자 백설영은 살짝 고개를 돌리며 얼굴을 붉혔다.

"너희 둘, 뭔가 있구나?"

"그런 거 없습니다."

"없긴, 솔직히 말해봐. 있지? 그렇지?"

"없다고 말씀드렸잖아요!"

갑자기 빽! 소리치는 백설영의 기세에 단유강이 눈을 크게 뜨며 뒤로 한 발 물러섰다.

"알았다. 뭘 그런 걸 가지고 그렇게 소리를 치고 그래? 흐음, 없단 말이지, 없어."

단유강은 그렇게 말하며 의미심장한 미소와 함께 방을 나섰다.

"그럼 일단 객잔으로 가볼까?"

"조금 전에는 기루로 가신다고……."

"아무 일도 없다며? 그럼 객잔이지. 하하하핫!"

단유강의 말에 백설영의 얼굴이 더욱 붉어졌다.

당가의 사장로인 당철풍은 앞에 앉은 천망단의 대주를 유심히 살폈다. 아무리 살피고 뜯어봐도 대단한 인물로는 보이지 않았다.

'미려가 극찬을 하기에 어떤 인물인가 봤더니, 얼굴을 빼면 볼 것이 하나도 없구나. 차라리 날 이곳에 데려다 준 그 청년의 기도가 훨씬 안정되지 않았는가.'

당철풍이 여기까지 온 이유는 당미려 때문이었다. 당미려는 당가의 두뇌였다. 지금의 당가를 만든 장본인이기도 했다. 시집도 포기하고 오로지 가문을 위해 분골쇄신한 여인이기도

했다.

당가의 가주를 비롯한 장로들은 모두 그녀에게 미안한 마음을 가지고 있었다. 그래서 그녀가 원하는 건 웬만하면 모두 들어주었다.

'하긴, 미려도 이제 남자에 관심을 가져야지.'

당미려의 나이 올해로 마흔이었다. 나이가 많긴 하지만 그래도 아직 누구도 따라올 수 없는 미모를 가졌다. 아무리 나이가 혼기를 훌쩍 뛰어넘었다고 해도 고작 천망단의 대주에게 보내기에는 너무나 아까웠다.

'하지만 이 정도 인물이라면……'

당철풍은 내심 고개를 끄덕였다. 단유강의 얼굴은 감탄이 절로 나올 정도였다. 이 정도 인물이라면 집안이나 능력을 보지 않더라도 괜찮을 듯했다. 어차피 배경이야 당가가 충분히 만들어줄 수 있지 않은가.

'미려도 이제 좀 호사를 누릴 때가 되었지.'

당가는 이제 안정기에 접어들었다. 조만간 사천을 완전히 발아래 두는 것도 가능했다. 정보력은 이미 완성했고, 무력도 완성했다. 그 모든 것의 중심에 당미려가 있었다. 결국 당철풍은 결심을 굳히고 입을 열었다.

"단 대주에 대한 말은 많이 들었소이다. 해서 이번에 초대를 하고자 여기까지 왔소. 보름 후에 우리 가주님의 회갑연이 있는데, 꼭 참석해서 자리를 빛내주셨으면 하오."

단유강은 그 말을 들으며 고개를 갸웃거렸다.

"당가주님의 회갑연이라면 보통 자리가 아닐 텐데, 초대해 주시는 건 영광이긴 합니다만… 저 같은 사람을 왜 초대하는 지 모르겠군요."

당철풍은 단유강의 말에 살짝 기분이 불쾌해졌다. 고작 천망단의 대주가 당가의 초대를 거절했다는 건 있을 수 없는 일이었다. 하지만 얼굴에 마음을 드러내는 실수는 벌이지 않았다.

'쌍수를 들고 만세를 불러도 모자랄 판에…….'

하지만 이 상황도 미리 당미려로부터 전해 들은 몇 가지 가능성 안에 있었다. 당철풍은 미리 준비한 말을 꺼냈다.

"허허허, 천망단의 대주가 자격이 없다면 누가 자격이 있겠소?"

"글쎄요. 사천에 천망단이 하나만 있는 것도 아니고……."

"사천에서 마인들이 가장 먼저 소탕된 곳이 바로 이 근방 아니오? 다 단 대주 같은 유능한 사람이 있기에 그리된 것 아니겠소?"

단유강은 그 말에 딱딱하게 굳으려 하는 얼굴을 억지로 펴며 당철풍을 물끄러미 쳐다봤다. 당철풍은 단유강의 얼굴에서 일어난 아주 미세한 변화를 알아차리지 못했다. 아니, 그런 걸 알아차릴 정도로 관심을 가지지 않았다는 것이 더 정확했다.

"좋습니다, 가죠. 보름 뒤에 당가로 찾아가면 되는 겁니까?"

당철풍은 단유강의 말에 살짝 놀란 표정을 지었다. 설마 정말로 그 말 한마디에 허락할 줄은 몰랐기 때문이다. 당철풍의 뇌리에 의심이 어렸다. 분명히 뭔가가 있었다.

'설마 그 마인들과 관계가 있단 말인가?'

단유강이 마인들을 처리했다고는 믿지 않았다. 아무리 좋게 봐줘도 단유강은 이류의 끝자락에 머물고 있는 게 분명했다. 마인은 그렇게 호락호락하지 않다. 당철풍이 직접 상대해 봤기에 아주 잘 알고 있었다.

"하실 말씀은 그것뿐입니까?"

단유강의 말에 퍼뜩 정신을 차린 당철풍이 말을 더듬으며 대답했다.

"아, 그, 그렇소. 그럼 그때 봅시다."

당철풍은 당황한 얼굴을 감추며 천천히 자리에서 일어나 객잔 밖으로 나갔다. 단유강은 살짝 눈살을 찌푸리며 그의 뒷모습을 바라봤다.

잠시 그렇게 앉아 있으니 제갈무군과 백설영이 객잔 안으로 들어왔다.

"대주님, 표정이 아주 안 좋은데요? 왜요? 당가에서 초대라도 했습니까?"

제갈무군이 농담을 섞어 말하자, 단유강이 고개를 끄덕였다. 그러자 제갈무군의 눈이 동그래졌다.

"예? 정말로 초대받으신 거예요? 아니, 당가가 뭐가 아쉬워 서요?"

"아무래도… 눈치를 좀 챈 모양이야."

"눈치를 챘다고요?"

백설영의 표정도 조금 심각해졌다. 이번 일은 무림맹에서 도 아직 파악하지 못했다. 그걸 당가에서 알고 있다는 뜻이 다. 이번에 보여준 당가의 정보력을 보면 충분히 가능성은 있 었다.

"생각보다 대단한 곳이로군요."

"당연하지. 수백 년 전에 사천 전체를 지배했던 곳이야. 풍 파를 많이 겪긴 했지만 그 정도 저력은 너끈하지."

백설영과 제갈무군은 사실 단유강이 지금 한 말을 완전히 이해하고 받아들이지는 못했다. 최근 백 년간 당가는 말 그대 로 명목만 유지해 왔다. 예전에 잘나갔던 시절이 있다는 얘기 를 가끔 듣기는 했지만 그래도 확 와 닿지는 않았다.

"어쩌실 생각이신가요?"

백설영이 약간 걱정스런 얼굴로 물었다. 그녀는 지금 이대 로가 좋았다. 욕심이 아예 없는 건 아니지만, 지금도 충분히 자신의 능력을 발휘할 수 있다. 미고현이 이렇게 발전한 건 그녀의 공이 절반을 넘는다.

"일단 가봐야지. 백철이가 좀 놀라겠군. 하하, 가만있자……."

단유강은 턱을 쓰다듬으며 백설영과 제갈무군을 번갈아 쳐다봤다. 생각해 보니 혼자 오라는 말은 하지 않았다. 한 사람 정도 데려가는 것도 나쁘지 않을 듯했다.

"당가주의 회갑연이라고 했지……."

그동안은 당가의 위상이 바닥이었다. 하지만 이번 일을 계기로 대번에 높은 곳까지 뛰어올라 갔을 것이다. 무림의 세가들이 이런 기회를 놓칠 리 없다.

"철판은 좀 곤란하겠군. 그럼 설영이로 할까?"

"예? 뭐가 말입니까?"

제갈무군이 자신의 별명이 거론되자 눈을 반짝이며 단유강을 바라봤다. 단유강은 그런 제갈무군을 향해 빙긋 웃어주고는 백설영에게로 고개를 돌렸다.

"당가에 설영이랑 같이 가려고."

단유강의 말에 백설영이 살짝 얼굴을 붉히며 고개를 끄덕였다. 그리고 제갈무군은 펄쩍 뛰었다.

"으헥! 그게 무슨 얼토당토않은 말씀이십니까! 제가 어디가 어때서 안 된다는 겁니까? 저도 당당한 천망칠십오대의 일원입니다! 그러니 저도 당가에……."

"당가주의 회갑연에 과연 누가 올까?"

제갈무군은 그 말에 그대로 침몰했다. 마치 세상을 다 살고 달관해 버린 도인의 표정으로 조용히 의자에 앉았다.

"자알 다녀오십시오."

"그래, 그럴 생각이다."

"당가주의 회갑연이니 맛있는 것도 많을 테니 자알 먹고 오십시오."

"말하지 않아도 그럴 생각이다."

제갈무군이 또 입을 열려 하자, 이번에는 단유강이 선수를 쳤다.

"아마 볼거리도 많겠지. 자알 보고 오마. 어쩌면 기루에 데려가 대접을 해줄지도 모르지. 그것도 아주 자알 즐기고 올게. 그리고 또 뭐가 있으려나……."

"으으으으, 됐습니다! 이제 대주님이랑 말 안 할 겁니다!"

제갈무군은 벌떡 일어나 그렇게 말하고는 휑하니 객잔 밖으로 뛰쳐나갔다. 단유강은 그런 제갈무군의 뒷모습을 바라보며 빙긋 웃었다.

'따뜻해…….'

백설영은 단유강의 미소를 바라보며 그렇게 느꼈다.

당철풍이 왔다 간 지 닷새 정도가 흘렀다. 슬슬 출발하지 않으면 시간에 맞추기가 빠듯하기에 단유강은 출발 준비를 서둘렀다. 사실 마음만 먹으면 훨씬 빨리 갈 수 있었지만 굳이 그럴 필요를 느끼지 못했다.

"자, 그럼 다녀올 테니 그동안 미고현을 잘 부탁한다."

단유강의 말에 하후량, 하후령 형제가 맡겨만 달라는 표정으로 고개를 숙였다.

"이곳은 걱정하지 마시고 몸 건강히 잘 다녀오십시오."

두 사람의 인사에 고개를 한 번 끄덕여 준 단유강은 이번에는 문노를 바라봤다. 말은 필요없었다. 그저 한 번 쳐다보는 것만으로 문노는 충분히 단유강의 마음을 짐작할 수 있었다. 문노는 조용히 허리를 숙였다.

단유강은 마지막으로 제갈무군을 바라봤다. 제갈무군은 아직도 아쉬움을 버리지 못한 눈으로 단유강과 백설영을 번갈아 쳐다보고 있었다.

"왜? 걱정돼?"

"제, 제, 제가 왜 대주님을 걱정합니까? 세상에 걱정할 사람이 그렇게 없는 줄 아십니까?"

"아니, 나 말고."

단유강이 옆에 선 백설영을 슬쩍 눈으로 가리키자, 제갈무군이 맹렬히 고개를 저었다.

"그, 그, 그, 그 무슨 말도 안 되는 말씀을. 저언혀 그렇지 않습니다."

"그래? 그거참, 의외네. 그럼 이번 여행 중에……."

단유강이 약간 음흉한 표정으로 백설영을 슬쩍 바라봤다. 그러자 제갈무군이 펄쩍 뛰었다.

"대주님! 어찌 수하에게 그러실 수가 있습니까! 그건 하늘이 절대 용납 못합니다!"

"하하하하! 네가 무슨 하늘이라도 된 것처럼 얘기하는구나. 됐다. 다녀올 테니 걱정하면서 잘 지내봐라. 하하하하!"

단유강은 그렇게 말하며 돌아서서 걸음을 옮겼다. 그 뒤를 백설영이 조용히 따랐다. 백설영은 몇 발 걸어가다가 고개를 살짝 돌려 제갈무군을 쳐다보며 '홍!' 하고 코웃음을 치고는 다시 고개를 돌려 단유강을 따라갔다.

그 모습을 보는 제갈무군이 안절부절못했다. 결국 제갈무군은 두 사람이 아예 보이지 않을 때까지 그렇게 똥 마려운 강아지처럼 서성여야 했다.

문노는 그런 제갈무군을 보며 빙긋 웃었다. 그리고 그의 어깨를 몇 번 두드려 주었다.

"걱정하지 마라. 설마 무슨 일이야 있겠느냐. 우리 공자님이 어떤 분인데."

문노가 그렇게 말하고 안으로 들어가자, 제갈무군은 속으로 절규했다.

'어떤 사람인지 너무 잘 아니까 이런 거 아닙니까!'

단유강과 백설영은 어느새 미고현을 벗어났다. 미고현에서 당가가 있는 성도 근방까지는 칠백 리가 넘는다. 민강까지 가서 배를 타고 가는 것이 일반적이었다.

일단 단유강은 그쪽으로 방향을 잡았다. 그렇게 이동하면 지금처럼 느긋하게 이동해도 열흘 안에는 성도에 도착할 수 있었다.

"잠깐만요! 기다려 주세요!"

단유강이 막 걸음을 옮기려 했을 때, 멀리서 누군가 부르는 소리가 들려왔다. 고개를 돌려 확인하니 제갈미미였다.

제갈미미는 단유강이 있는 곳까지 경공을 써서 단번에 도착했다.

"하악! 하악! 저, 저도 같이 가요."

제갈미미의 말에 단유강이 눈살을 살짝 찌푸리며 백설영을 바라봤다. 백설영은 어깨를 한 번 으쓱하는 걸로 결정권을 다시 단유강에게 넘겼다.

"당가에 가시는 거죠? 당가주의 회갑연 때문에."

단유강이 떨떠름한 얼굴로 고개를 끄덕이자, 제갈미미가 활짝 웃으며 대답했다.

"역시 그랬군요. 잘됐네요. 저도 마침 그곳에 가야 하는데 같이 가요. 가는 동안의 경비는 모두 제가 부담할게요."

제갈미미의 말에 단유강은 잠시 고민하다가 고개를 끄덕였다. 딱히 제갈미미가 합류한다고 해서 불편할 건 없었다. 아니, 경비를 모두 제공한다면 오히려 괜찮은 조건이다.

"뭐, 꼭 함께하고 싶다면야."

"하고 싶어요. 꼭 함께하고 싶어요. 허락해 주실 거죠?"

"그럼 그러든가."

단유강은 그 말을 남기고 다시 몸을 돌려 걸음을 옮겼다. 백설영이 잠시 제갈미미의 얼굴을 살피다가 단유강의 뒤를 따랐고, 제갈미미는 들뜬 표정으로 백설영 옆에 서둘러 따라 붙었다.

그렇게 당가로 가는 일행이 결정되었다.

표자흠은 침중한 얼굴로 고개를 푹 숙였다. 모든 희망이 사라져 버린 것이다. 그가 데리고 나온 오백 명의 마인은 그의 모든 것이었다.

사실상 신강이나 청해에서는 더 이상 마공을 익히기 어려운 상황이었다. 천마신교의 간섭이 너무도 심해서 마공을 익힐 때 사람의 목숨을 취하는 행위가 발견되면 엄벌을 면치 못했다.

그래서 표자흠이나 유염천 같은 마인들은 점점 설 자리를 잃어가고 있었다. 그럴 때 표자흠에게 접근한 사람이 있었다. 그는 적련과 인연을 맺어주었고, 마인들의 힘을 모을 간단한 방법까지 알려주었다.

그래서 표자흠은 스스로 만든 흑마성교의 교주가 되었고, 피에 절은 마인들을 모았다. 순식간에 오백 명이나 모을 수 있었다. 그중에는 꽤 쓸 만한 자들도 있었다. 그중 하나가 바로 유염천이었다.

"몇이나 남았나?"

"저와 교주님을 제외하면 일곱입니다."

"큭큭큭큭! 일곱, 일곱이라…….."

"하지만 누구보다 뛰어난 일곱입니다. 잃어버린 오백 명을 모두 합한다 해도 바꿀 수 없는 일곱입니다."

유염천의 말에 그나마 조금 힘이 났다. 하지만 기반을 송두리째 잃었다는 사실은 변치 않는다. 일단 가장 큰 문제는 돈이었다. 돈이 될 만한 기반이 완전히 사라졌기 때문에 앞으로 살아갈 일이 막막했다.

"그 일곱은 그래도 그나마 마기를 감출 수 있었지?"

"그렇습니다. 하지만 완전치는 않습니다. 저나 교주님도 마찬가지지만, 무림맹주쯤 되는 고수가 본다면 단번에 알아차릴 것입니다."

표자흠은 그 정도는 괜찮다는 듯 고개를 끄덕였다.

"어차피 만날 일도 없을 테니까 괜찮아. 그보다 적련에서 끌어모았던 무사들은 어떻게 되었지?"

"그들은 그대로 있습니다. 적련에서 교묘하게 사업체를 정리하는 바람에 그저 우리에게 오는 돈줄만 끊어졌을 뿐입니다."

유염천은 그 말을 하면서 이를 갈았다. 설마 적련이 이렇게 치사하게 나올 줄은 몰랐다. 아무리 이익을 따지는 상인들이라지만 한순간에 등을 돌리고 줬던 것을 빼앗아갈 줄은 몰랐다.

"신경 쓸 필요없다. 어차피 나중에 힘을 얻으면 다시 고개를 숙이고 가랑이 사이를 기어갈 놈들이야. 문제는 다시 힘을 얻을 때까지 어떻게 버티느냐인데……."

막상 떠오르는 방법은 커다란 사업장에 찾아가 그들의 뒤를 봐주고 돈을 받는 정도였다. 하지만 그 정도로 기반을 마련할 수 있을 리 없다. 그들에게는 훨씬 더 큰돈을 더 빨리 벌 수 있는 방법이 필요했다.

"힘이 필요한가?"

갑자기 들려오는 목소리에 표자흠과 유염천은 찬물을 뒤집어쓴 것처럼 정신이 번쩍 들었다. 지금 두 사람이 있는 곳은 방 안이다. 그것도 그리 넓지 않은 방 안. 한데 둘 모두 누군가 방 안에 들어오는 것을 보지도 느끼지도 못했다.

"누구냐!"

표자흠이 벌떡 일어나며 온몸에서 마기를 뿜어냈다. 유염천 역시 날카롭게 눈을 빛내며 허리춤에 있는 검을 꾹 쥐었다.

방 안에는 아무도 없었다. 기척도 여전히 느껴지지 않았고, 아무리 둘러봐도 그림자조차 발견되지 않았다.

"힘이 필요하냐고 물었다."

또다시 같은 목소리가 들려왔다. 어디서 들려오는지조차 알 수 없었다. 표자흠과 유염천은 극도로 긴장해서 검을 뽑았다.

스릉.

"모습을 드러내라!"

표자흠이 외치자 두 사람 앞에 검은 그림자가 일렁였다. 언제 나타났는지도 모르게 흑의를 입고 검은 복면을 한 사람이 서 있었다. 두 사람은 해연히 놀라며 즉시 검을 휘둘렀다.

쉬익!

두 개의 검이 날카로운 검광을 번득이며 흑의인의 몸을 가르고 지나갔다. 하지만 흑의인은 미동도 하지 않고 그 자리에 그대로 서 있었다.

'감각이 없다!'

'분명히 베었거늘!'

표자흠과 유염천은 놀란 눈을 감추지 못했다. 분명히 검으로 베었는데 손맛이 없었다. 흑의인의 눈이 슬며시 웃음을 띠었다.

"그렇게 느린 검으로 날 벨 수 있을 거라 생각했나?"

"누, 누구냐, 네놈은!"

표자흠이 외치자 흑의복면인은 다시 물었다.

"힘이 필요한가?"

표자흠과 유염천의 얼굴에 고민이 떠올랐다. 지금 눈앞에 있는 복면인은 마음만 먹으면 혼자서 당장이라도 두 사람의 목숨을 취할 수 있을 정도의 강자다. 이런 강자는 천마신교에서도 별로 겪어보지 못했다.

표자흠은 결국 검을 거뒀다.

"힘이야 언제나 갈망하고 있소만…… 그보다는 먼저 귀하가 누구인지 밝히는 게 순서 아니겠소?"

"난 비검운이라고 한다. 이름은 들어보지 못했을 테니 고민할 필요는 없다."

비검운은 그렇게 말하며 표자흠을 노려봤다.

"생각보다 강단이 있군. 어때? 힘을 원하나? 원한다면 그 힘, 내가 줄 수도 있다."

"대체 어떻게 내게 힘을 준다는 거요?"

"어떻게든."

비검운의 말에 표자흠과 유염천이 서로를 한 번 바라봤다. 그리고 의미심장한 눈빛을 주고받았다.

"대가는?"

표자흠이 묻자 비검운이 슬쩍 웃었다.

"큭큭, 대가라…… 글쎄, 그런 걸 줄 능력이나 될지 모르겠군. 그저 네가 하고 싶은 일을 하면 된다. 아주 만족스러운 대가지."

"내가 뭘 하려고 하는지 알고 있소?"

"흑마성교를 일으키려는 것 아닌가?"

표자흠과 유염천이 흠칫 놀랐다. 흑마성교에 대한 일은 마인들 외에는 아직 모른다. 적련에도 말을 한 적이 없다.

'아니지. 적련에서는 알고 있을지도…….'

처음 흑마성교에 대해 얘기해 준 사람이 적련과 자신을 이

어줬으니 적련에 그 일을 얘기했을 가능성이 크다. 그랬기에 적련이 그렇게 열성적으로 자신들을 도와줬을 것이다.

"적련에서 나오셨소?"

"큭큭큭큭, 적련이라……. 고작 그따위 놈들이 날 거둘 수나 있을 것 같은가? 큭큭큭큭."

비검운의 웃음은 매우 거슬렸다. 하지만 표자흠은 감히 그것을 표현할 수 없었다. 그저 마른침만 꿀꺽 삼켰다.

"자, 이제 선택을 해라. 힘을 받을 건지, 아니면 말 건지."

표자흠이 고개를 끄덕였다. 어차피 처음부터 선택의 여지가 없었다.

"잘 생각했다."

비검운이 만족스럽게 고개를 끄덕이며 품에서 뭔가를 꺼내 던졌다. 커다란 주머니였다. 표자흠은 그것을 받아 끈을 풀고 안을 들여다봤다. 그의 눈이 화등잔만 해졌다. 주머니 안에는 야명주가 가득했다. 하나에 적어도 황금 수천 냥은 할 것 같았다.

"그 정도면 충분하겠지?"

"무, 무, 물론이오."

표자흠이 대답하자, 비검운은 고개를 끄덕인 후 그대로 사라졌다. 표자흠과 유염천은 다시 한 번 놀라야 했다. 아무런 느낌도 받지 못했다. 문이 열리는 것도 보지 못했다. 한데 사라졌다. 마치 처음부터 그곳에 아무도 없었던 것 같았다.

"뭐지? 대체 정체가 뭘까?"

표자흠의 물음에 유염천이 얼떨떨한 표정으로 고개를 저었다.

"모르겠습니다. 아무튼 우리로서는 나쁠 것이 없는 상황입니다. 마인들이야 앞으로 키우면 그만이니까요."

"그건 그렇지."

표자흠의 머릿속에서 비검운의 모습이 사라졌다. 어차피 돈만 주고 사라졌다. 원하는 것도 없다지 않은가. 아니, 한 가지 있었다. 하지만 흑마성교를 일으키는 것은 어차피 자신이 해야 할 일 아니던가.

"으하하! 으하하하핫!"

표자흠의 커다란 웃음소리가 방 안을 가득 채웠다.

제갈미미는 뱃전에 서서 시원한 강바람을 맞았다. 그렇게 하고 나니 조금 마음이 가라앉았다. 배를 탄 지 벌써 사흘이 지났다. 제갈미미는 선실 쪽을 바라봤다. 그리고는 이내 고개를 절레절레 저으며 다시 강을 바라봤다.

'세상에, 어쩌면 사흘 동안 한 번도 일어나지 않을 수 있지?'

제갈미미는 최근 사흘 동안 단유강에게 왜 나려타곤이라는 별호가 생겼는지 뼈저리게 깨달았다. 단유강이 사흘 동안 한 일이라고는 선실에 누워 뒹구는 것뿐이었다.

'이런 비싼 배를 얻은 이유가 고작 저런 것 때문이라니!'

단유강은 배를 통째로 빌렸다. 배에 탄 사람은 단유강 일행 세 명과 선원들뿐이었다. 배의 크기가 그리 크진 않았지만 그래도 빌리는 데 꽤 많은 돈이 들었다. 그것만 생각하면 제갈미미는 속이 쓰렸다.

'어휴, 백 소저는 정말 속도 좋지. 어떻게 매 끼니 코앞에 밥을 갖다 바칠 수 있을까?'

제갈미미가 더 화가 난 이유가 바로 그것이었다. 단유강은 밥을 먹을 때조차 자리를 떠나지 않았다. 배 안에는 엄연히 식사를 하는 공간이 따로 마련되어 있었다. 한데도 단유강은 선실에 누워서 그저 뒹굴기만 했다.

몇 번이나 백설영에게 굳이 그럴 필요없다고, 하지 말라고 말했다. 하지만 백설영은 그때마다 그저 웃기만 했다.

'분명히 뭔가 약점을 틀어쥐고 있을 거야. 그렇지 않고서 야 저렇게 예쁜 사람이……'

백설영의 미모는 같은 여자인 자신이 봐도 정말로 아름다웠다. 게다가 심성은 얼마나 고운가? 천망단의 모든 일을 척척 해낸다고 하니 능력도 출중하다. 제갈미미는 그런 대단한 여인이 단유강 옆에 붙어 있는 자체를 이해할 수 없었다.

생각해 보면 단유강 근처에 있는 사람들은 하나같이 다 대단하다. 제갈미미의 오라버니인 제갈무군도 그렇고, 당시 도박장 무사들을 단번에 해치운 하후량, 하후령 형제도 그렇다.

보아하니 연백철의 무공도 대단한 듯했다. 사마자혜가 그렇게 눈독을 들이는 걸 보면 확실했다.

'그런 대단한 사람들이 대체 왜 저 사람 밑에서 이렇게 하릴없이 세월을 죽이는 거지?'

제갈미미는 그 점을 이해할 수 없었다.

"그냥 내기 좀 잘하는 사람에 불과……. 헉! 설마!"

제갈미미는 자신이 생각하고도 말도 안 된다는 표정을 지었다. 설마 내기로 사람들을 옭아맸을 리가 없지 않은가.

"아니지. 충분히 그러고도 남을 사람이야. 그런데 대체 무슨 내기로 저 대단한 사람들을 옭아맨 거지?"

제갈미미는 이런저런 생각을 하며 강바람을 맞았다.

"그나저나 오라버니는 대체 무슨 생각이신 건지……."

가장 걱정되는 것이 바로 제갈무군이었다. 제갈무군이 아니었다면 제갈미미는 미고현에 남지 않았을 것이다. 그녀의 목적은 제갈무군을 데리고 다시 세가로 돌아가는 것이었다.

"조만간 무슨 수가 생기겠지."

사실 당가로 가는 이유 중 하나가 바로 그 수를 캐내기 위함이었다. 약속을 깰 생각은 없었다. 하지만 당가에 제갈세가의 사람이 하나라도 와 있다면 자신이 굳이 뭐라고 말을 하지 않아도 이상하게 여길 것이다.

'그러면 나를 따라 함께 미고현으로 오겠지? 내가 그런 곳에 있을 이유가 없을 테니까.'

그렇게 되면 자연스럽게 제갈무군이 있는 곳을 세가에 알릴 수 있게 된다.

'문제는…….'

제갈미미는 고개를 돌려 다시 선실을 바라봤다. 가장 큰 문제는 과연 단유강이 자신의 이런 꿍꿍이를 모르고 있느냐 하는 것이었다.

'모르겠지? 모를 거야. 아니, 몰라야 돼.'

알면 어떻게 나올지 모른다. 제갈미미는 그것이 가장 두려웠다.

'내가 왜 저런 사람을 두려워해야 하는 거야, 정말?'

제갈미미는 스스로가 한심해졌다. 절로 한숨이 나왔다. 그녀의 입에서 흘러나온 한숨이 강바람과 섞여 뒤로 날아갔다.

"벌써 도착인가?"

단유강의 중얼거림에 제갈미미가 어이없다는 표정으로 그를 바라봤다.

"벌써라고요? 회갑연이 내일이라고요! 늦어도 한참 늦었다는 생각 안 드세요?"

"하루 일찍 도착했는데 뭘 그래?"

"일찍이 아니라고요! 여기서 당가까지 가려면 하루는 꼬박 걸어야 한다고요! 어쩌면 늦을지도 몰라요!"

"뭐, 늦으면 늦는 거지."

단유강의 말에 제갈미미는 몇 번 씩씩대다가 체념한 듯 고개를 돌렸다. 말로는 절대 이기지 못할 것 같았다. 아니, 단유강은 당가주의 회갑연 자체에 아무런 의미를 두고 있지 않은 것 같았다. 그런 자와 늦네 마네 하는 얘기를 해봐야 무슨 소용인가. 속만 타지.

단유강은 그런 제갈미미를 보며 빙긋 웃고는 배에서 훌쩍 뛰어내렸다. 선착장에는 그들이 타고 온 배 말고도 꽤 많은 배가 있었다. 그리고 근처에는 무림인으로 보이는 자들이 수두룩했다.

"휘유, 다들 회갑연에 참석하는 자들인 모양이네."

단유강은 이리저리 두리번거리면서 무림인들을 살폈다. 영락없는 촌놈의 행동거지였다. 제갈미미는 그 모습을 보고는 자신이 다 부끄러워졌다. 그래서 얼른 단유강에게 다가가 팔을 잡아끌고 자리를 떴다.

"어서 가요. 이런 데서 낭비할 시간 없으니까."

단유강은 굳이 저항하지 않고 제갈미미가 이끄는 대로 따라갔다. 그들은 순식간에 선착장을 벗어났다.

"자자, 이제 아무도 안 보니까 이건 좀 놓지."

단유강의 말에 제갈미미는 그제야 걸음을 멈추고 손을 놨다. 그리고는 자신이 한 행동이 떠올라 살짝 얼굴을 붉혔다.

"아쉽군. 조금 더 누워 있고 싶었는데."

단유강의 말에 제갈미미가 질린 눈으로 그를 바라봤다. 정말로 이런 사람은 앞으로도 또 보기 힘들 것 같았다.

세 사람은 당가를 향해 걸음을 서둘렀다. 사실 단유강은 전혀 그럴 생각이 없었는데, 제갈미미가 하도 재촉을 하니 어쩔 수가 없었다.

"주위 풍광도 구경하고 그러면서 가야 하는데."

단유강은 그렇게 투덜거리며 주변을 이리저리 살폈다. 제갈미미는 아예 못 들은 척하고 걸음을 더욱 빨리했다. 마음 같아서는 경공이라도 펼치고 싶었다.

'정말 이런 사람은 처음이야.'

아까는 멋모르고 경공을 펼쳤다. 단유강과 백설영을 생각해서 아주 적절하게 속도도 맞춰줬다. 아니, 그랬다고 생각했다. 하지만 그녀는 반 각이나 달리고서 다시 돌아와야 했다. 단유강과 백설영은 그녀가 가든 말든 아랑곳하지 않고 그냥 걸어갔던 것이다.

한편으로는 기가 막히기도 하고, 다른 한편으로는 자신이 너무 서두르는 건 아닌가 하는 생각도 들어서 그 뒤로는 더이상 경공을 펼치지 않았다.

"엇? 굉장한 미인이네?"

단유강의 말에 백설영의 고개가 홱 돌아갔다. 제갈미미는 백설영의 반응에 놀라 잠시 그녀를 쳐다봤다. 그리고는 자신도 백설영과 단유강이 바라보는 쪽으로 고개를 돌렸다.

제갈미미의 눈이 화등잔만 해졌다. 삼 장쯤 떨어진 곳에 삼
남 일녀가 걸어가고 있었다. 그중 여인은 면사를 얼굴에 쓰고
있었다. 면사가 얼굴을 가리고 눈만 내놓고 있었는데도 그녀
가 아름답다는 것이 느껴졌다.

'어쩜 저렇게 면사로 가린 얼굴이 예쁠 수가 있는 거지?'

얼굴도 확인하지 않았는데 그녀가 예쁘다는 생각을 지우
지 못했다.

"흐음, 저 정도면 우리 할머니랑 비교해도 크게 뒤처지진
않겠는데?"

제갈미미는 단유강의 말에 피식 웃었다. 하지만 이내 웃음
을 지웠다. 단유강의 얼굴도 굉장하다. 그런 손자를 둔 할머
니라면 젊었을 적의 미모 역시 대단할 것이 분명하다.

"자자, 신경 쓰지 말고 가자고."

단유강은 정말로 더 이상 신경을 쓰지 않았다. 하지만 제갈
미미와 백설영은 그럴 수가 없었다. 면사를 쓴 여인 일행 역
시 당가로 가고 있었다. 가는 방향이 같으니 계속 눈이 갈 수
밖에 없었다.

'이건 정말 마력이네.'

제갈미미는 그러지 말아야지 하면서도 어느새 그녀를 힐
끗거리고 있는 자신을 발견하고는 흠칫흠칫 놀라야 했다. 그
것은 백설영 또한 마찬가지였다.

'면사를 썼는데도 이 정도면 벗으면 대체 어느 정도란 말

이야?

문득 제갈미미는 그녀가 그렇게 행복하게 살아오지는 못했을 거란 생각이 들었다. 지금도 저렇게 세 명이나 되는 준수한 남자들 사이에서 걷고 있지만, 남자들의 눈에 어린 욕망을 보면 절로 고개가 저어졌다.

"우리 저분들이랑 함께 가는 건 어때요?"

제갈미미의 제안에 단유강이 눈살을 찌푸렸다.

"굳이 그럴 이유가 있을까? 귀찮아할 것 같은데."

단유강의 말에 제갈미미는 과연 그럴 수도 있겠다는 생각이 들었다. 하지만 다시 면사여인을 보고는 고개를 저었다.

"그래도 한번 시도나 해볼게요. 괜찮죠?"

제갈미미는 먹이를 기다리는 고양이처럼 단유강의 허락을 기다렸다. 단유강은 그런 제갈미미의 모습이 귀여워 피식 웃고는 고개를 끄덕였다.

"마음대로 해. 어차피 얼마 남지도 않았으니까."

제갈미미는 반색을 하며 면사여인이 있는 곳으로 달려갔다. 잠시 후, 그곳에 있던 사내들이 고개를 돌려 단유강과 백설영을 바라봤다. 그들의 눈이 일순간 빛났고, 제갈미미는 신난 얼굴로 다시 단유강에게 돌아왔다.

"허락을 받았어요. 거봐요. 얘기해 보길 잘했죠?"

"글쎄다."

단유강의 시큰둥한 대답에 제갈미미가 입술을 삐죽였다.

"쳇, 뭐예요? 예쁜 여자랑 같이 가게 되었으니 좋지 않아요? 그냥 고맙다고 할 것이지, 괜한 자존심은."

제갈미미는 그렇게 투덜거렸지만 내심 조금 감탄했다. 단유강은 처음에 한 번 그녀를 보고 예쁘다고 말한 이후로 조금도 관심을 두지 않았다. 여자인 자신도 계속 신경이 쓰였는데, 남자인 단유강이 그러지 않았다는 건 상당히 의외였다.

단유강과 제갈미미가 그러고 있는 사이, 면사여인의 일행이 그들에게 다가왔다. 그중 가장 남자답게 생긴 사내가 먼저 나서서 포권을 취하며 인사를 했다.

"전 소장원이라고 합니다. 낙산에 있는 은월보에서 왔습니다. 이쪽 친구는 송천양입니다. 낙산의 송가장에서 왔고, 저 친구는 방만금이라고 합니다. 철혈방에서 왔습니다. 그리고……."

소장원은 약간 뜸을 들이며 면사여인을 바라보다가 말을 이었다.

"이분은 청검산장에서 오신 담교영 소저이십니다."

담교영이라는 말에 제갈미미의 눈이 동그래졌다.

"천하제일미라는 담교영 소저였군요! 어쩐지……."

송가장이나 철혈방은 은월보와 마찬가지로 낙산에 있는 문파였다. 상당한 규모의 문파였기에 꽤 유명했다. 하지만 청검산장은 호남에 위치한 문파였다. 제갈미미의 눈에 그런 의문이 어리자 소장원은 즉시 대답해 주었다.

"청검산장과 우리 은월보는 상당히 교분이 깊습니다. 담소저께서는 당가주의 회갑연 때문에 잠시 은월보에서 머물고 계셨습니다."

"아, 그렇군요. 이렇게 뵙게 되어 영광이에요. 전 제갈미미라고 합니다."

제갈미미라는 이름에 네 사람이 놀란 눈으로 그녀를 바라봤다. 방금 소장원이 언급한 네 문파가 비록 유명하긴 하지만 제갈세가에 비할 수는 없었다.

"놀랍군요. 제갈세가의 분을 이런 곳에서 만날 줄은 몰랐습니다."

이 역시 제갈세가나 무림맹이 있는 곳에서 당가가 있는 곳으로 가기 위해 지나는 길이 아니었기에 묻는 말이었다.

"저도 사정이 있어 사천의 미고현에 머물고 있습니다."

"아, 그렇군요."

그렇게 약간의 탐색과 소개가 지나갔다. 당연한 얘기지만 단유강을 소개할 때는 모두 시큰둥했고, 담교영만이 약간 흥미를 보였을 뿐이다. 반면 백설영을 소개했을 때는 세 남자의 시선에 호기심이 가득했다. 담교영만큼은 안 되겠지만 백설영도 굉장한 미인이었기 때문이다.

"자자, 더 늦기 전에 출발할까요? 어서 도착해서 새로운 인연을 기념하며 술이라도 한잔해야 하지 않겠습니까? 하하하!"

소장원은 그렇게 웃으며 일행을 이끌었다. 그는 아주 자연스럽게 앞으로 나서서 일행을 주도했다.

단유강은 일행의 가장 후미에서 조용히 뒤따랐다. 백설영도 단유강 옆으로 가지 못했다. 새로 합류한 일행과 함께하라고 미리 당부했기 때문이다.

그런 단유강을 담교영이 가끔 힐끔거리며 쳐다봤다. 그녀는 단유강의 묘한 분위기에 호기심이 일었다. 계속 살폈기에 단유강이 자신에게 별 관심을 두지 않는다는 것도 알았다.

'과연 진짜 관심이 없는 걸까, 아니면 없는 척하는 걸까?'

그동안 여러 부류의 남자들을 만나봤다. 그들은 대부분 두 가지 부류로 나뉜다. 지대한 관심을 표하는 자와 관심이 없는 척하면서 기회를 엿보는 자. 단유강은 그런 남자들과는 뭔가 조금 달라 보였다.

담교영은 그런 생각을 하며 당가에 도착할 때까지 틈날 때마다 단유강을 살폈다. 물론 다른 사람들과 대화를 하며 분위기를 유지하는 것도 잊지 않았다.

그렇게 얼마나 걸었을까. 일행은 드디어 당가에 도착했다.

第七章

당미려

龍濤

태룡전

"**휘**유, 바글바글하네."

단유강은 그렇게 중얼거리며 당가 정문 안으로 들어섰다. 이미 신분 확인에 대한 절차는 끝냈기에 당당히 들어갈 수 있었다. 일단 안으로 들어가니 수많은 사람들이 보였다.

"굉장하네요."

백설영이 나직이 감탄하자, 단유강이 고개를 끄덕였다.

"과연 사천의 패자다워. 조만간 사천을 완전히 집어삼킬 수도 있겠는데?"

단유강이 보는 것은 근처에 있는 사람들이 아닌, 멀찍이서 느껴지는 기세였다. 당가 자체에서 뿜어져 나오는 자연스러운 기세는 감추고 싶다고 감출 수 있는 것이 아니었다. 그것은 고스란히 현 당가의 힘을 나타내고 있었다.

단유강과 백설영은 조금 더 안으로 들어갔다. 함께 왔던 소장원이나 담교영 등은 조금 뒤에서 걷고 있었다.

"백 소저, 그렇게 혼자 가지 말고 함께 갑시다."

송천양이 걸음을 좀 빨리 해 백설영에게 다가가며 말했다. 그의 얼굴에 약간 느끼한 미소가 맴돌았다.

"일단 안으로 조금 더 들어가면 당가에서 미리 준비한 사람들이 있을 거요. 그들이 적당한 숙소로 안내해 줄 텐데……."

송천양은 잠시 말을 늘이며 백설영의 얼굴을 살폈다. 아무리 봐도 질리지 않았다. 정말로 아름다웠다.

담교영의 경우 면사로 얼굴을 가리고 있기에 백설영을 바라보는 것 같은 재미는 없었다. 게다가 온몸에서 풍기는 분위기가 절대 넘지 못할 벽처럼 느껴져서 함부로 다가가기도 어려웠다. 반면 백설영은 고작 천망단의 일개 대원에 불과하다. 얼마든지 공략할 자신이 있었다.

"아마 우리와 함께 가면 좀 더 좋은 숙소를 얻을 수 있을 거요. 어떻소? 우리와 함께 묵지 않겠소?"

만일 제갈미미가 함께 있었다면 절대 할 수 없을 제안이었다. 하지만 제갈미미는 입구에서부터 다른 곳으로 가버렸다. 마침 제갈세가에서 온 사람들이 입구 근처에 있어 그들과 함께 가버린 것이다.

제갈미미는 단유강과 백설영도 데리고 가려 했지만 두 사람이 단호히 거절했다. 그들과 함께 있어봐야 골치만 아플 게 분명했기 때문이다.

송천양의 제안에 백설영이 고개를 돌려 단유강을 바라봤다. 그런 일은 자신이 결정할 수 없었다. 어디까지나 백설영은 단유강을 쫓아온 입장이었다.

단유강이 고개를 젓자 백설영이 송천양에게 대답했다.

"저희는 따로 지내겠습니다."

송천양의 얼굴이 보기 좋게 일그러졌다. 그는 단유강을 한 번 노려봤다. 그리고 아쉬운 눈으로 백설영을 바라봤다.

"그럼 아쉽지만 우리는 이쯤에서 헤어져야 할 듯하오. 조만간 미고현으로 내 한 번 찾아가리다."

송천양은 그렇게 말하고 다시 일행이 있는 곳으로 돌아갔다. 그곳에 있던 남자들이 송천양의 말을 전해 듣고 모두 아쉬운 표정을 감추지 못했다.

"거참, 이상한 사람들이네."

단유강이 그렇게 중얼거리자, 백설영이 조금 묘한 눈으로 그를 바라봤다.

"대주님은 담교영이라는 여자가 마음에 안 드시나요?"

벡설영의 질문에 단유강의 눈이 살짝 커졌다. 설마 그런 걸 물어볼 거라고는 전혀 생각지 못했기 때문이다. 하지만 이내 고개를 갸웃거렸다.

"글쎄, 마음에 들고 안 들고의 문제가 아니잖아? 고작 한 시진 정도 보고서 뭘 결정할 수 있겠어? 안 그래?"

백설영의 눈이 조금 더 묘해졌다.

"그래도 예쁘잖아요?"

단유강이 고개를 끄덕였다.

"음, 확실히 예쁘긴 하더구나. 우리 할머니한테는 아주 조금 모자라지만. 그런데 그게 뭐?"

"남자들은 보통 예쁜 여자한테 끌리는 거 아닌가요?"

단유강이 또 고개를 갸웃거렸다.

"그런가? 하긴 그럴지도 모르겠군. 그래도 저 여자는 아직 멀었지. 끌리려면 적어도 우리 할머니보다는 더 예뻐야 하지 않겠어? 하하하하!"

백설영은 지금 이 순간, 단유강의 할머니를 꼭 한 번 보고 싶었다. 그것도 젊었을 때의 모습을. 과연 얼마나 예쁘기에 단유강이 이런 말을 할 수 있는지 말이다.

두 사람은 조금 더 깊이 안으로 들어갔다.

"꽤 괜찮은데?"

단유강은 침상에 누우며 말했다. 백설영은 그런 단유강을 보며 자신도 모르게 고개를 절레절레 저었다. 설마 이곳까지 와서 이렇게 침상에 누워 뒹굴 줄은 몰랐다.

"그래도 역시 미고현에 있는 내 침상이 최고구나."

백설영은 그 말에 고개를 끄덕였다. 미고현에 있는 단유강의 침상은 가격이 같은 무게의 은과 같다. 재질부터 그 위에 덮는 이불까지 최고를 넘어서는 것들이었다.

백설영은 고개를 돌려 방 안을 살폈다. 침상이 하나 더 보였고, 두 침상 사이에 탁자와 의자가 마련되어 있었다. 대충 살피니 간단히 차도 직접 끓여 마실 수 있도록 준비되어 있었다.

'아무리 그래도 남녀를 한방에서 자도록 하다니.'

백설영은 살짝 눈살을 찌푸렸다. 단유강과 한방에서 자는 게 불쾌하거나 기분 나쁘지는 않지만, 그 정도 배려도 없는 당가가 못마땅했다.

'하긴 고작 천망단의 대주와 대원 주제에 더 바라는 건 사치겠지.'

오늘 본 손님만 해도 백 명이 넘어간다. 당가가 상당히 거대한 규모를 자랑하긴 하지만 그동안 받은 손님들의 수를 다 합하면 정말로 어마어마할 것이다. 그 많은 손님들을 일일이 배려하라고 할 수는 없지 않겠는가.

"자아, 이젠 우리를 왜 초대했는지 궁리를 해봐야지?"

단유강의 말에 백설영의 얼굴이 살짝 굳었다. 엄밀히 말하면 우리가 아니라 단유강만 초대했다. 물론 이렇게 함께 올 거라고 예상은 했을 것이다.

"당가의 정보력이 상당히 뛰어난 것 같습니다. 아마 우리가 한 일들을 어느 정도 눈치를 챈 모양입니다."

"그거야 오기 전부터 예상한 거고, 그다음을 생각해야지. 왜 불렀을까? 우리는 엄연히 무림맹의 천망단인데 말이야."

당가가 앞으로 하려는 일이 만일 사천의 장악이라면 가장 거슬리는 것이 바로 천망단이다. 천망단은 무림맹의 눈과 귀이며, 때로는 손과 발의 역할도 한다.

그런 천망단의 대주를 초대해서 당가를 보여주는 것에 과연 어떤 의미가 있단 말인가.

'힘을 보여줘서 무림맹이 함부로 움직이지 못하게 하는 거라면 이미 충분할 텐데……'

그런 일이라면 굳이 천망단을 부를 이유가 없다. 무림맹의 주요 인물을 불러서 당가를 보여줘야 한다. 그게 훨씬 효과적이다.

'그렇다면 포섭인가?'

포섭은 가능성이 있다. 천망칠십오대가 가진 힘을 정말 제대로 파악했다면 아마 당가로서도 섣불리 상대하기가 껄끄러울 것이다. 게다가 무림맹이라는 배경까지 가지고 있으니 말이다.

"어쩌면 그냥 한번 보고 싶었을지도 모르지."

단유강의 말에 백설영이 의아한 표정을 지었다. 하지만 이내 고개를 끄덕였다. 그럴 수도 있었다. 만일 천망칠십오대의 힘을 어느 정도만 파악했다면 말이다.

당가는 거대한 곳이다. 지금 와서 확인해 보니 그 거대함이 정말로 대단하다. 그리고 그 거대함을 지금까지 감춘 것이 더 굉장한 힘이다.

'그들이 보기에 아마 우리는 조금 힘 센 개미 정도겠지. 재미있긴 할 거야.'

백설영의 입가에 슬쩍 미소가 걸렸다. 만일 정말로 그렇다면 그들은 명백한 실수를 저지르고 있는 것이다.

"어쩌면 재미있을지도 모르겠네요."

"그렇지?"

단유강도 침상에 누워 무릎을 세우고 다리를 꼰 채 발을 까딱이며 의미심장한 미소를 지었다.

당가주의 회갑연이라는 것은 사실 핑계에 불과했다. 당가에는 수많은 무림문파의 주요 인물들이 모여들었고, 그들은 조금이라도 더 많은 정보를 얻기 위해 치열한 경쟁을 벌였다. 그것은 당가 또한 마찬가지였다.

당가의 가주인 당중명은 부드러운 표정으로 좌중을 둘러봤다. 표정은 부드러웠지만 눈빛만은 철이라도 잘라낼 듯 날카로웠다. 당중명은 당미려가 미리 언급했던 자들을 하나하나 찾아내고 있었다.

'저자가 무림맹의 비검당주(秘劍堂主)인 전창언이로군. 그

리고 저자가 남궁세가의 장로인 남궁석문이고, 그리고……'

당중명은 그렇게 하나하나 짚어나가며 그들의 이름을 기억했다. 잘 기억이 나지 않는 사람은 옆에 있는 당미려가 알려주었다. 그렇게 좌중을 쓸어보던 중 당중명의 눈에 띈 사람이 있었다.

'음? 이런 자리에 면사를 쓰고 나오다니.'

당중명이 발견한 사람은 다름 아닌 담교영이었다. 담교영은 이곳에 오면서도 면사를 벗지 않았다. 당중명은 처음에는 약간 불쾌한 눈으로 봤지만 이내 그런 마음은 깨끗이 사라져 버렸다.

'호오, 면사를 쓰고 있는데도 그 아름다움이 여기까지 전해지는구나. 대체 면사를 벗으면 어떤 얼굴이 나타날지 궁금하군.'

당중명의 눈이 한곳에 계속 머물자, 당미려가 살짝 눈살을 찌푸리고 당중명이 누구를 바라보는지 확인했다. 그리고 그녀의 눈빛이 더욱 못마땅해졌다.

'이렇게 중요한 시기에……'

당중명의 부인은 그가 젊었을 때 세상을 떠났다. 당중명은 가문의 발전에 모든 걸 바쳤고, 그동안 여자라고는 거들떠보지도 않았다. 그러던 사람이 한 여자에게 눈을 떼지 못하고 있는 것이다.

'부디 좋지 않은 쪽으로 발전하지 않기를.'

당미려는 그렇게 바라며 그녀 역시 기대하던 사람을 찾아보았다. 하지만 아무리 살펴도 그녀가 확인하고 싶었던 그 사람은 보이지 않았다.

'이상하군. 분명히 도착했다고 했는데……'

그러는 와중에 사람들이 하나둘 다가와 당중명에게 인사를 했다. 당중명은 반가운 얼굴로 인사를 받으면서도 틈만 나면 담교영을 바라봤다.

결국 담교영도 당중명의 눈길을 알아채고 말았다. 당중명은 그때부터 더욱 노골적으로 그녀를 쳐다봤다.

모든 사람들이 돌아가며 당중명에게 인사를 하니 담교영 또한 그냥 넘어갈 수가 없었다. 무려 수백 명이나 모인 곳이었지만 일행으로 참여한 사람들은 한꺼번에 인사를 했기에 시간은 그리 오래 걸리지 않았다.

담교영은 소장원, 송천양, 방만금과 함께 당중명에게 다가가 인사를 했다. 당중명은 흡족한 얼굴로 고개를 끄덕여 인사를 받은 후, 몇 가지 덕담을 나눴다. 그리고 진득한 호기심이 이는 눈으로 담교영을 바라보며 입을 열었다.

"한데, 이런 자리에서 굳이 그렇게 면사를 쓸 이유는 없을 것 같은데, 안 그런가?"

당중명의 말에 담교영이 크게 당황했다. 확실히 어른 앞에서 면사를 쓰고 인사를 하는 건 예의에 조금 벗어나는 일이긴 했다. 하지만 그렇다고 이렇게 굳이 언급해서 면사를 벗으라는 압박을 가하는 것도 예의에 어긋나는 일이긴 마찬가지였다.

담교영이 대답도 못하고 머뭇거리자, 소장원이 옆에서 살짝 속삭였다.

"어차피 인사 후에 다시 쓰면 되니 잠시만이라도 벗는 게 어떻겠소?"

소장원까지 그렇게 말하니 담교영도 어쩔 수가 없었다. 결국 담교영은 천천히 면사를 벗었다.

당중명의 눈이 화등잔만 해졌다. 설마 이렇게 아름다울 줄은 몰랐다. 그녀의 얼굴은 마치 늪 같았다. 보고 있으면 그대로 빨려 들어가 버릴 것만 같았다. 아니, 벌써 빠져들었다. 그녀의 헤어날 수 없는 매력에 푹 빠져서 허우적댔다.

"허어! 천하제일미라더니, 과연 명성에 걸맞은 미모로구나. 내 크게 개안을 한 느낌이네."

"다시 인사드리겠습니다. 청검산장에서 온 담교영이라 합니다."

담교영의 인사에 당중명은 크게 고개를 끄덕였다.

"그럼 이만 물러가겠습니다."

담교영은 그렇게 말하고 황급히 물러났다. 그와 동시에 그녀는 재빨리 면사를 다시 착용했다. 수많은 사내들이 그 광경을 아쉬운 눈으로 바라봤다.

"하아, 빨리 돌아가야겠네."

담교영은 나직이 한숨을 쉬며 자리로 돌아갔다. 그때부터 그녀는 수많은 시선을 느껴야 했다. 마치 날카로운 창으로 찌르는 듯한 시선이었다. 담교영은 회갑연이 끝날 때까지 고개를 숙인 채 앉아 있기만 했다.

"대주님, 안 가보실 건가요?"

백설영이 걱정스런 말투로 묻자, 단유강은 침상에 누운 채로 그녀를 바라봤다.

"왜? 걱정돼?"

"그래도 회갑연에 초대받았으니 거기에는 참석을 해야 하지 않을까요?"

"가봐야 제대로 먹지도 못할걸? 그냥 여기 있으면서 주는 밥이나 먹는 게 최고야. 너도 심심하면 침상에 누워서 좀 뒹굴든가."

단유강이 너무 태평하자 백설영은 더욱 걱정이 되었다.

"너무 걱정할 필요없다니까. 그렇게 쓸데없는 걱정을 사서 하면 피부 나빠진다."

"그래도……."

"무려 당가의 장로가 초대했어. 괜히 부른 건 절대 아닐 거라고. 그렇게 중요한 일이 있으면 당연히 알아서 찾아오게 되어 있어. 그러니까 진득하게 기다리라고. 먼저 찾는 쪽이 지는 거야."

단유강의 말에 백설영은 한숨을 내쉬며 고개를 끄덕였다. 그리고 침상으로 가서 살짝 걸터앉았다. 단유강처럼 대놓고 누울 수는 없었기에 그렇게 한 것이다.

'이해는 하지만……'

단유강이 한 말은 그녀도 공감하는 바다. 이런 상황에서는 인내하는 자가 훨씬 유리한 고지에서 협상을 진행할 수 있다는 것은 기본 중의 기본이다. 하지만 아무리 그렇더라도 이곳은 당가다. 그리고 얼마 전 당가가 보여준 힘은 굉장했다.

'하아! 안정이 안 되는구나.'

백설영은 속으로 한숨지으며 침상에 누운 단유강을 바라봤다. 너무나도 태평하고 자유로운 모습이었다.

"나려타곤이라……."

단유강이 중얼거리자 백설영이 흠칫 놀랐다. 방금 단유강이 누워 있는 모습을 보고 그 생각을 하던 참이다. 마치 생각을 읽힌 것 같아서 순식간에 얼굴이 붉어졌다.

"누가 지었는지 참 잘 지었단 말이야. 안 그래?"

단유강의 물음에 백설영은 난감한 표정으로 고개를 끄덕였다. 그 별호를 누가 지었는지 너무나 잘 알고 있었다. 하지만 말할 수는 없었다. 그 별호를 짓는 자리에 자신도 있었고, 아주 조금이지만 도움도 주었기 때문이다.

"시간이 다 됐나?"

단유강은 더 편한 자세로 누우며 중얼거렸다. 단유강의 말에 백설영이 긴장했다. 지금 한 말의 의미는 누군가 다가오고 있다는 뜻이다. 백설영은 기감을 집중했다. 조금 시간이 지나자, 누군가 다가오는 기척이 느껴졌다.

　"단 대주님을 만나러 왔어요."

　부드러운 여인의 목소리가 들려왔다. 단유강은 여전히 침상에 누운 채로 백설영에게 눈짓을 했다. 백설영은 퍼뜩 정신을 차리고 서둘러 대답하며 문을 열었다.

　"들어오세요."

　열린 문 사이로 아름다운 여인의 모습이 보였다. 나이는 서른을 좀 넘어 보였지만 눈에 비치는 연륜이 그보다 더 깊다고 말해주고 있었다. 그 여인은 사뿐사뿐 안으로 들어와 침상에 누운 단유강을 한 번 바라보고는 탁자 앞에 놓인 의자에 앉았다.

　"나려타곤이라는 별호를 강조하기 위해서라면 이제 충분해요."

　여인은 그렇게 말하며 빙긋 웃었다.

　"아, 제 소개를 먼저 해야겠군요. 전 당미려라고 해요. 현재 가문의 총관을 맡고 있죠."

　"호오, 여자 총관이라."

　단유강은 그제야 침상에서 몸을 일으켰다. 자신을 초대한 사람이 바로 이 여자라는 확신이 섰다. 즉, 자신에 대해 미리 주시하고 파악한 사람이라는 뜻이다.

"자아, 빙빙 돌리지 말고 바로 본론으로 들어가죠. 왜 불렀습니까?"

단유강의 물음에 당미려는 입을 가리며 조용히 웃었다.

"과연 듣던 대로 호탕하신 분이로군요."

단유강이 고개를 갸웃거렸다.

"호탕? 난 호탕이랑은 좀 거리가 먼데. 혹시 무군이를 불러야 하는데 날 잘못 부른 거 아니오?"

"호호호호! 그럴 리가요. 천망칠십오대에 제갈세가의 소가주가 있다는 얘기는 듣긴 했습니다만, 그분은 제 취향이 아니라서요."

단유강의 눈이 살짝 빛났다. 그리고 백설영의 눈에 약간의 놀람이 어렸다. 제갈무군에 대한 일까지 파악했다면 정말로 보통이 넘는 정보력을 가졌다는 뜻이다.

'하긴, 그러니 마인들을 소탕했겠지만.'

"뭐, 슬슬 알려질 때도 되긴 했지."

단유강은 대수롭지 않게 말한 후, 당미려를 똑바로 쳐다봤다.

"그런 사소한 얘기나 하자고 날 부른 건 아닐 거라 생각되오만……."

당미려는 고개를 절레절레 저었다.

"하아! 정말로 만만치 않은 분이로군요. 좋아요. 단도직입적으로 말씀드리겠어요. 목적이 뭔가요?"

"무슨 말인지 모르겠으니 확실하게 말해주시죠."

"지금 당가는 사천제일가로 올라설 기반을 닦았어요. 아니, 이미 사천제일가라고 할 수 있죠. 우리는 수백 년 전의 위상을 되찾을 생각이에요."

"사천 전체를 당가가 조율하던 그 시절 말이오?"

"그래요. 한데 문제가 생겼어요. 사천에 상당히 대단한 정보 단체가 있더군요. 그리고 놀랍게도 그 정보 단체의 주인이 바로 천망단의 일개 대주더란 말이죠."

당미려는 단유강을 똑바로 쳐다봤다. 단유강의 표정은 처음부터 지금까지 전혀 변하지 않았다. 계속 은은한 미소를 머금은 채였다.

"그래서 그 대주가 사천을 집어삼키기라도 할 것 같아 겁이 난 거요?"

당미려가 아미를 찌푸렸다.

"말씀을 가려서 했으면 좋겠군요. 당가의 무사들은 모두 용맹하답니다."

"아무튼, 내가 당가에 위협이 된다, 그 말 아니오?"

"위협이라기보다는 의중이 궁금하다는 거죠. 그저 힘을 키운 문파였다면 신경을 안 썼겠지만, 정보 단체다 보니 꽤 신경이 쓰여서요. 정보라는 게 잘못 쓰면 자신의 목을 조를 수도 있다는 사실, 알고 계시겠지요?"

단유강이 고개를 끄덕였다.

"아주 잘 알고 있소. 그렇게 되는 자들도 봤고, 또 얘기도 많이 들었고."

"그럼 얘기가 빠르겠군요. 그 정보 단체, 저희에게 넘기세요. 대가는 섭섭치 않게 드리죠."

당미려의 말에 단유강이 묘한 표정으로 턱을 쓰다듬었다.

"흐음, 대가라……. 우리 정보 단체는 좀 비싼데, 괜찮겠소?"

당미려의 입가에 승리자의 미소가 감돌았다. 반면, 백설영의 얼굴은 어두워졌다.

단유강의 정보 단체는 백설영과 제갈무군이 운영한다. 하지만 거의 대부분을 백설영이 관리한다고 해도 과언이 아니다. 자신의 손에 있던 것을 다른 사람에게 넘긴다고 생각하니 아쉽기 그지없었다.

당미려는 자신만만한 표정으로 단유강에게 말했다.

"당가의 힘을 너무 우습게 보지 마세요. 충분한 여력이 있으니까요."

단유강이 고개를 끄덕였다.

"하긴, 사천 전체를 집어삼키려면 그 정도는 되어야지. 그래서 내 정보 단체를 이용해 사천에 산재한 천망단을 견제할 셈이오?"

"그런 것까지 대답할 필요는 없어 보이는군요. 단 대주님께서는 그저 가격만 말씀하시면 된답니다."

당미려의 말에 단유강이 흔쾌히 고개를 끄덕였다.

"뭐, 어려울 것 없지. 좋소. 팔겠소. 나야 뭐 새로 만들면 그만이니까. 가격은 이거요."

단유강은 손가락 하나를 들어 올렸다. 당미려의 얼굴에 미소가 감돌았다.

"예측하기 어려운 답을 하시는군요. 설마 은자 만 냥은 아닐 테고……."

단유강이 보유한 정보 단체는 상당한 저력을 가졌다. 고작 은자 만 냥으로 살 수 있을 만한 곳이 아니었다. 그것은 당미려도 너무나 잘 알고 있었다. 당미려가 생각한 가격은 은자 이십만 냥이었다. 즉, 황금 일만 냥이었다.

"황금으로 하면 되겠군요. 적당한가요?"

황금 일만 냥이라면 정말로 막대한 돈이었지만, 그 정도 정보 단체를 키우는 데 들어가는 비용과 시간을 생각하면 싼 편이었다.

단유강은 눈을 지그시 감으며 고개를 저었다.

"쯧쯧, 사천을 집어삼키시려는 분이 왜 이리 통이 작으실까."

당미려의 눈썹이 꿈틀거렸다. 단유강은 당미려의 기분은 전혀 고려하지 않고 말을 이었다.

"일은 일인데 단위가 틀렸소."

"단위?"

"만이 아니라 억이요. 만 다음은 억 아닌가?"

"이, 이, 일억 냥?"

단유강이 흡족한 표정으로 고개를 끄덕였다.

"그렇소. 뭐, 생각 같아선 황금으로 받고 싶지만, 그러면 피차 부담이 클 테니 은자로 합니다. 은자 일억 냥이면 황금으로는 고작 오백만 냥밖에 안 되는군. 이 정도면 거저라 할 수 있지."

당미려의 얼굴이 붉으락푸르락해졌다.

"지금 저랑 장난을 하시자는 건가요?"

"왜 내 말이 장난이라고 생각하는 거요?"

"은자 일억 냥이라는 액수가 말이 된다고 생각하시나요? 그 정도면 사천을 통째로 사고도 남겠네요."

단유강이 '그런가?' 하는 표정으로 고개를 갸웃거리며 턱을 긁었다.

"하긴, 그럴 수도 있겠군. 하지만 내가 알 바는 아니지 않소? 난 그저 가격을 제시하라기에 했을 뿐인데."

당미려의 얼굴이 차가워졌다. 그녀의 눈에서 날카로운 기광이 번득였다. 그리고 자리에서 벌떡 일어났다.

"제 제안을 거절하신 걸 후회하게 되실 거예요."

당미려는 그 말을 남기고 밖으로 나갔다.

단유강은 당미려가 나가는 모습을 가만히 바라보다가 피

식 웃었다.

"그렇게 비쌌나?"

백설영은 걱정스러움을 감추지 못했다.

"대주님, 대체 어쩌시려고……."

"그럼 넌 어떻게 했어야 옳다고 생각하는데?"

"적당한 가격에 파시는 게 낫지 않나요? 사천에 있으면서 당가와 척을 져 좋을 게 없을 텐데……."

"적당한 가격? 그래서 일억 냥을 불렀잖아."

"대주님……."

백설영은 답답했다. 그녀가 보기에 당미려는 은자로 삼십만 냥까지는 생각하고 온 것 같았다. 그리고 잘만 협상하면 은자 오십만 냥이나 육십만 냥 정도까지는 받아낼 수 있고, 억지를 좀 쓰면 은자 백만 냥까지도 가격을 후려칠 수 있다고 판단했다.

'한데 일억 냥이라니…….'

그야말로 거래할 마음이 없다고 말하는 것과 똑같았다.

백설영이 안절부절못하자, 단유강이 빙긋 웃으며 그녀를 다독였다.

"아까부터 얘기했지만, 쓸데없이 걱정할 필요없다니까. 그리고 네가 얼마나 고생해서 일군 정보망인데, 그 가격이 고작 일억 냥이라는 게 말이 돼? 난 그것도 싸게 부른 거라고."

단유강의 말에 백설영은 가슴이 따뜻해졌다. 하지만 그것과는 별개로 마음이 천근만근 무거워졌다. 정보 단체를 운영하기 때문에 잘 알 수 있었다. 당가가 얼마나 무서운 곳인지 말이다.

백설영이 걱정스런 표정으로 서성이자, 단유강이 그녀를 보며 빙긋 웃었다.

"그러지 말고 침상에라도 좀 앉아. 그나저나 백철이는 어디서 뭘 하고 있는지 모르겠네. 당가로 온다고 하지 않았나?"

백설영은 그제야 연백철이 떠올랐다. 분명히 사마자혜와 함께 당가로 향했다. 성도에 도착한 것까지는 분명히 확인했다. 하지만 그 이후는 확인이 불가능했다. 당가가 드러난 직후부터 성도에서 활동하던 정보원들을 전원 철수시켰다. 그렇게 할 수밖에 없었기 때문이다.

"아직 고급 정보원을 보충할 여력이 없습니다."

"그래? 그거 아쉽네. 뭐, 백철이가 알아서 잘하고 있겠지. 그런데 아무리 봐도 당가에 있는 것 같지가 않아."

백설영의 표정이 굳었다. 단유강이 그렇다고 하면 그런 것이다. 아마 거의 확실한 얘기일 것이다. 백설영은 즉시 고개를 숙이며 말했다.

"바로 알아보겠습니다."

"무리하진 말고."

백설영은 고개를 숙인 후 밖으로 나갔다. 일단 성도 근방부터 시작해 차근차근 정보원들을 움직여 알아볼 수밖에 없었다. 백설영의 몸이 안개처럼 흩어져 사라졌다.

당미려는 손으로 이마를 짚으며 골치 아픈 표정을 지었다.
마치 목구멍에 가시가 걸린 것처럼 답답했다. 천망칠십오대
의 존재는 그녀에게 있어서 그 정도에 불과했다.

"우리 당가를 무시하지 않고서야 그런 식으로 나올 수는
없는 법이지. 고작 알량한 정보 단체 하나 있다고 유세를 떠
는 꼴이라니."

당미려의 얼굴에 한기가 돌았다.

"어디, 더 큰 정보력에 먹히면 어떻게 되는지 뼈저리게 느
끼게 해주지."

사천에 존재하는 정보 단체가 단유강의 것 하나만 있지는
않았다. 꽤 많은 정보 단체가 존재했다. 규모나 세력도 다양
했다. 당가는 은밀히 정보력을 키운 후 그것들을 집어삼킬 준
비를 끝마쳤다.

이번 당가주의 회갑연을 기점으로 그 정보 단체들을 모조
리 쓸어 담을 계획이었다.

준비는 정말로 철저히 했다. 규모가 작은 곳은 큰 규모의
정보 단체를 도와 흡수하게 만들었고, 그렇게 흡수해서 커진
곳을 이번 기회에 삼켜 버렸다.

이제 단유강이 가진 정보 단체가 유일하게 남았다. 규모는
평균보다 조금 위인 정도지만 능력만큼은 뛰어나 사천에서

손가락에 꼽힐 정도였다.

"어차피 하나 남았으니 본보기도 필요하겠지. 그래야 허튼
짓도 못할 것이고."

준비를 아무리 철저히 했다지만 다른 사람이 키워놓은 정
보망을 삼켰으니 부작용이 있는 게 당연하다. 그 부작용 중
가장 심각한 것이 배신이다.

"아주 철저히 무너뜨려 줘야겠어. 그 정보망은 폐기야."

당미려는 이를 갈며 그렇게 중얼거렸다.

그녀는 그렇게 분개하다가 자리에서 일어나 회갑연이 한
창인 곳으로 향했다. 가주의 회갑연은 아직 끝나지 않았다.
아마 내일 새벽이나 되어야 끝이 날 것이다.

당미려는 회갑연이 벌어지는 장소에 도착하자마자 가주인
당중명부터 찾았다. 당미려가 자리를 뜨기 전에는 분명히 여
기저기 돌아다니며 무림의 인사들과 친분을 나누고 있었다.
한데 지금은 그렇지 않았다.

'나이 차가 마흔이 넘는 아이한테 무슨……!'

당미려는 한숨을 내쉬었다. 확실히 아까 보여준 담교영의
미모는 대단했다. 당중명이 단숨에 반할 만했다. 하지만 당중
명은 지금 환갑이다.

'참는 김에 조금만 더 참으시지…….'

당미려는 차마 당중명을 말릴 수가 없었다. 하지만 못마땅

한 것은 사실이었다. 그녀 역시 지금까지 시집도 가지 않고 남자 손조차 잡아보지 못한 상태로 마흔이 되었다. 그런 자신이 보고 있는 앞에서 저런 수작질이라니.

당미려는 서둘러 당중명에게 다가갔다. 당중명은 얼마나 담교영에게 빠져들었는지 그녀가 다가가는데도 전혀 알아차리지 못했다.

"허허, 그렇게 어려워하지 않아도 된다는데 그러는구나."

당중명의 말에 담교영이 이러지도 저러지도 못하는 눈으로 주위 사람들만 살폈다. 당미려는 그 광경을 보며 한숨을 삼켰다.

"가주님, 이제 자리로 돌아가셔야 할 시간입니다."

당미려의 말에 당중명이 흠칫 놀라 고개를 돌려 그녀를 바라봤다. 그리고 약간 미안한 표정으로 고개를 끄덕였다.

"그래, 벌써 시간이 이렇게 되었구나."

당중명은 자리에서 일어나 상석으로 돌아갔다. 하지만 돌아가는 내내 몇 번이나 담교영을 돌아봤다. 그의 눈에 진한 아쉬움이 스쳐 지나갔다.

당미려는 담교영에게 미안함을 담아 고개를 살짝 숙이고는 당중명 옆자리로 가 앉았다.

"크흠, 내 주책을 좀 부렸구나. 너에게는 미안하다. 볼 낯이 없구나."

"아닙니다. 가주님의 마음을 어찌 제가 모르겠습니까."

당미려는 그렇게 말하고는 오늘 진행한 몇 가지 사안에 대해 보고했다. 미리 얘기가 된 사항들이라서 당중명도 그리 심각하지 않게 받아들였다. 하지만 단유강의 정보 단체를 얻지 못했다는 말에 그대로 표정이 굳었다.

"그래도 무림맹 산하에 있다, 이거로군?"

"무림맹과는 별개입니다. 만일 무림맹이 그 사실을 알면 그냥 넘어가지 않을 것입니다."

"하면 무림맹에 넌지시 알리는 건 어떠하냐?"

"좋지 않습니다. 그렇게 되면 그 정보망이 고스란히 무림 맹으로 넘어갑니다. 손대기가 훨씬 껄끄러워지고, 우리 가문의 대계에 걸림돌이 될 것입니다."

당중명이 고개를 끄덕였다.

"하긴 그렇겠군. 무림맹을 굳이 지금 건드릴 필요는 없지. 하면 어쩔 생각이냐?"

"우리가 가진 정보망에 비하면 어린애 수준입니다. 그들이 가진 정보는 쓰레기로 만들고, 그들이 정보를 얻을 길을 차단하면 결코 오래 버티지 못할 것입니다."

"그래. 알아서 잘하리라 믿는다. 다만, 밟을 거라면 확실히 밟아야 한다. 다시는 일어설 수 없을 정도로 만들지 않으면 나중에 또 같은 일이 벌어지는 법이다. 알겠느냐?"

"명심하겠습니다."

당중명은 당미려의 대답에 흡족한 표정을 지었다. 그리고 슬며시 고개를 돌려 다시 담교영이 있는 쪽을 바라봤다. 여전히 면사를 쓰고 있었지만 너무나 아름다웠다.

당미려의 눈살이 살짝 찌푸려졌다.

담교영은 당중명이 자리로 돌아가자 안도의 한숨을 내쉬며 자리에서 일어났다. 사실 진작 자리를 뜨고 싶었지만 당중명이 함께 있어 어쩔 수가 없었다.

소장원을 비롯한 일행은 담교영이 자리에서 일어나자 아쉬운 표정을 지었지만 그녀를 따라나서지는 않았다. 그들도 이곳에서 해야 할 일들이 있었다.

이런 자리는 쉽게 만들 수 있는 것이 아니다. 이렇게 수많은 무림의 명사들과 인연을 맺을 수 있는 기회는 그다지 많지 않다. 각자의 가문에서 그들을 이곳으로 보낼 때 신신당부한 말이기도 했다.

담교영은 그들에게 살짝 목례를 하고는 급히 자리를 떴다. 더 꾸물대면 당중명이 당장에라도 달려올 것 같아 두려웠다.

'정말… 소름 끼쳐.'

담교영은 당중명이 다가와 말을 걸 때부터 느낌이 좋지 않았다. 그동안 가진바 미모 때문에 그녀에게 다가온 수많은 남자들 덕분에 그들의 말투만 들어도 어떤 마음으로 다가왔는지 알아챌 수 있었다.

당중명은 노골적으로 그녀를 원하고 있었다. 담교영은 그것이 너무나 싫었다.

문득 단유강의 얼굴이 떠올랐다.

'그래, 그는⋯⋯.'

적어도 단유강은 그녀에게 딴맘을 품지는 않았다. 그저 스쳐 지나가는 수많은 사람 중 한 명처럼 대했을 뿐이다.

'그건 또 그것대로 기분이 나쁘네.'

담교영은 그런 생각을 하며 살며시 웃었다. 그제야 조금 기분이 나아졌다. 그녀는 조금 더 경쾌한 걸음으로 사뿐사뿐 거처를 향해 나아갔다.

그렇게 얼마나 걸었을까, 그녀의 눈에 한 여인의 모습이 들어왔다. 담교영의 눈이 반짝 빛났다. 아는 여인이었다.

"여기서 또 보네요."

담교영이 미소 지으며 다가갔다. 단유강이 있는 곳을 향해 걸어가던 백설영은 목소리가 들려오는 쪽으로 고개를 돌렸다.

"아, 네."

백설영은 그렇게 간단해 대답하고서는 계속 갈 길을 가려고 했다. 하지만 담교영은 백설영이 그냥 가게 두지 않았다.

"전 이제 돌아가는 길인데, 백 소저도 지금 돌아가시는 건가요?"

"네."

백설영의 간단한 대답에 담교영이 쓴웃음을 지었다. 지금까지 여자들이 자신에게 보이는 반응은 대부분 이랬다. 경계심이 물씬 느껴지는 말투, 그리고 가끔 적의가 깃든 눈빛.

대답을 마치고 돌아서려던 백설영은 담교영의 표정을 보고 말았다. 결국 백설영은 몸을 돌리지 못하고 한숨을 내쉬었다.

"하아! 심심하신가요?"

백설영의 말에 담교영의 눈이 동그래졌다. 어떤 의미로 하는 말인지 알 수가 없었다. 비꼬는 건지, 아니면 순수하게 묻는 건지. 담교영은 그냥 마음이 원하는 대로 받아들였다.

"네, 심심해요. 내일 아침까지는 혼자 있어야 할 것 같거든요."

백설영이 고개를 끄덕이며 돌아섰다.

"따라와요. 하루 정도는 놀아줄 수 있으니까. 그저 간단한 얘기 정도라면……."

담교영의 얼굴이 환해졌다. 물론 면사를 쓰고 있어 보이지는 않았지만.

"고마워요."

백설영이 다시 걸음을 옮겼다. 담교영은 기쁜 눈으로 백설영의 뒷모습을 바라보다가 이내 서둘러 그녀를 따라갔다.

단유강은 약간 놀란 눈으로 방 안에 들어서는 백설영과 담교영을 바라봤다. 물론 여전히 침상에 누운 채였다.

"심심하다고 해서 데려왔습니다."

백설영의 대답에 단유강이 입을 헤 벌렸다.

"설영이가 이러는 건 처음 보는데? 굉장히 의외야."

단유강의 말에 백설영이 당황했다.

"아, 대주님의 의향을 묻지 않은 건… 죄송합니다. 돌려보내겠습니다."

단유강이 급히 손사래를 쳤다.

"아니야. 내가 말한 건 긍정적인 거라고. 그러니까 훨씬 좋아 보여서 말이야. 그건 그렇고, 뒤에 면사소저는 이름이 뭐였는지 기억이 안 나는데…….."

단유강의 말에 담교영은 기가 막힌다는 표정으로 면사를 벗었다.

"담교영이에요. 바로 어제 소개를 해드렸는데."

"그랬었나? 어떤 사람이 이리저리 소개를 하긴 했는데, 별로 마음에 안 드는 남자라서 안 들었거든."

담교영은 어이가 없어 멍한 눈으로 단유강을 바라봤다. 그러다가 이내 풋, 하고 웃었다. 확실히 이곳에 있으면 심심하지는 않을 듯했다.

'게다가…….'

담교영의 눈이 반짝 빛났다. 단유강은 자신의 얼굴을 보고도 전혀 동요하지 않았다. 이런 사람은 정말 처음이었다. 남자든 여자든 말이다.

단유강은 담교영이 그런 눈빛으로 바라보든 말든 신경 쓰지 않고 백설영을 살폈다.

"우리 설영이가 이렇게 변한 모습을 철판이 봤어야 하는데, 정말로 안타깝구나."

단유강의 말에 백설영의 얼굴이 살짝 붉어졌다.

"저, 저는 절대 변하지 않았습니다! 그리고 그 자식한테는 더 이상 보여줄 게 없습니다!"

"응? 더 이상 보여줄 게 없다고? 그거 해석하기에 따라서는 굉장한 내용인데?"

백설영의 얼굴이 새빨개졌다.

"대주님!"

담교영은 웃음기 어린 눈으로 단유강과 백설영을 번갈아 바라봤다. 묘한 기대감이 들었다. 왠지 굉장히 새로운 경험을 할 수 있을 것 같았다.

그렇게 밤이 점점 깊어갔다. 담교영은 그날 자신의 거처로 돌아가지도 않고 단유강과 백설영과 함께 밤을 지새웠다.

아침이 되어 자신의 거처로 돌아가던 담교영이 묘한 웃음을 지으며 생각했다.

'이곳에서 함께 밤을 지새웠네. 이것도 해석하기에 따라서는 굉장한 내용이 될 수 있겠는걸? 후훗.'

담교영의 발걸음이 표정만큼이나 경쾌해졌다.

第八章

암류

太龍傳
龍
태룡전

사마자문은 심각한 얼굴로 보고서를 읽어 내려갔다.

"당가의 힘이 이 정도라니. 어찌 이렇게 힘을 키울 때까지 전혀 모를 수가 있단 말인가."

그가 읽고 있는 보고서는 비검당주 전창언이 작성한 것이었다. 그는 무림맹 대표로 당가 가주의 회갑연에 참석하여 은밀히 당가를 살피고 돌아왔다. 보고서에는 그가 확인한 것 외에 성도 근방에 있는 천망단으로부터 수집한 정보들이 가득 채워져 있었다.

"천망단을 둔 의미가 무엇인데, 이렇게 정보가 뒤늦어서야……."

천망단도 당가의 비상을 전혀 알아차리지 못했다. 당가 근방에 위치한 그럴듯한 문파들도 몰랐을 정도이니 당가가 얼마나 조심스럽고 은밀하게 움직였는지 알 수 있었다.

당가에 대한 보고서를 뒤적이던 사마자문은 이내 그것을 한쪽으로 밀어놓고 또 다른 보고서를 집었다. 이번에는 적련에 관한 보고서였다.

"적련이라……."

사마자문의 눈에 근심이 어렸다. 최근 무림에는 기이한 암류가 흐르고 있었다. 하나하나 뜯어보면 평소와 전혀 다를 것이 없지만, 이렇게 한데 모아 전체적인 흐름을 보면 분명히 예전과는 뭔가가 달랐다.

특히 적련은 사천에 숨어든 마인들과 연관이 있기에 더 주시해야만 했다. 물론 직접적인 증거는 없고 심증만 남았을 뿐이지만, 어떤 방법으로든 그들이 개입한 것은 분명한 사실이었다.

그뿐이 아니었다. 최근 일어난 몇몇 사건들이 무림맹의 심기를 거슬렀다.

무림맹 주요 인사와 관계된 자들이 참살을 당하는 사건도 있었고, 무림맹이 관리하는 상단이 예상치 못한 큰 손해를 입어 파산 직전까지 간 일도 있었으며, 무림맹의 의뢰를 받고 움직인 표국이 난데없이 나타난 산적의 습격으로 완전히 무너진 적도 있었다. 그 외에도 상당히 난감한 사건들이 무림맹을 중심으로 발생했다.

하나하나 따져 보면 충분히 벌어질 수 있는 사건이었고, 조금만 조심했으면 미리 막을 수 있는 일들이었다. 하지만 그 사건들이 연이어 터졌다면 얘기가 조금 다르다.

무림맹은 상당히 거대한 조직이지만, 크기에 비해 결속력이 매우 단단했다. 그리고 곳곳에 실력을 갖춘 고수들이 포진해 있었다. 무림십대고수 중 셋이 무림맹에 속해 있을 정도로 고수가 풍부했다.

고수뿐 아니라 머리가 뛰어난 인재도 수없이 존재했다. 그들은 무림맹에 빈틈이 생기지 않도록 언제나 노심초사한다. 한데 그런 불미스러운 사건이 연달아 끊임없이 발생했다는 건 충분히 의심을 가져 볼 만했다.

사마자문은 근심 어린 눈으로 보고서들을 덮었다.

"골치 아프군."

이번에 벌어진 사건은 아직 끝나지도 않았다. 누군가 무림맹과 관련된 자들을 죽이고 다니는데, 아직도 범인이 누군지조차 밝혀내지 못했다.

"벌써 여섯이나 죽다니."

희생자가 벌써 여섯이었다. 게다가 이번 희생자는 무공도 뛰어난 고수였다. 비검당의 부당주 윤천묵이 살해당했다.

"게다가 암습도 아니었단 말이지."

비검당의 부당주 윤천묵은 냉혼비검(冷魂飛劍)이라는 별호를 얻을 정도로 어떤 일에도 동요하지 않고 냉정한 마음을 유지하며, 뛰어난 실력을 가진 자였다. 게다가 조심성도 대단해 허튼 술수에 결코 걸려들지 않는 사람이었다.

홍수는 그런 윤천묵을 독살할 정도로 치밀하고 대단한 자였다.

"게다가 심기도 보통이 아니고……."

무림맹 주위를 얼쩡거리며 여섯 명이나 죽였는데도 아직 아무런 단서도 찾지 못했을 정도로 용의주도한 자였다. 아무래도 찾는 데 시간이 더 걸릴 것 같았다. 그리고 시간이 걸리면 걸릴수록 희생자는 더 늘어날 것이다.

"대체 왜……."

사마자문은 그것을 이해할 수 없었다. 죽은 자들에 대해서는 이미 충분히 조사했다. 하지만 오로지 무림맹과 관계가 있다는 것 외에는 연관성이 전혀 없었다. 몇몇은 전혀 서로 만나본 적도 없는 사람들이었다.

사마자문은 잠시 고민하다가 이내 고개를 저어 상념을 털었다. 그 일은 이미 순찰당에 넘어갔다. 순찰당에서 알아서 할 일이다. 순찰당주는 상당히 뛰어난 인물이다. 일단은 그를 믿고 기다릴 수밖에 없었다.

사마자문은 보고서 몇 개를 정리한 후 자리에서 일어났다. 이제는 맹주에게 보고하러 갈 시간이었다. 문득 사마자혜가 떠올랐다.

"쯧쯧, 그 녀석, 대체 어디서 뭘 하고 있는 건지……."

담교영은 면사를 쓴 채 당가를 나섰다. 그녀의 뒤에는 올 때와 마찬가지로 세 명의 사내가 따라붙었다. 담교영은 그들을 힐끗 쳐다본 후, 뭔가 미련이 남는 눈으로 당가의 정문을 한 번 바라봤다.

"하아."

담교영은 한숨을 내쉬며 고개를 돌렸다. 그리고 걸음을 옮겼다. 그들은 다른 사람들에 비해 조금 일찍 출발했다. 다른 자들은 하루나 이틀, 혹은 사흘 정도 더 머물기로 결정을 내렸다. 물론 오늘 출발하는 사람들도 더러 있었다.

그들이 일찍 가는 이유는 더 이상 당가에서 할 일이 없었기 때문이다. 남는 사람들은 아직 당가와 뭔가 할 일이 남았다는 뜻이고, 그것은 당가와 인연이 더 깊어진다는 뜻이기도 했다.

그들이 속한 가문이나 문파가 사천에서 꽤 유명한 수준이긴 했지만 천하를 놓고 봤을 때는 너무나 보잘것없었다. 지금 남은 자들은 천하에서도 손꼽히는 문파나 가문에 속한 자들이었다.

당연히 세 사내의 표정에는 자괴감이 감돌았다. 그동안 우물 안 개구리였다는 사실을 뼈저리게 느끼는 중이었다. 수많은 사람을 만났지만, 그들에게 관심을 주는 자들은 거의 없었다.

"아무래도 전 이쯤에서 헤어져야겠네요."

담교영의 갑작스러운 말에 세 사내가 화들짝 놀랐다. 그렇지 않아도 이렇게 분위기가 가라앉았는데, 그나마 그들의 기분이 바닥까지 가는 걸 막아주던 미녀가 간다고 하니 크게 당황스러웠다.

"담 소저, 갑자기 왜 그러시오? 혹, 무슨 기분 나쁜 일이라도 있으셨소?"

"아니에요. 전 이쯤해서 집으로 돌아가려고요. 사실 목적했던 일도 모두 끝났으니까요."

담교영의 목적이야 당연히 당가주의 회갑연에 참석하는 것이었다. 물론 그녀가 오고 싶어서 온 게 아니라 그녀의 아버지인 청검산장의 장주가 등을 떠밀었기 때문에 온 것이지만.

"아, 그렇구려. 이것, 너무 갑작스러워서……."

소장원이 안타까운 눈으로 담교영을 바라봤다. 실제로 얼굴을 본 것은 두세 번에 불과하지만 그는 이미 담교영에게 흠뻑 빠져 있었다. 하지만 감히 자신이 넘볼 수 없는 사람이라는 걸 이번에 완전히 깨달았다.

'당가주 정도 되는 사람이 아니라면 아마 줄도 못 서겠지.'

담교영은 이번에 회갑연에서 얼굴을 공개했다. 그 여파가 실로 만만치 않았다. 아마 지금쯤 청검산장으로 달려가는 매파가 한둘이 아닐 것이다.

"하지만 이대로 그냥 보내는 것도 도리가 아닌 듯하니 우리가 선착장까지만이라도……."

"아니에요. 말씀은 고맙지만 전 혼자 가겠어요. 저도 제 한 몸 지킬 정도는 된답니다."

담교영이 이렇게까지 말하니 끝까지 우기기도 난감했다. 결국 세 사내는 담교영을 설득하는 걸 포기하고 힘없이 몸을 돌렸다.

담교영은 그들이 멀어져 가는 모습을 잠시 지켜보다가 가벼운 걸음으로 길을 나섰다. 아마 조금 외롭기는 하겠지만, 차라리 그게 나았다. 당가에서 있었던 일들을 가만히 음미하며 걷다 보면 어느새 집에 도착해 있으리라.

그렇게 한창 걸어가던 담교영의 눈이 반짝 빛났다. 그녀의 눈에는 반가움이 가득했다. 십여 장 앞에서 걸어가는 남녀를 발견한 것이다.

"단 대주님! 백 소저!"

담교영은 큰 소리로 두 사람을 부르며 달려갔다. 단유강과 백설영은 자신들을 부르는 소리에 걸음을 멈추고 몸을 돌렸다. 백설영은 갑자기 나타난 담교영의 모습에 조금 놀란 눈으로 그녀를 바라봤다.

"여긴 웬일이죠? 올 때는 이쪽 길로 오지 않으셨던 것 같은데."

백설영의 물음에 담교영이 활짝 웃었다.

"집으로 가려고요. 저희 집은 호남에 있거든요. 이쪽으로 가서 배를 탈 생각이었는데 마침 단 대주님과 백 소저가 보이지 뭐예요."

반가움을 가득 담은 담교영의 말에 백설영은 차마 갈 길을 그냥 가라고 할 수가 없었다. 그런 매몰찬 말을 했다가는 그녀가 어떤 마음의 상처를 받을지 모른다. 백설영이 보기에 담교영은 상당히 어린 사람이었다.

"이렇게 만났으니 같이 가지?"

단유강이 웃는 얼굴로 나섰다. 백설영이 결정을 못하고 망설이자, 단유강이 직접 나서서 결정해 버린 것이다.

"배를 타러 간다고? 그럼 거기까지 같이 가면 되겠네. 우리도 아마 그 근방으로 가야 할 것 같은데 말이야."

단유강의 말에 담교영이 기쁜 눈으로 두 손을 모았다.

"그래주시면 저야 너무 감사하죠. 그럼 갈까요?"

담교영은 어느새 밝은 표정으로 앞장서서 걸어갔다. 그녀는 상당히 들떠 있었다. 물론 면사로 가려져 있기에 표정을 확인할 수는 없었지만 말이다.

"그런데 두 분은 어디 가시는 거예요? 두 분도 오실 때는 이쪽 길로 오지 않으셨잖아요?"

담교영의 물음에 백설영이 약간 난감한 표정으로 대답했다.

"그냥, 찾을 사람이 있어서요."

"찾을 사람이요?"

담교영이 궁금한 표정을 짓자, 백설영이 조금 설명을 덧붙였다. 어차피 다른 사람이 알아도 별 상관 없었다.

"같은 천망단의 동료예요."

"아, 동료군요."

담교영은 부러운 눈으로 백설영과 단유강을 바라봤다. 자신에게는 이렇게 안 보이면 찾아줄 사람이 없었다. 부모님은 그녀를 가문의 발판으로 여겼고, 그녀와 가까워지고 싶어하는 사람들은 모두 그녀의 외모만을 바랐다. 즉, 이렇게 순수하게 친해진 사람은 단유강과 백설영이 처음이었다.

'사실 그 자체가 너무 웃기는 일이긴 하지. 내가 너무 운이 없던가, 아니면 마음과 노력이 부족했던 거야.'

담교영은 그렇게 생각하며 쓸쓸한 표정을 지었다. 담교영의 표정을 힐끗 살핀 백설영이 입을 열었다.

"집이 어디예요?"

"아, 청검산장이에요. 호남 장사 근방에 있죠."

자연스럽게 화제를 전환시킨 백설영은 담교영과 꽤 즐거운 대화를 나누었다. 단유강은 두 사람이 대화하는 동안 일부러 살짝 뒤로 빠져 있었다.

'정말 이상하군. 이렇게 흔적이 없을 수 있나? 당가의 짓은 아닌 것 같은데……..'

당가 내부에 연백철이 없는 건 확실했다. 만일 있었다면 단유강의 기감에 걸려들었을 것이다. 연백철이 먹은 단약은 상당히 특별하다. 연백철이 익힌 정심공과 연계되면 특별한 기운이 만들어진다. 당가 내에서 그 기운을 찾아내는 건 단유강에게 있어서 식은 죽 먹기보다 쉬웠다.

당가뿐 아니라 성도에서도 흔적을 찾지 못했다. 백설영이 상당히 공을 들여서 조사를 했지만 그들이 성도에 들어온 흔적만 조금 남아 있을 뿐이었다.

'대체 무슨 일이 있었던 건지…….'

연백철에게는 벽력탄이 있다. 위기 상황에서 그것을 썼다면 그 흔적이 고스란히 남아 있었을 것이다. 그리고 벽력탄이 터질 때 나는 폭음을 들은 사람도 분명히 존재할 것이다.

하지만 성도 내에서는 그런 흔적이 전혀 남아 있지 않았다. 단유강과 백설영은 많은 조사 끝에 그들이 성도를 벗어났다고 결론을 내렸다.

'다시 미고현으로 돌아가지는 않았을 것이고, 백철이에게 눈독을 들이는 사람이 있을 리도 없고……. 원인은 사마자혜인가?'

사마자혜는 무림맹 군사의 딸이다. 그 자체로 인질로서의 가치가 무궁무진하다. 물론 그들이 납치되었다고 판단하기에는 아직 이르지만 말이다.

"무슨 생각을 그리하세요?"

어느새 단유강 옆으로 다가온 담교영이 반짝반짝 빛나는 눈으로 물었다. 단유강은 상념을 접고 그녀를 바라봤다. 면사를 쓰고 있었지만 그런 것은 단유강에게 전혀 방해가 되지 않았다.

'예쁘군.'

담교영은 단유강이 무림에 뛰어든 이후 본 모든 여인들 중에 가장 아름다웠다. 과연 천하제일미라고 불릴 만했다.

"집 나간 부하가 어디로 갔을까 고민했지."

단유강은 어제부터 자연스럽게 말을 놨다. 담교영이 단유강보다 훨씬 어리기 때문에 담교영도 그것을 당연하게 여겼다. 담교영의 나이는 이제 고작 열아홉이었다. 백설영이 스물둘이니 백설영보다도 어린 셈이었다.

"언니, 그나저나 단 대주님이랑 그렇게 있으니 정말로 잘 어울려요."

담교영과 백설영은 그 잠깐 새에 더 친해져 서로 언니 동생 하며 지낼 정도가 되었다.

아무튼 백설영은 담교영의 말에 살짝 얼굴을 붉혔다.

"그런 말 하면 못써."

"왜요? 잘 어울리니까 어울린다고 하는 건데."

담교영의 말에 백설영이 당황했고, 단유강이 빙긋 웃으며 나섰다.

"쯧쯧, 뭘 모르는군. 우리 설영이는 벌써 짝이 있어."

"예?"

담교영이 놀란 눈으로 백설영과 단유강을 번갈아 쳐다봤다. 백설영의 얼굴이 더욱 붉어졌다.

"대주님!"

백설영의 외침에 단유강은 그저 능글능글 웃을 뿐이었다. 담교영은 그제야 어제 단유강이 했던 말이 떠올라 손뼉을 쳤다.

"아! 어제 말씀하셨던 그 철판이라는 분 말인가요?"

백설영은 입을 다물고 고개를 옆으로 돌려 버렸다. 단유강은 그 모습을 재미있다는 듯 바라봤고, 담교영은 고개를 갸웃거리며 두 사람을 살폈다.

그렇게 서로 이런저런 대화를 하는 사이 어느새 선착장에 도착했다. 상당히 사람도 많았고, 배도 많았다. 담교영은 아쉬운 눈으로 물위에 떠 있는 배들을 바라봤다.

"벌써 왔네요. 조금 더 함께 있고 싶었는데……. 두 분은 할 일이 있으니 저와 함께 가면 안 되겠죠?"

백설영이 부드럽게 미소 지었다.

"우리는 천망단원이야. 여기서의 일이 마무리되면 다시 미고현으로 돌아가야 해. 나중에 미고현으로 놀러 와. 또 함께 밤을 지새우자."

백설영의 말에 담교영이 고개를 푹 숙였다. 잠시 그렇게 서 있다가 이내 고개를 끄덕이고는 돌아섰다. 얼굴을 보면 마음이 약해져서 배에 타지 못할 것만 같았다.

"그럼 전 가볼게요. 여기서 지냈던 며칠을 전 아마 평생 못 잊을 거예요."

담교영은 그 말을 남기고 커다란 배를 향해 걸어갔다.

단유강과 백설영은 조금 아련한 눈으로 그녀의 뒷모습을 바라봤다.

"그런데 괜찮을까요? 혼자서."

백설영의 말에 단유강이 빙긋 웃었다.

"그렇게 걱정되면 따라갔다 오든가."

"예? 호남까지요?"

단유강이 고개를 끄덕이자 백설영은 잠시 머뭇거리다가 이내 고개를 저었다.

"미고현을 두고 그냥 떠날 순 없어요. 당가에서 어떻게 나올지 모르니 정보 조직도 손을 좀 봐야 하고."

단유강이 턱을 쓰다듬었다.

"흐음, 그럼 내가 가볼까?"

백설영의 눈이 화등잔만 해졌다.

"대, 대주님, 설마……."

반했느냐고 묻고 싶었지만 백설영은 차마 그러지 못했다. 단유강의 눈빛은 장난스러웠다. 어디까지가 진심이고 어디까지가 거짓인지 파악할 수가 없었다.

'하긴 천하제일미잖아.'

백설영은 내심 고개를 끄덕였다. 천하에서 가장 아름다운 여인이다. 남자라면 한 번쯤 반할 만하지 않은가. 그것이 그동안 여자 보기를 돌처럼 했던 단유강이라 하더라도 말이다.

"문제는 백철이구나. 백철이를 찾을 때까지 기다려 주면 내가 데려다 줄 텐데 말이지."

단유강의 말에 백설영이 입을 손으로 가리고 살짝 웃었다. 그리고 눈웃음이 남은 채로 단유강을 바라보며 고개를 끄덕였다.

"다녀오겠습니다."

백설영이 몸을 날렸다. 그녀의 눈은 여전히 웃고 있었다.

잠시 후, 단유강은 다시 두 여인과 함께 선착장을 떠날 수 있었다.

담교영은 한껏 들뜬 얼굴이었다. 설마 백설영이 배까지 쫓아와 자신을 불러내리라고는 생각도 못했다. 그래서 백설영의 말대로 미고현에서 잠시 지내다가 천망단의 호위를 받으며 호남으로 돌아가기로 했다.

물론 담교영도 천망단이 어떤 곳이고 어떤 사람들로 구성되었는지 잘 알기에 호위의 실력에 대한 기대는 전혀 하지 않았다. 그저 이 사람들과 조금 더 즐거운 시간을 보낼 수 있으면 그것으로 족했다.

"이제 어디로 가는 건가요?"

백설영은 담교영의 질문에 답을 할 수가 없었다. 그녀 역시 어디로 가는지 몰랐기 때문이다. 목적지를 아는 사람은 단유강뿐이었다. 단유강은 아무런 말도 없이 느긋하게 걸음을 옮기고 있었다.

그렇게 얼마나 걸었을까. 단유강이 갑자기 멈춰 섰다. 백설영과 담교영은 의아한 눈으로 단유강을 바라봤다. 단유강이 멈춰 선 곳은 어느 산의 초입이었다.

"대주님."

백설영의 부름에 단유강이 고개를 끄덕였다.

"역시 그렇군. 틀리면 어쩌나 걱정했는데, 예상이 맞았어."

"예? 그게 무슨 말씀이신지……."

단유강은 백설영의 귀에 대고 조용히 말했다.

"내 신경을 거슬리는 기운이 있었거든. 그걸 따라온 거야."

백설영은 잠시 말문이 막혔다. 막막하긴 했지만 아무리 그래도 이건 좀 너무 막무가내였다. 만일 여기까지 왔는데 아무것도 아니라면 지나치게 시간을 낭비한 셈 아닌가.

"대주님, 연 대원이 사라진 지 시간이 너무 많이 흘렀습니다. 서두르시지 않으면……."

"아아, 괜찮아. 무사한 거 같으니까. 아직까지는 말이야."

"예? 그럼 찾으셨습니까?"

백설영이 놀란 눈으로 묻자 단유강이 가볍게 고개를 끄덕였다.

"아마도 그런 거 같아."

단유강이 이곳까지 온 이유는 선착장 근처에서 기이한 기운을 발견했기 때문이다. 상당히 거슬리는 기운이었는데, 그 흔적에서 순간적으로 연백철의 기운이 나타났다가 사라졌다.

그렇게 기운을 쫓아 여기까지 왔는데, 산의 초입에 들어와서야 연백철의 기운이 느껴졌다.

"확실히 난 아직 멀었어. 고작 천오백 장이 한계라니."

단유강이 그렇게 말하며 고개를 절레절레 젓자, 백설영이 난감한 표정으로 단유강에게 말했다.

"대주님, 서두르시는 게……."

"아, 서둘러야지. 그래, 가자."

단유강이 산으로 오르기 시작했다. 백설영은 담교영과 함께 그 뒤를 따랐다. 담교영의 무공은 꽤 뛰어난 편이었다. 단유강이 조금 빠른 속도로 산을 타는데도 호흡 하나 흐트러지지 않고 쫓아갔다.

백설영은 내심 안도하며 단유강을 쫓는 데만 집중했다.

그렇게 얼마나 올랐을까. 일행은 어느새 산정(山頂)에 올랐다. 단유강은 그곳에 서서 조용히 사방을 살폈다.

"저쪽이군."

단유강이 한쪽을 바라보며 눈을 빛냈다. 그리고 재빨리 아래로 몸을 날렸다. 그야말로 순식간이었다. 백설영과 담교영은 당황하며 그 뒤를 따랐다. 단유강은 경공을 전개해서 순식간에 산 중턱까지 내려갔다.

"여기야."

단유강이 가리키는 곳에는 작은 동굴이 하나 있었다. 백설영은 감탄했고, 담교영은 의아함과 혼란스러움이 뒤섞인 눈으로 단유강과 동굴을 번갈아 바라봤다.

'대체 여기를 어떻게 찾아낸 거지? 원래 이 산에 대해서 잘 알고 있었나?'

너무나 많은 의문이 들었지만 일단 지금은 단유강을 쫓아가는 것이 먼저였다. 단유강은 어느새 동굴 안으로 들어가고 있었다.

동굴 안은 의외로 넓었다. 꽤 긴 동굴이었고, 입구만 작았지 내부는 사람 키 두 배 정도 되는 높이에 사람 다섯이 나란히 걸어가도 충분할 정도의 넓이를 가졌다.

단유강은 거침없이 안으로 들어갔다. 백설영은 혹시라도 있을지 모르는 기관을 염려해서 단유강을 말리려 했지만 단유강은 이미 동굴 깊은 곳까지 들어가 버렸다.

"하아! 우리도 어서 가자."

담교영은 백설영의 말에 얼떨떨한 표정으로 고개를 끄덕

이고 단유강이 사라진 곳을 향해 걸어갔다.

"조금 서둘러야 하지 않나요?"

담교영이 걱정스런 얼굴로 물었다. 처음 동료를 찾으러 간다고 했을 때는 대수롭지 않게 여겼다. 하지만 여기까지 오니 그 일이 결코 녹록치 않다는 걸 깨달았다. 어쩌면 굉장히 위험할 수도 있었다.

그래서 물은 것이다. 그 동료가 혹시라도 잘못되기 전에 구해야 하지 않느냐고 말이다.

하지만 백설영은 고개를 저었다.

"우리는 그냥 따라가면 돼. 그리고 혹시 뛰쳐나오는 사람이 있다면 막아야 하니까 마음의 준비는 해놓는 게 좋을 거야."

백설영의 말에 담교영은 긴장 가득한 얼굴로 침을 꿀꺽 삼켰다. 사실 수준 높은 무공을 제대로 익히긴 했지만 이렇게 실제로 누군가와 싸우는 상황을 겪는 건 처음이었다. 가슴이 두근두근 뛰었다.

"실전을 한 번도 안 겪어본 건 아니지?"

백설영의 물음은 담교영의 허를 그대로 찔렀다.

"아, 네. 네?"

담교영이 당황하는 모습을 본 백설영은 빙긋 웃었다.

"그렇게 긴장하지 않아도 돼. 별일은 없을 테니까. 이런 경험을 해보는 것도 좋을 거야. 무림에서 살아갈 생각이라면."

백설영은 그렇게 말해주고 다시 걸음을 옮겼다. 담교영은 약간 묘한 눈으로 백설영의 뒷모습을 바라보다가 이내 따뜻하게 미소 지으며 그녀의 뒤를 따라갔다.

휘적휘적 걸어가던 단유강은 어느새 동굴의 끝에 도착했다. 이곳은 누군가 인공적으로 파놓은 동굴임이 분명했다. 동굴 끝에 수십 개의 석실이 존재한다는 것이 그 증거였다.

"휘유! 많이도 만들어놨군."

단유강은 그렇게 중얼거리며 연백철의 기운이 느껴지는 곳으로 향했다. 가는 길에 있는 석실을 슬쩍슬쩍 확인했는데, 대부분의 석실이 비어 있었다. 그리고 비지 않은 석실에는 괴상한 관이 놓여 있었다.

"저게 뭐지?"

단유강은 궁금했지만 일단 나중에 확인하기로 하고, 연백철의 기운이 흘러나오는 가장 끝 석실로 향했다. 다른 곳과 달리 그곳은 돌로 된 문이 달려 있었다.

"가만있자……. 이걸 부수면 백철이가 다칠라나?"

단유강은 석문을 두드렸다.

쿵쿵쿵!

"백철아! 거기 있냐?"

단유강의 손이 석문을 두드릴 때마다 돌로 된 문이 움푹움푹 파였다. 그리고 그곳을 중심으로 쩌적 금이 갔다.

"대, 대주님!"

안에서 연백철의 반가운 목소리가 들려왔다.

"문 부술 테니까 비켜라!"

말을 하자마자 단유강의 주먹이 석문에 그대로 내리꽂혔다.

꽈광!

문이 완전히 박살 났다. 수백 개의 돌조각이 안으로 쏟아져 들어갔다.

"으아아악!"

"꺄아아악!"

"대주님! 절 죽이실 작정이십니까!"

단유강은 손을 휘저어 돌먼지를 날려 버렸다. 먼지가 사라지자 석실 안의 광경이 드러났다. 연백철과 사마자혜가 아주 사이좋은 모습으로 앉아 있었다. 양손이 뒤로 묶인 채 연결되어 서로를 바라보지도 못하고 뒤돌아 앉아 있었다.

"대, 대주님!"

연백철은 감격한 목소리로 단유강을 불렀다. 정말로 모든 걸 포기하고 있었는데 이렇게 나타날 줄은 몰랐다. 사마자혜 역시 놀란 건 마찬가지였다.

"우리가 여기 잡혀 있는 건 어떻게 알았죠?"

"감으로."

단유강의 대답에 사마자혜는 어이없다는 표정을 지었다.

하지만 이내 표정을 풀었다. 어찌 되었든 정말로 반가웠다.

단유강은 두 사람에게 다가가 묶인 끈을 풀어주었다. 꽤 단단하게 결박되어 있었지만 단유강이 손을 몇 번 움직이니 거짓말처럼 스르륵 풀렸다.

"혈도도 막혔어요. 풀 수 있겠어요?"

사마자혜는 약간 못 미더운 눈으로 단유강을 바라봤다. 자신들을 점혈한 것은 상당한 고수였다. 연백철과 자신이 동시에 덤볐는데도 옷깃 하나 스치지 못하고 어떻게 당했는지도 모른 채 여기까지 끌려왔다. 노극민을 비롯한 호위무사들은 어디로 갔는지 알 수도 없는 상황이었다.

그런 사람이 한 점혈을 단유강이 풀 수 있으리란 생각이 전혀 들지 않았다.

하지만 단유강은 아무렇지도 않게 두 사람의 몸 여기저기를 두드렸다.

"뭐, 별것 아니군."

사마자혜는 놀란 눈으로 단유강을 바라봤다. 어딜 어떻게 했는지 점혈이 풀렸다.

"대, 대체 어떻게……."

단유강이 빙긋 웃으며 자신의 가슴을 가리켰다.

"난 꽤 다재다능한 사람이야. 의술도 좀 하지."

사마자혜는 그제야 살짝 고개를 끄덕였다. 하지만 의혹이 완전히 사라지지 않았다. 생각해 보면 연백철 같은 고수가 평범한 대주 아래에 묵묵히 있다는 것 자체가 이상한 일이었다.

그들이 그러고 있는 사이, 백설영과 담교영이 석실 안으로 들어왔다.

"아! 정말로 여기 있었군요!"

"백 소저!"

연백철은 백설영도 너무나 반가웠다. 아무도 못 보고 죽을 줄 알았는데 이렇게 살아나니 사소한 것 하나하나가 너무나 감사했다.

"궁상 그만 떨고 나가자."

단유강이 석실 밖으로 나가자, 사마자혜와 연백철이 황급히 그 뒤를 따랐다. 백설영과 담교영은 서로 눈빛을 한 번 교환한 후, 석실에서 나갔다.

석실 밖으로 나간 단유강은 아까 봐뒀던 다른 석실로 향했다. 그곳에는 이상하게 생긴 석관이 있었다. 석관 앞으로 다가간 단유강을 보며 사마자혜가 안절부절못했다.

"지금 그런 걸 살필 시간이 없어요. 그들이 언제 올지 모른다고요."

사마자혜의 말에 단유강이 슬쩍 고개를 돌려 그녀를 쳐다봤다.

"그들?"

"우리를 여기 가둔 자들 말이에요. 내가 누군지 잘 알고 있더라고요."

단유강이 고개를 끄덕였다. 이미 예상했던 바다. 그들이 누군지는 모르지만 분명히 사마자혜를 이용해 무림맹을 혼란에 빠뜨리려 했을 것이다.

'무림을 전복시키려는 세력인가.'

단유강은 속으로 그렇게 중얼거리며 석관으로 다가갔다. 단유강은 석관을 열려다가 멈칫하고 몸을 돌렸다. 누군가 동굴로 들어서고 있었다.

"누군가 오고 있군. 다들 이리로 들어와."

단유강의 말에 백설영과 연백철이 즉시 반응했다. 두 사람은 말이 떨어지기가 무섭게 석실 안으로 들어가 단유강 옆에 섰다. 담교영은 잠시 당황했지만 서둘러 백설영 옆으로 다가갔다.

다들 그렇게 하니 사마자혜도 어쩔 수 없이 석실 안으로 들어섰다. 그리고 그 순간, 무시무시한 살기가 동굴을 뒤덮었다.

"감히 어떤 쥐새끼가 들어와서 설치는 거냐!"

내공을 가득 담은 외침에 동굴이 우르르 흔들렸다. 그리고 석실 입구에 한 사내가 나타났다.

"널 잡아온 게 저놈이냐?"

단유강이 연백철을 향해 물었다. 연백철은 고개를 저었다. 연백철을 잡아온 사람은 그가 아니었다. 하지만 연백철의 눈에는 약간의 두려움이 어려 있었다. 단유강은 연백철의 어깨를 살짝 두드렸다.

"두려워하지 마라. 두려움을 갖는 순간 이미 진 거다."

단유강의 말에 연백철은 흠칫 놀랐다. 그리고 단유강이 두
드리는 어깨를 통해 따뜻한 기운이 들어오고 있다는 사실을
깨달았다. 그 기운은 연백철의 단전에서 잠자고 있던 기운을
깨웠다.

"흐읍! 알겠습니다! 절대 두려워하지 않겠습니다!"

연백철은 그렇게 외친 후, 석실 앞에 서 있는 괴인을 노려
봤다. 마치 덤빌 테면 덤벼보라는 듯한 도발적인 눈빛이었다.

석실 앞에 서 있던 괴인은 입가에 섬뜩한 미소를 지었다.

"큭큭큭! 그래, 그렇게 발버둥 쳐라. 그래야 재미있지."

괴인은 그렇게 중얼거리며 품에서 뭔가를 꺼냈다. 그것을
확인한 연백철과 백설영의 눈이 화등잔만 해졌다.

"벼, 벽력탄!"

연백철이 외치자 단유강이 연백철을 바라봤다. 연백철은
어색한 표정으로 뒷머리를 긁적였다.

"그, 그게… 대주님이 주신 게 저거인 모양인데요."

연백철은 벽력탄이 등장한 순간 벌써 품을 뒤져 봤다. 아무
래도 잡아온 후 괴인이 몸에서 빼간 모양이었다.

"큭큭큭큭, 이름을 아는 걸 보니 효과도 잘 알겠구나. 이게
여기서 터지면 어떻게 될까? 아주 재미있는 일이 벌어지겠
지?"

괴인의 말에 사마자혜가 반사적으로 소리쳤다.

"그러면 너도 죽어!"

사마자혜의 말에 괴인이 크게 웃었다.

"크하하하! 난 괜찮다. 던지고 도망가면 그만이니까. 나야 곧장 달려가면 되지만 너희들은 석실에서 빠져나오기도 전에 돌무더기에 깔려 죽을걸."

괴인의 말에 사마자혜는 입을 다물었다. 그리고 두려운 눈으로 괴인의 손에 들려진 벽력탄을 바라봤다.

모두의 반응이 비슷했다. 이런 동굴 안에서 벽력탄이 터지면 죽은 목숨일 테니까 말이다. 하지만 단유강은 여전히 여유로웠다.

"흐음, 그런데 그러면 너도 좀 곤란하지 않아?"

괴인이 흥미로운 눈으로 단유강을 바라봤다. 그러자 단유강은 손가락을 들어 석실 안에 놓인 관을 가리켰다.

"이거, 꽤 중요한 거 아닌가?"

그러자 괴인이 음산한 웃음을 흘렸다.

"큭큭큭, 어차피 실패작이다. 중요할 리가 없지."

"그래? 좀 아쉽군."

괴인은 단유강의 반응에 잠시 흥미를 보였지만 그뿐이었다. 다시 일행을 한 번 둘러보고는 조금 아쉬운 눈으로 사마자혜를 바라봤다.

"저년이 죽는 게 조금 아쉽긴 하군. 멋진 일을 벌일 계획이었는데 말이야. 뭐, 어차피 조금만 수정하면 되니까."

괴인의 말에 단유강이 고개를 끄덕였다.

"과연 무림맹 군사의 딸을 당가가 죽였다고 할 계획이 확실하군."

단유강의 말에 괴인이 눈을 빛냈다. 그 말대로였기 때문이다. 사실 사마자혜가 살아 있으면 그녀를 인질로 해서 사마자문을 옭아맬 생각이었다. 하지만 일이 이렇게 된 이상 굳이 살려둘 필요는 없었다. 물론 조금 잔소리는 듣겠지만 말이다.

"이미 막기에는 늦었다."

괴인은 그 말과 함께 벽력탄을 던졌다. 그리고 그대로 몸을 날려 동굴 밖으로 도망갔다.

그 광경을 지켜보는 일행의 눈에 경악과 절망이 동시에 어렸다.

동굴 밖으로 나온 괴인은 의아한 표정을 지었다. 벽력탄이 터지지 않은 것이다.

"이럴 리가 없는데……."

그가 확인한 바로, 벽력탄은 진짜였다. 그것도 상당히 제대로 만든 벽력탄이었다. 터지기만 하면 이런 동굴 하나 무너뜨리는 것은 일도 아니었다. 한데 터지지가 않았다.

"쯧, 귀찮게 됐군."

벽력탄이 왜 안 터졌는지는 모르지만 이대로라면 안에 있는 자들이 모두 도망가 버릴 것이다. 그렇게 둘 수는 없었다.

괴인은 품에서 작은 통 하나를 꺼내 하늘로 겨눴다.

슈슈슈슉!

통에서 불꽃이 연달아 뿜어져 나갔다. 그 불꽃은 하늘에서 빛을 뿌리다가 사라졌다.

"그놈이 올 때까지만 막으면 되는 건가. 조금 버겁긴 하지만 입구를 막고 싸우면 가능할지도 모르겠군."

괴인은 그렇게 말하며 입구를 틀어막고 섰다. 동굴의 입구는 한 사람이 지나갈 정도의 크기였기에 그가 막고 있으면 함부로 빠져나갈 수 없을 것이다.

"반 각만 버티면 되겠지."

반 각 후에는 반드시 괴인이 기다리던 자가 올 것이다. 연백철과 사마자혜를 잡아온 그 사람이.

단유강은 손에 든 벽력탄을 위로 던졌다 받으며 발로 석관을 열었다. 일행은 멍한 눈으로 그런 단유강을 바라봤다.

단유강의 행동은 그야말로 전광석화였다. 괴인이 벽력탄을 던진 순간 몸을 날려 터지기 전에 그것을 받아냈다. 사실 벽력탄은 일단 작동하고 던지면 굳이 충격을 받지 않더라도 터지게 되어 있었다. 한데 단유강은 무엇을 어떻게 조작했는지 벽력탄을 터지지 않게 만들었다.

"휘유, 뭔가 했더니, 역시 이거였군."

단유강의 말에 일행이 석관 앞으로 모여들었다. 석관 안에는 시체 한 구가 놓여 있었는데, 검은빛이 도는 액체 안에 잠겨 있었다.

"이게 뭐죠?"

담교영이 호기심 가득한 목소리로 묻자, 단유강이 대수롭지 않다는 듯 대답했다.

"강시."

단유강의 말에 모든 사람이 경악했다.

"가, 강시라고요?"

"그런데 아까 그놈 말대로 움직일 것 같지는 않네. 기(氣)가 전혀 없는 걸 보니."

단유강은 벽력탄을 던졌다 받으며 발걸음을 석실 밖으로 돌렸다. 그리고 동굴 밖으로 향했다.

일행은 잠시 석실 안에서 석관 안에 잠든 시체를 지켜보다가 단유강이 사라진 걸 깨닫고 화들짝 놀라 서둘러 동굴 밖으로 향했다.

동굴 입구에 도착한 일행은 괴인을 다시 만날 수 있었다. 괴인은 입구를 막고 서 있었다.

"큭큭큭큭, 뭘 하다가 이제 나왔는지 모르지만 네놈들의 운도 이젠 끝났다."

이제 조금만 더 있으면 반 각이다. 괴인은 아무도 이곳에서 도망치지 못할 거라고 확신했다.

"거, 좀 비키지?"

단유강의 말에 괴인의 눈썹이 꿈틀거렸다. 하지만 이내 비웃음을 머금으며 말했다.

"나가고 싶으면 나가 보든가. 쉽지는 않겠지만 말이야. 큭큭큭큭."

"그래?"

단유강은 연백철을 쳐다봤다. 연백철은 흠칫 놀라며 자신을 가리켰다. 단유강이 고개를 끄덕이자 머뭇거리며 앞으로 나섰다.

"이건 있어야겠지?"

단유강이 허리춤에 있던 검을 풀어 던지자, 연백철이 그것을 받아 들었다.

단유강은 머뭇거리는 연백철을 향해 씨익 웃어준 후, 고개를 한 번 끄덕였다, 자신감을 가지라는 듯이.

연백철은 굳은 표정으로 단유강을 향해 고개를 꾸벅 숙였다. 그리고 검을 뽑았다.

스릉!

연백철은 괴인을 향해 천천히 다가가다가 이내 몸을 날렸다.

"하압!"

연백철의 검이 날카롭게 괴인의 목을 노렸다. 연백철의 검은 빠르고 강했다. 괴인은 감히 경시하지 못하고 손에 내력을 담아 검을 쳐냈다.

쩡!

유리 깨지는 소리와 함께 연백철의 검이 튕겨 나갔다. 하지만 처음 쏘아진 속도보다 더욱 빠르게 괴인의 심장을 노리고 날아갔다.

"큭!"

괴인은 당황하며 정신없이 손을 움직였다.

쩌저저저정!

연백철의 검과 괴인의 손이 연달아 부딪쳤다. 연백철은 싸우면 싸울수록 신이 났다. 마인들과 싸울 때와는 또 달랐다. 괴인은 정말로 강했다. 하지만 상대하지 못할 정도는 아니었다.

연백철은 괴인과 거의 호각을 이뤘다. 싸움이 조금 길어질 듯했다.

일행은 연백철의 싸움을 지켜보며 감탄을 금치 못했다. 특히 담교영의 놀람은 이루 말할 수 없었다.

"정말로 저분이 천망단인가요?"

그녀가 알던 천망단의 기준이 완전히 무너지는 순간이었다.

'나보다 훨씬 강한 것 같아…….'

사마자혜 역시 마찬가지였다. 연백철이 강할 거라고는 생각했지만 이 정도일 줄은 몰랐다.

'이 정도면 당장에라도 청룡단의 부단주 정도는 꿰찰 수 있을 것 같아. 아니, 그 이상이야.'

연백철은 네 사람의 눈길 속에서 정신없이 검을 휘둘렀다. 괴인의 실력이 상당했기에 연백철은 모든 역량을 끌어내야 했다. 연백철의 검이 새하얗게 빛나기 시작했다.

쩌앙!

"크으윽!"

괴인이 뒤로 주춤거리며 물러났다. 결국 동굴 밖으로 밀려난 것이다. 괴인은 믿을 수 없다는 표정으로 다시 몸을 날렸다. 하지만 이미 연백철을 비롯한 모든 일행이 동굴 밖으로 나온 뒤였다.

"이노옴!"

괴인은 괴성을 지르며 연백철에게 달려들었다. 하지만 연백철은 이미 무아지경에 빠져 있었다. 연백철의 검이 눈부신 속도로 움직였다.

우우우웅!

연백철 앞에 뿌연 막이 생겨났다. 괴인은 주먹을 휘두르다 놀란 눈으로 외쳤다.

"거, 검막!"

쩌저저저저저정!

"크아아아악!"

괴인은 달려들던 속도를 줄이지 못해 결국 검막에 주먹을 내리꽂을 수밖에 없었다. 결국 괴인의 주먹은 완전히 걸레가 되었고, 괴인은 피가 뚝뚝 떨어지는 주먹을 축 늘어뜨린 채 뒤로 한참이나 물러났다.

"크으윽! 네놈이 감히……!"

괴인은 분노로 몸을 떨었다. 하지만 연백철을 이길 자신이 없었다.

'내가 이길 필요는 없지. 난 어차피 싸우기 위해 필요한 사람이 아니니까.'

괴인의 고개가 옆으로 돌아갔다. 반 각이 조금 넘었는데도 기다리는 사람이 오지 않았다. 괴인의 뇌리에 불길한 예감이 들었다.

'설마… 설마 날 버린 것인가?'

괴인이 머뭇거리는 사이 연백철이 몸을 날렸다. 괴인의 입술이 기괴하게 비틀렸다. 그리고 눈동자가 홱 돌아갔다.

"크아아!"

괴인은 그대로 연백철의 검에 심장을 맡겼다.

푸욱!

연백철은 놀란 눈으로 괴인의 얼굴을 바라봤다. 괴인의 얼굴은 녹아내리고 있었다. 연백철이 화들짝 놀라 뒤로 몸을 날렸다.

피슉!

괴인의 가슴에서 핏줄기가 뿜어져 나갔다.

쿵!

괴인은 그대로 바닥에 쓰러졌다. 핏구덩이 속에 쓰러진 괴인의 몸이 순식간에 녹아내렸다.

일행은 눈앞에서 펼쳐지는 기사(奇事)를 그저 멍한 눈으로 바라봤다.

반 각이 지나자 괴인이 있던 자리엔 약간의 핏자국 외에는 아무것도 남아 있지 않았다.

第九章
동굴의 괴인

太龍傳

일행은 동굴 앞에 서 있었다. 동굴 안에는 사마자혜와 연백철을 납치한 괴인들이 어떤 일을 했는지에 대한 증거가 남겨져 있었다. 그들이 하려고 했던 것은 강시 제조였다.

"이제 어쩔 건가요?"

사마자혜의 물음에 단유강이 그녀를 바라봤다. 그녀의 눈빛은 기대감으로 일렁이고 있었다. 단유강의 얼굴에 피식 웃음이 떠올랐다.

"왜? 이 안에 있는 것들로 공이라도 세우고 싶어서?"

단유강의 말에 사마자혜의 얼굴이 새빨개졌다. 내심을 그대로 들켰기 때문이다. 그동안은 이렇게 마음을 그대로 읽힌

적이 거의 없었다. 하지만 사천에 들어온 이후로 마음의 방벽이 많이 무너졌다. 지나칠 정도로 많은 일을 겪은 탓이었다.

"좋아, 그 공은 네가 가져라."

"예?"

사마자혜는 단유강의 말에 놀란 눈으로 그를 바라봤다. 단유강은 씨익 웃으며 손가락 하나를 들어 올렸다.

"대신, 조건이 있다."

사마자혜는 자신도 모르게 침을 꿀꺽 삼켰다. 뭔가 어마어마한 조건이 달린 것 같은 불길한 예감이 들었다.

"제갈미미는 이제 포기해라."

"예에?"

사마자혜는 놀란 눈으로 단유강을 바라봤다. 그녀의 머릿속에서 갖가지 상념이 휘몰아쳤다.

'설마, 설마… 그런 거란 말이야?'

사마자혜의 얼굴이 살짝 붉어졌다. 그리고 눈빛이 묘해졌다. 그녀는 반짝이는 눈으로 단유강의 얼굴을 요모조모 살피다가 이내 고개를 끄덕였다.

'확실히 얼굴 하나는 일품이구나. 미미가 반할 만해. 나라도 그런 일을 겪지 않았다면 마음이 움직였을 테니까.'

그렇게 결론을 내린 사마자혜는 크게 고개를 끄덕였다.

"알았어요. 두 사람의 앞날을 축복해 주죠."

단유강은 난데없는 사마자혜의 말에 잠시 멍한 표정을 지었다. 그가 이런 표정을 짓는 건 실로 오랜만이었다. 그렇게 한동안 사마자혜를 바라보던 단유강이 결국 크게 웃었다.

"으하하핫! 정말 그런 오해를 하다니. 하하하하!"

단유강의 웃음에 사마자혜가 의아한 표정을 지었다. 그녀의 입이 샐쭉해졌다. 그러자 단유강은 마침 근처에 있던 담교영을 끌어당겨 자신의 옆에 세웠다.

"잘 봐, 덜떨어진 아가씨."

덜떨어졌다는 말에 사마자혜가 발끈하려 했지만 이내 입을 다물고 눈을 크게 떴다. 단유강이 담교영의 얼굴을 가리고 있던 면사를 벗겨 버렸기 때문이다.

"뭐, 뭐, 이런……."

면사가 사라지자 담교영이 크게 당황했다. 그리고 새치름한 표정으로 단유강의 손에 들린 면사를 되찾으려고 이리저리 손을 뻗었다. 하지만 단유강은 손을 높이 올려 면사를 사수했다.

결국 사마자혜가 고개를 절레절레 젓자, 단유강은 그제야 담교영에게 다시 면사를 넘겼다. 담교영은 면사를 쓰고는 단유강을 살짝 째려봤다.

"갑자기 이러시는 게 어디 있어요? 깜짝 놀랐잖아요."

단유강은 담교영에게 한 번 빙긋 웃어주고는 사마자혜를 바라봤다. 사마자혜의 입에서 나직이 한숨이 새 나왔다. 하지만 이내 의아한 눈으로 단유강을 바라봤다. 자신이 생각하던 그게 아니라면 대체 왜 제갈미미를 이곳에 남기려 한단 말인가.

"자, 일단 대충 일이 해결되었으니 움직이자. 언제 그놈이 여기 와서 동굴을 박살 낼지 모르니까 한 명은 지키고 있어야 하는데……."

단유강은 그렇게 말하며 주위를 둘러봤다. 그리고 고개를 끄덕였다.

"내가 남아야겠군."

연백철과 사마자혜가 손도 못 써보고 당했을 정도라면 그 강함을 쉽게 추측할 수 없다. 이곳을 지키는 사람은 혼자서 그런 강자와 싸우게 될지도 모른다.

단유강은 답은 자신뿐이라고 판단했다.

"대주님 혼자 남으시려고요?"

담교영이 눈을 동그랗게 뜨며 물었다. 단유강은 빙긋 웃으며 고개를 끄덕여 주었다. 괴인이 자신이 아닌 다른 일행을 습격할 수도 있지만 그럴 가능성은 낮았다. 아직 자신의 실력은 전혀 보여주지 않았으니까.

'그리고 만일의 사태가 벌어져도 일단 설영이가 있으니까. 그리고…….'

단유강이 연백철을 바라봤다. 연백철은 조금 전의 싸움으로 또 한 단계 발전했다. 정말로 무시무시한 발전 속도였다. 연백철과 백설영이 제대로 연계만 한다면 그들을 크게 위협

할 상대는 없을 것이다.

단유강은 일행을 향해 손을 흔들어주었다.

"그럼 빨리 가서 처리해. 무림맹 지부나 천망단에 들러서 여기로 사람 보내는 거 잊지 말고."

단유강은 무거운 표정으로 고개를 끄덕이는 사마자혜를 바라보며 말을 덧붙였다.

"여길 습격할 수 있는 사람은 상당한 고수라는 거, 꼭 명심하고."

"그건 말 안 해도 다 알아요. 겪어봤으니까."

사마자혜는 그 말을 남기고 돌아섰다. 연백철과 백설영이 단유강에게 깊이 고개를 숙인 후 사마자혜의 뒤를 따랐다.

담교영은 그들이 움직이는데도 계속 망설이기만 했다. 결국 백설영이 그녀를 불렀다.

"영 매, 어서 와."

백설영의 말에 담교영은 결심을 굳힌 얼굴로 단유강을 향해 걸어갔다.

"저도 여기 남겠어요."

일행의 눈이 동그래졌다. 담교영은 자신에게 집중되는 시선에 살짝 미소 지으며 말을 이었다.

"단 대주님 혼자 계시면 너무 심심하잖아요."

담교영의 설명에 연백철이 크게 고개를 저었다.

"절대 그럴 염려 안 하셔도 됩니다. 우리 대주님으로 말씀드릴 것 같으면 언제 어떤 상황에서도 누워 뒹굴 수 있는 분으로, 일명 나려타곤이라고도 합니다."

연백철의 지나칠 정도로 친절한 설명에 단유강이 잠시 그를 바라보다가 입을 열었다.

"그것참, 고마운 설명이로군."

단유강의 눈빛이 왠지 섬뜩해서 연백철은 자신도 모르게 한 발 물러났다. 하지만 눈길을 피하지는 않았다.

"제, 제가 뭐 틀린 말을 한 건 아니잖습니까?"

단유강은 한숨을 쉬며 고개를 끄덕였다.

"에휴, 그래. 맞는 말이긴 하다. 나 혼자 여기서 뒹굴뒹굴 놀 테니까 다들 가버려."

단유강이 귀찮다는 듯 손을 휘저었다. 연백철은 그것 보라는 듯 담교영을 바라봤지만 그녀는 고집을 꺾지 않고 결국 단유강 옆에 가서 섰다.

"어찌 그런 말씀을 하실 수 있으세요? 단 대주님은 당신을 구하기 위해 여기까지 오신 분인데."

담교영의 말투에 섞인 원망에 연백철은 가슴이 철렁 내려앉았다. 그녀의 눈빛과 목소리가 합해지니 그 위력은 가히 날카로운 보검과도 같았다.

"아, 아니, 소저, 전 그런 뜻으로 말한 게 아니라……."

"됐어요! 전 여기 남겠어요. 그러니 다들 이만 가보세요."

담교영의 말투에 섞인 고집에 일행은 하는 수 없다는 듯 고개를 저었다. 백설영과 사마자혜는 연백철을 살짝 째려보고는 담교영과 단유강에게 인사하고 몸을 돌렸다.

연백철은 이러지도 저러지도 못하는 표정으로 망설이다가 이내 고개를 꾸벅 숙이고는 두 여인을 따라 황급히 몸을 날렸다.

세 사람이 시야에서 완전히 사라지자, 단유강은 새삼스러운 눈으로 담교영을 바라봤다. 담교영은 단유강이 자신을 쳐다보자 빙긋 웃어준 후 뭔가가 떠올랐다는 듯 면사를 벗었다.

"솔직히 말하면, 답답해서 이건 쓰기 싫어요."

담교영은 그렇게 말하며 환히 웃었다. 아까 단유강이 면사를 벗겼을 때는 마치 옷을 벗긴 것처럼 당황했지만 이렇게 스스로 벗으니 아무것도 아니었다.

'그동안 너무 면사에 길들여져 있었나 봐.'

사실 아까는 자신이 생각해도 조금 반응이 심했다. 그동안 면사를 쓰지 않으면 밖에 나갈 수가 없었기에 결국 그런 식의 반응밖에 떠오르지 않은 모양이었다.

"뭐, 꽤 괜찮네. 나야 면사를 쓰든 벗든 상관없긴 하지만."

단유강의 말에 담교영이 빙긋 웃었다. 단유강은 어차피 쓰나 벗나 똑같이 볼 수 있다는 뜻이었는데, 담교영은 조금 다른 의미로 받아들였다.

"우리 저기 가서 앉아요. 이렇게 서 있으면 힘들잖아요."

"좋지."

그렇지 않아도 먼저 말하려 했다. 아니, 말하지 않고 알아서 적당한 자리를 봐 누우려고 했다.

"자, 어디 자리를 살펴볼까?"

단유강은 눈을 빛내며 주위를 살폈다. 평평한 바위가 있다면 가장 좋겠지만 없어도 괜찮다. 바닥만 잘 고르고 나뭇가지 같은 걸 치운다면 어디든 훌륭한 침상으로 바뀔 테니까.

몇 번 고개를 돌리니 꽤 훌륭한 침상, 아니, 바위가 눈에 띄었다.

"저게 좋겠군."

단유강은 사람 두 명 정도가 누워도 괜찮을 정도로 널찍한 바위를 번쩍 들어 동굴 앞에 내려놓았다. 담교영은 단유강이 하는 양을 가만히 지켜보다가 손으로 입을 가리고 살짝 웃었다.

"앉기에 참 좋은 바위네요."

"앉아? 뭐, 그러려면 그러든가."

단유강은 그렇게 말하고 바위 위에 털썩 누웠다. 담교영의 눈이 살짝 커졌지만 이내 다시 웃음으로 바뀌었다. 그녀는 단유강의 머리맡에 살짝 앉았다.

시원한 바람이 두 사람을 살짝 감싸 안았다가 도망쳤다. 참으로 평화로웠다.

"서둘러요."

사마자혜는 다리로 보내는 내공의 양을 늘렸다. 아무리 경공을 빨리 펼쳐도 느리게만 느껴졌다. 그녀의 옆으로 백설영과 연백철이 나란히 달렸다.

사마자혜는 의외의 시선으로 백설영을 바라봤다. 지금까지 급하게 이동하는 데만 신경을 써서 의식하지 못했는데, 자신이 그렇게 빨리 달리는데도 백설영은 가뿐히 따라왔다.

'내가 생각했던 것보다 더 대단한 여자야.'

사마자혜의 무공이 그리 대단한 건 아니지만 그래도 천망단의 일개 대원보다 못할 리 없었다. 대충 가늠하자면 천망단의 대주보다는 위였다.

'물론 경공만으로 무공의 고하를 논할 수는 없지만……'

경공이 무공의 전부는 아니지만 가장 정직한 분야이기도 했다. 경공은 내공의 수발이 능숙할수록 뛰어난 법이다. 내공이 많고 강하면 더 빠르고 속도를 마음대로 조절하려면 내공의 흐름을 조정해야 한다.

'대체 뭐야, 이 사람들?'

사마자혜는 이해할 수가 없었다. 이런 대단한 사람들이 대체 왜 단유강 밑에서 일한단 말인가. 아니, 대체 왜 천망단 따위에 머물러 있단 말인가.

'그보다……'

사마자혜는 걱정스런 눈으로 단유강을 떠올렸다. 자신도 왜 그랬는지 모른다. 그가 남겠다고 했을 때 반대하지 않은 것이 아직도 후회스러웠다.

"아무래도 걱정이 돼서 안 되겠어요. 연 대협은 다시 동굴로 돌아가는 것이 어떤가요?"

사마자혜는 결국 그렇게 말을 꺼냈다. 옆에서 달리던 연백철이 동그래진 눈으로 그녀를 잠시 쳐다보다가 고개를 돌려 백설영을 바라봤다. 백설영은 고개를 저었다.

"걱정하실 필요없습니다. 그들이 과연 동굴을 노릴까요, 아니면 무림맹에 알리러 가는 우리를 노릴까요?"

사마자혜는 입을 다물었다. 생각해 보면 어느 한쪽은 포기할 수밖에 없었다. 그쪽에 전력을 증강했다가 이쪽이 당하면 양쪽 모두 끝장이었다.

'어차피 운인가.'

만일 적들이 동굴을 공격한다면 동굴은 무너지고 말 것이다. 조사를 하고 말고 할 것도 없다. 하지만 그들이 이곳에 있는 일행을 습격한다면 조금 해볼 만한 여지가 있다.

'어쩌면 양쪽을 다 공격할지도 모르지.'

거기까지 생각한 사마자혜의 표정이 딱딱하게 굳었다. 가장 가능성이 높은 상황이 바로 그것이었다.

'서둘러야 돼.'

사마자혜는 조금 더 무리를 했다. 내상을 입더라도 습격을 받기 전에 무림맹 지부에 도착하는 것이 나았다.

그들의 속도가 눈에 띄게 빨라졌다. 그들은 어느새 성도 근방에 있는 마을로 접어들었다.

단유강은 돌 침상에 누워 이리저리 뒹굴었다. 담교영은 그런 단유강의 모습을 보면서 연백철이 떠나기 전 해준 말이 떠올랐다.

'나려타곤.'

그녀의 눈빛을 느꼈는지 단유강이 눈을 가느다랗게 뜨고 그녀를 바라봤다.

"왜 그런 눈이야? 내가 너무 잘생겼어?"

담교영은 부드럽게 미소 지었다. 보통 사람이 봤다면 정신이 한순간 아찔해질 정도로 아름다운 미소였지만 단유강은 그저 심드렁한 표정이었다.

"아까 그분이 한 말이 떠올라서요."

"그분? 아, 백철이? 걔가 무슨 말을 했는데?"

단유강은 잠시 기억을 더듬었다. 그리고 피식 웃었다.

"아아, 나려타곤? 뭐, 내가 자랑하는 별호지."

"예? 그게 별호라고요?"

담교영은 놀란 눈으로 단유강을 바라봤다. 설마 그게 별호일 줄은 몰랐다. 담교영이 만일 사천 출신이었고, 소문에 민감한 사람이었다면 그 별호를 한 번쯤은 들어봤을 수도 있었다. 하지만 그녀는 호남 출신이었고, 소문에도 그다지 관심이 없었다.

"꽤 멋진 별호 아냐? 난 아주 마음에 쏙 드는데 말이야."

담교영은 단유강을 바라보며 정말로 특이한 사람이라고 생각했다. 보통은 그런 별호를 얻으면 기분 나빠하고 다른 사람이 부르면 모욕이라 여긴다.

"기분 나쁘지 않으세요?"

"왜? 그것보다 날 더 적나라하게 표현할 수 있는 별호는 없을 것 같은데?"

담교영은 순간 말문이 막혔다. 하지만 이내 미소를 지으며 화제를 돌렸다.

"그나저나 적들이 나타나면 어떻게 하죠? 솔직히 아까 만났던 괴인이랑 비슷한 실력을 가진 사람이 나타나면 막을 자신이 없어요."

담교영의 말에 단유강이 걱정하지 말라는 듯 말했다.

"응, 괜찮아. 아까 같은 괴인은 안 올 거야."

"그럴까요?"

"물론이지. 그놈들도 바보가 아닌 이상 그런 놈을 보낼 리 없지. 아마 훨씬 강한 놈이 올 거야. 적어도 몇 배는 더 강할 걸? 내기를 해도 좋아."

담교영은 어안이 벙벙한 눈으로 단유강을 바라봤다. 만일 그렇다면 더 큰일이 아닌가. 그녀는 잠시 머뭇거리다가 이내 용기를 내서 입을 열었다.

"우리… 그냥 돌아가는 게 어때요? 어차피 그들이 오면 막을 수도 없잖아요? 그러니 차라리 몸을 피하는 게……."

단유강이 고개를 저었다. 너무나 단호해서 담교영이 흠칫 놀랐을 정도였다.

"아직 안 돼. 중요한 놈이 안 나왔거든."

"주, 중요한?"

"백철이를 잡아간 놈이 아직 안 나왔잖아. 조금만 기다리면 분명히 올 거야. 내가 보기에 이 동굴, 폐쇄하지 않으면 안 될 중요한 이유가 있거든."

담교영은 상황을 정확히 파악할 수가 없었다. 그녀가 보기에 연백철의 실력은 정말로 뛰어났다. 그런 사람을 단숨에 제압한 자를 기다리는데도 저 평온한 표정은 뭐란 말인가.

"그 이유가 뭐죠? 그들이 동굴을 폐쇄해야만 하는 이유요."

"중요한 걸 놓고 갔더라고."

"아까 그 강시를 말하는 건가요?"

단유강이 고개를 저었다.

"아니. 강시야 어차피 들킨 거고. 강시가 아니라 그 강시를 담아뒀던 석관. 그리고 그 석관 안에 담긴 액체."

"그게 대체 뭐죠?"

"강시를 제조하는 비법이지. 물론 그게 다가 아니겠지만 어차피 충분해. 저걸 이용해 만드는 강시의 약점을 파악할 수 있는 길이 담겨 있으니까."

담교영의 눈이 화등잔만 해졌다.

"그, 그게 정말인가요?"

"당연하지. 강시의 비법이 담긴 약물이고 석관이야. 그걸 연구하면 강시가 가질 특성이나 약점을 알아내는 건 그리 어려운 일이 아니야."

담교영은 놀란 눈으로 한동안 단유강을 바라보다 이내 눈에 이채를 띠었다.

"그런데 단 대주님은 어떻게 그런 걸 그렇게 잘 아세요?"

단유강이 피식 웃으며 엄지손가락으로 자신의 머리를 가리켰다.

"아까도 말했다시피, 나 꽤 다재다능한 사람이거든."

담교영의 눈에 호기심이 어렸다.

"제가 보기에도 그래 보여요. 대체 어떻게 하면 공자님의 나이에 그런 능력을 가질 수 있나요?"

"피나는 수련이지."

단유강의 너무나 당연한 대답에 담교영은 자신도 모르게 웃고 말았다. 나려타곤이라는 별호를 얻을 정도의 사람이 당당하게 하는 말로는 참으로 어울리지 않았다. 하지만 담교영은 그 말을 반박하지 않고 고개를 끄덕여 주었다.

"전 믿어요. 대주님이 피나는 수련을 하셨다는 말씀. 그런 수련 없이 능력을 얻을 수 있는 사람이 있다면 세상이 너무 불공평하지 않겠어요?"

담교영의 빛나는 눈빛이 단유강에게로 향했다. 단유강은 묘한 표정으로 그녀의 눈빛을 마주 봤다. 그리고 인상을 찌푸렸다.

담교영은 갑자기 단유강이 인상을 찌푸리자 흠칫 놀랐다.

"아, 죄, 죄송해요. 제가 너무 주제넘게……."

단유강이 고개를 저었다.

"아아, 아니야. 너 때문에 그런 게 아니야. 손님이 때맞춰 나타나서 말이야."

단유강이 천천히 몸을 일으켰다. 그리고 한쪽을 노려봤다. 담교영은 반사적으로 단유강의 시선을 따라 고개를 돌렸다.

수풀 속에서 한 사내가 모습을 드러냈다. 피처럼 붉은 옷을 입은 사내였는데, 나이를 짐작하기 어려운 외모였다.

담교영은 깜짝 놀랐다. 누군가 수풀을 헤치며 다가오는데도 전혀 기척을 느끼지 못했다.

'무, 무서워…….'

그것이 담교영이 사내를 보고 느낀 감정이었다. 사내는 그저 보고만 있어도 두려웠다. 그의 기세는 사람의 기본적인 공포를 자극했다.

단유강은 몸을 파르르 떠는 담교영의 어깨에 슬쩍 손을 올렸다. 그리고 부드럽게 감싸 안았다. 담교영은 단유강의 갑작스러운 손길과 행동에 화들짝 놀랐다.

"대, 대, 대주님."

담교영이 불렀지만 단유강은 그녀의 말을 못 들은 척했다. 담교영은 잠시 기가 막혔지만 이내 피식 웃고 말았다.

'그러고 보니······.'

담교영은 이번에는 조금 다른 시선으로 단유강을 바라봤다. 그녀의 마음 깊은 곳을 자극하던 공포심이 완전히 사라졌다. 지금 그녀의 마음은 너무나 평온했다. 그 상태로 나타난 사내를 다시 보니 이제 더 이상 두렵지 않았다. 정말로 신기한 일이었다.

"동굴 부수러 왔군?"

단유강이 이를 드러내며 웃었다. 사내는 여전히 무표정했다. 그는 대답 대신 묵직해 보이는 도를 들어 올렸다.

키이이이잉!

날카로운 소리와 함께 그의 도에 시커먼 기운이 어리기 시작했다. 담교영은 그것을 보며 경악했다. 그 기운에 서린 힘이 조금이나마 느껴졌기 때문이다.

'마, 마, 말도 안 돼. 어찌 저런 기운을······!'

십대고수나 되면 저런 힘을 가질 수 있을까? 담교영은 그렇게 생각하며 눈을 크게 떴다. 신기한 것은 그런 거대한 힘을 눈앞에서 보고 있는데도 전혀 무섭지 않다는 점이었다.

사내의 도가 먹물처럼 새까매졌다. 도 주변에서 뭉클거리던 기운이 모조리 도에 모여든 것 같았다. 그렇게 되고 나서야 사내의 입이 열렸다.

"끝이다."

"누구 맘대로?"

사내의 말에 단유강이 대꾸하자마자 새까만 도가 사내의 손을 떠났다. 그 도는 그대로 검은 선이 되어 단유강을 향해 쏘아져 나갔다. 아니, 더 정확히는 단유강 뒤에 있는 동굴을 향해 나아갔다.

사내는 그 도가 단유강을 갈가리 찢고 동굴까지 박살 낼 것을 조금도 의심하지 않았다. 하지만 그 도가 단유강의 코앞에 도착했을 때, 그는 믿을 수 없다는 듯 눈을 치켜떠야 했다.

핑!

새까만 기운을 머금은 도가 단유강 바로 앞에서 방향을 하늘로 바꿨다. 비스듬하게 하늘을 향해 날아가는 도는 마침내 시야에서 사라질 정도로 멀어졌다.

쿠웅!

멀리서 뭔가가 폭발하는 소리가 아련하게 들려왔다.

담교영은 그 소리가 방금 던진 도가 터져 나가는 소리라는 걸 알 수 있었다. 그녀는 영문을 모르겠다는 눈으로 자신을 감싸 안은 단유강과 한 손을 내민 자세로 경악하는 사내를 번갈아 쳐다봤다.

"믿을 수가 없군."

"앞으로는 더 믿고 싶어도 그럴 수 없을 거야."

단유강은 그 말과 함께 허리춤에서 검을 뽑았다.

스릉.

"난 내 사람을 건드리는 걸 정말로 싫어하거든. 몇 명 되지
도 않는데 말이야."

단유강이 가볍게 검을 휘둘렀다. 아래에서 위로 마치 장난
하듯 휘두른 검끝에서 산들바람 같은 기운이 하늘하늘 날아
갔다.

사내가 눈을 부릅떴다. 그 가볍고 느린 기운이 어느새 자신
의 온몸을 감쌌기 때문이다. 기운이 검에서 뿜어져 나오는 것
은 확인했는데, 그 이후에 어떻게 움직여서 자신을 휘감았는
지는 전혀 알아챌 수 없었다.

"이, 이게……."

사내가 당황하며 말을 더듬자, 단유강이 검을 다시 검집에
갈무리했다. 그리고 사내를 향해 가볍게 손을 흔들어주었다.

"잘 가."

단유강은 인사를 하며 담교영을 감쌌던 손으로 그녀의 눈
을 살짝 가렸다.

푸슈슈슈슉!

사내의 몸이 터져 나갔다. 수천 조각의 살점으로 변한 사내
의 몸은 핏물과 함께 그대로 수풀에 쏟아졌다.

단유강은 가볍게 손을 휘저었다.

휘이잉!

날카로운 바람이 수풀을 그대로 날려 버렸다. 방금 전의 육

편과 피가 떨어졌던 수풀은 더 이상 그곳에 없었다. 단유강이 만든 바람은 수풀과 근처에 자욱했던 피 냄새까지 모두 안고 사라졌다.

담교영은 멍한 눈으로 자신의 시야가 돌아오는 광경을 지켜봤다. 단유강의 손이 눈앞에서 사라지자, 평소와 전혀 다름이 없는 광경이 눈에 들어왔다. 아무것도 달라지지 않았다, 앞에 있던 수풀 한 무더기가 사라진 걸 제외하고는.

무림맹이 발칵 뒤집혔다. 강시를 제조한 흔적이 발견되었기 때문이다. 무림맹에서 면밀히 확인한 바에 따르면, 그 강시는 수백 년 전에 등장했던 혈강시와 많이 닮았다. 물론 정확히 그건지는 알 수 없었다.

혈강시는 한 구만 등장해도 무림에 크나큰 해악이 되는 존재였다. 당연히 누가 그것을 만들었는지를 비롯한 여러 가지를 조사해 나갔다.

다행히 강시를 제조하던 석관과 약물을 연구해서 강시를 상대할 수 있는 방법 몇 가지를 발견할 수 있었다. 이와 같은 종류의 강시라면 얼마든지 상대할 수 있게 된 것이다.

하지만 중요한 건 강시를 상대하는 것이 아니었다. 진짜 중요한 건 그 강시를 만든 자와 그것을 만든 목적이었다.

"허허허허, 우리 혜아가 이런 큰일을 해낼 줄이야. 내가 혜아를 너무 어리게만 본 모양이구나. 허허허허."

사마자문은 서찰 하나를 몇 번이나 반복해 읽으며 연방 웃음을 터뜨렸다. 그 서찰은 무림맹 사천 지부에서 온 것이었다. 사마자혜가 동굴을 발견했고, 그 동굴에 무사들을 파견해 지키게 한 것부터 동굴에서 강시를 제조하던 석관과 약물을 얻은 것까지 자세하게 서술되어 있었다.

그리 길지 않고 딱딱한 필체로 작성된 보고서였지만 사마자문은 읽을 때마다 새롭고 즐거웠다.

"가만있자, 이 정도 공으로 직책을 주기에는 조금 모자라고…… . 조금 더 공을 세울 기회를 줘봐도 되겠군. 능력도 다시 시험할 겸 말이야."

사마자문은 흡족한 미소와 함께 종이 뭉치가 가득 담긴 상자 하나를 꺼냈다. 그리고 그 안에 담긴 종이를 한 장씩 꺼내 읽기 시작했다.

그것은 무림맹이 해결해야 할 수많은 사안을 정리해 놓은 서류였다. 사마자문은 사마자혜에게 맡길 만한 것을 찾는 중이었다. 한참을 뒤적이던 사마자문이 결국 종이 한 장을 서탁 위에 올려놓았다.

비검당 부당주 냉혼비검 윤천묵 살인 사건.

사마자문의 눈이 날카롭게 빛났다. 이 사건을 해결한다면 사마자혜에게 제대로 된 직책을 줄 수 있을 것이다. 사안이 사안인만큼 상당히 위험할 것이다. 사마자문은 사마자혜에게 원하는 모든 지원을 아끼지 않을 생각이었다.

'청룡단주나 백호단주라도 원한다면 지원해 주마.'

사건을 해결하는 것도 중요하지만 사마자혜의 안전이 더욱 중요했다. 그녀는 사마자문에게 있어서 하나밖에 없는 딸이었으니까.

第十章
미고현의 정보 조직

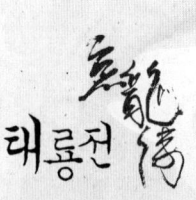
태룡전

단유강 일행은 어느새 미고현으로 돌아왔다. 성도에서 미고현으로 돌아오는 길은 너무나 평온했다. 그전에 그런 일을 겪었다는 게 마치 거짓말이었던 것 같았다.

미고현은 평소와 전혀 다름없었다. 하지만 천망단은 조금 달라졌다. 바로 담교영이라는 존재 때문이었다.

담교영은 천망칠십오대가 일곱 명에 불과하다는 걸 안 이후로 칠십오대의 장원 내에서는 면사를 벗고 다녔다. 덕분에 아주 죽을 맛이 된 네 사람이 있었다.

제갈무군은 담교영이 눈에 띌 때마다 멍한 표정을 지어야 했다. 연백철 역시 마찬가지였다. 놀랍게도 하후량, 하후령 형제 역시 담교영을 볼 때는 두 사람과 같은 표정을 지었다.

천망단 안에서 담교영을 아무렇지도 않게 대할 수 있는 사람은 단유강과 문노, 그리고 백설영뿐이었다.

담교영도 그것을 잘 알고 있지만, 신경 쓰지 않았다. 천망 칠십오대에 있는 사람들을 믿기 때문이었다. 그리고 그 믿음은 오로지 단유강에게서 나오는 것이었다.

"후우."

연백철은 호흡을 조절하며 검을 늘어뜨렸다. 잠시 그렇게 쉰 후, 다시 검을 들어 올렸다.

스륵.

부드럽게 검이 움직였다. 검이 허공에 선을 긋기 시작했다. 천망검법이었다.

파파파팟!

공기가 갈라지는 소리가 울렸다. 검이 움직이는 속도가 점점 빨라졌다. 이내 아무런 소리도 들리지 않았다. 엄청나게 빠른 속도로 허공을 휘젓는데도 전혀 소리가 나지 않았다.

한동안 그렇게 검을 휘두르던 연백철은 천천히 검을 멈췄다. 그리고 호흡을 조절하며 고개를 저었다.

"후우! 대체 뭐가 문제지?"

한 번 했던 거라서 또 할 수 있을 줄 알았다. 한데 그게 쉽지 않았다. 성공한 건 처음 동굴의 괴인과 싸울 때뿐, 그 이후로는 아무리 해도 잘되지 않았다.

"그래도……."

연백철은 자신의 손을 들여다봤다.

"그래도 아직 그 생생한 감각은 그대로 남아 있어."

당시 분명히 검막을 펼쳤다. 그때는 될지 안 될지 걱정조차 하지 않았다. 그저 펼쳤을 뿐이다. 그리고 멋지게 적을 격파 했다. 당시 검막을 펼칠 때 온몸에 흐르는 짜릿한 기운이 아 직도 생생했다.

검을 쥔 손에 힘이 들어갔다. 연백철은 눈을 지그시 감고 심호흡을 했다. 고개를 살짝 들어 숨을 들이켜니 상쾌한 바람 이 몸으로 스며들었다.

그렇게 한참이나 서 있던 연백철이 눈을 번쩍 떴다. 그의 눈에는 패기와 열정이 가득했다.

"좋아! 또 시작해 볼까?"

연백철의 검이 다시 움직였다. 이번에는 조금 전보다 더 부 드럽고 자연스러웠다.

단유강은 침상에 누운 채로 요리가 담긴 커다란 접시를 들 고 들어오는 담교영을 바라보며 눈살을 찌푸렸다.

"왜 네가 가져오는 거야?"

담교영은 눈웃음을 지으며 접시를 내밀었다.

"다들 바빠요."

단유강은 할 수 없다는 듯 고개를 절레절레 저으며 몸을 일으켰다. 그리고 접시를 받아 천천히 음미하듯 요리를 먹었다.

보통 단유강이 식사를 하는 시간은 반 시진이 넘는다. 고작 요리 하나 먹으면서 그 정도로 오래 걸린다는 것에 대해 연백철은 항상 불만을 토로해 왔다. 하지만 담교영은 단유강이 먹는 모습을 끝까지 웃는 얼굴로 지켜봤다.

단유강이 식사를 마치자 담교영이 빈 접시를 받으며 지나가는 말투로 물었다.

"그런데 왜 그렇게 천천히 먹어요? 물론 빨리 먹는 건 몸에 안 좋다고 하지만, 그래도 좀 지나칠 정도로 그러는 거 같아서요."

담교영의 말에 단유강이 대수롭지 않다는 듯 대답했다.

"그냥. 급할 것 없잖아? 난 먹는 것도 즐기고 싶을 뿐이야."

담교영은 납득했다는 듯 고개를 끄덕였다.

"아하, 그렇군요. 그럼 항상 누워 있는 것도 그런 건가요?"

단유강은 다시 침상에 누우면서 대답했다.

"물론이지. 난 지금 조금 쉬고 있을 뿐이야."

"하긴, 사람에게 휴식은 꼭 필요한 법이죠."

담교영은 그렇게 말하며 단유강을 바라봤다. 그녀의 눈에 매력적인 미소가 걸렸다. 그 미소는 마치 너무 지나치면 오히려 해가 된다고 말하는 듯했다.

"아주 잘 알고 있구나. 내가 지금 딱 그래. 쉬어야 할 때지."

담교영이 손으로 입을 가리고 살짝 웃었다. 단유강이 하는 말이 너무나 재미있었다.

"얼마나 쉬실 생각이신데요?"

"글쎄. 원래는 한 이십 년은 쉬어야 직성이 풀릴 것 같았는데, 막상 쉬어보니까 쉬는 것도 쉬운 건 아니더라고. 앞으로 이삼 년 정도만 더 쉬려고."

담교영의 눈이 살짝 커졌다.

"그렇게 오래요?"

"그게 그렇게 긴 시간인가?"

담교영은 섣불리 고개를 끄덕일 수 없었다. 단유강이 말하는 투를 보니 뭔가 다른 이유가 있는 듯했다. 그녀가 보기에 단유강은 절대로 게으른 자가 아니었다.

'그리고 그날 보여준 모습……'

담교영의 뇌리에 얼마 전 동굴 입구에서 있었던 일이 떠올랐다. 당시 상당히 무서운 기세를 뿌리던 괴인을 단유강은 단숨에 날려 버렸다. 물론 눈을 가려서 어떻게 했는지 보지는 못했지만 말이다.

'게으른 사람이 그렇게 강해질 수는 없지.'

더 솔직히 말하면, 아직 단유강이 강한지 그렇지 않은지 알 수 없었다. 괴인의 시체는 찾지 못했고, 싸우는 모습도 못 봤으니까. 게다가 단유강이 처리한 괴인이 진짜 연백철과 사마자혜를 납치했던 그 괴인인지도 알 수 없지 않은가.

하지만 담교영은 분명히 그럴 거라고 믿었다.

"그 접시는 계속 그렇게 들고 있을 거야?"

단유강의 말에 담교영이 퍼뜩 정신을 차렸다.

"아, 그, 그렇군요. 어서 갖다줘야겠어요."

담교영은 허둥지둥 밖으로 나갔다. 문을 닫는 그녀의 모습을 단유강이 묘한 눈으로 바라보고 있었다.

"이것참, 곤란하게 됐네."

단유강은 쓴웃음을 지으며 침상에 누웠다. 일단 지금은 좀 쉬어야 할 때다. 이삼 년이라고 말했지만 어쩌면 쉴 수 있는 시간은 벌써 끝났는지도 몰랐다.

"아니, 벌써 끝났겠지."

단유강은 그렇게 중얼거리며 지그시 눈을 감았다.

"그나저나 돌아갈 생각을 안 하네."

담교영은 객점에 접시를 돌려주고 장원으로 돌아왔다. 그리고 막 문을 들어서는 순간 백설영을 만났다. 담교영은 객점에 가느라 착용했던 면사를 벗으며 환하게 웃었다.

"어머, 오랜만이에요, 언니. 그동안 왜 이렇게 안 보이셨어요?"

담교영의 웃음에 백설영이 약간 어색한 미소를 지었다. 이

렁게 웃으며 다가오면 도저히 물러날 수가 없었다.

"요즘 좀 바빠서."

담교영이 호기심 어린 눈으로 한 발 다가갔다.

"무슨 일인데요? 괜찮으면 저도 도울게요."

"아냐. 내가 해야만 하는 일이야."

백설영이 이렇게까지 말하니 담교영도 더 조를 수가 없었다. 그녀는 섭섭한 얼굴로 고개를 끄덕였다.

"알았어요. 어쩔 수 없죠. 하지만 나중에 제가 필요하면 꼭 불러주시기예요. 아셨죠?"

백설영이 부드럽게 웃었다.

"알았어. 꼭 그렇게 할게. 그럼 난 이만."

백설영은 바쁘게 장원을 벗어났다. 담교영은 백설영의 뒷모습을 가만히 바라보다가 이내 활기찬 표정으로 몸을 돌렸다.

"자, 또 시작해 볼까?"

담교영은 주먹을 들어 한 번 불끈 쥐고는 단유강의 거처를 향해 힘차게 걸어갔다.

백설영은 당가에서 돌아온 이후 눈코 뜰 새 없는 시간을 보냈다. 기존의 정보 조직을 일단 재정비했고, 그것을 보강하고 확충했다.

조직의 확대는 갑작스럽게 하면 꼭 탈이 나기 마련이다. 특히 정보 조직의 경우는 그 탈이 빈틈으로 이어진다. 정보의 빈틈은 상당히 치명적이다.

그것을 막기 위해 확충도 튼튼히 기반을 쌓으며 천천히 할 수밖에 없었다.

하지만 아무리 발버둥 쳐도 당가가 보여줬던 그 대단한 정보력을 가질 수는 없었다.

"하아! 오늘따라 더 힘드네."

백설영은 생전 하지 않던 말까지 중얼거리며 조금 힘없이 걸었다. 지금 그녀가 가는 곳은 그녀가 가진 정보 조직인 월영단(月影團)의 본거지인 단가기루였다.

단가기루는 처음부터 그럴 목적으로 만들어졌다. 기루를 운영하며 정보 조직을 운영할 자금을 벌어들이고, 그 정보를 이용해 단유강의 사업체를 도왔다. 물론 얼마 전에 완성한 단가상단 역시 월영단의 도움을 받고 있었다.

월영단은 얼마 전까지만 해도 둘로 나뉘어 있었다. 그중 하나가 바로 단가기루와 연결된 진짜 월영단이었고, 다른 하나는 제갈무군이 담당하는 공식적인 정보 조직이었다. 그것의 이름 역시 월영단이었다.

제갈무군이 담당한 월영단은 정보를 사고파는 정보 상인의 형태였다. 초창기에는 제갈무군 쪽이 훨씬 많은 정보를 얻을 수 있었지만, 지금에 와서는 완전히 역전되어 제갈무군이 담당하는 월영단은 거의 유명무실해졌다.

단유강은 과감히, 그리고 제갈무군과 백설영의 전폭적인 호응을 바탕으로 정보 상인 역할을 하는 월영단을 단가기루 쪽에 통합시켜 버렸다.

제갈무군은 앞으로 할 일이 하나 없어졌다며 좋아했고, 백설영은 제갈무군이 데리고 있던 꽤 쓸 만한 정보원들을 다수 확보했다고 좋아했다.

단유강이 성도에서 돌아온 직후에 있었던 일이다.

그래서 백설영은 그때부터 전혀 쉴 수가 없었다. 두 월영단의 통합만 해도 보통 일이 아니었다. 사실상 거의 연계되어 일을 해왔지만 막상 하나로 만들고 나니 생각보다 정리해야 할 것들이 많았다.

단가기루에 도착한 백설영은 새로운 정보들을 확인했다. 정보들을 쭉 훑던 백설영의 눈이 한순간 빛을 발했다.

"이건?"

최근에는 정보를 미고현 쪽에 집중했다. 당가의 저력에 맞서기 위해서는 일단 미고현부터 지켜야 한다고 판단했기 때문이다. 백설영뿐 아니라 단유강의 생각도 그랬다.

사실 단유강은 미고현만 지켜도 충분하다고 생각했다. 하지만 백설영은 그럴 수 없었다. 그녀는 미고현을 지키기 위해서는 사천 전역에 손을 뻗을 수 있어야 한다고 믿었다.

어쨌든 그렇게 수집한 정보 중 하나가 지금 그녀의 손에 있었다. 백설영은 그것을 옆으로 치워놓은 후 다른 정보들을 살폈다. 별다른 건 없었다.

"일단 움직여야겠네."

백설영은 따로 치워뒀던 서류를 다시 살피며 지필묵을 들었다. 그 서류에 적힌 것은 미고현에 들고 나는 사람들에 관한 정보였다. 그녀는 그곳에 있는 몇몇 수상한 사람을 골라내 다른 종이에 따로 옮겨 적은 후, 자리에서 일어났다.

그녀가 쓰는 집무실은 기루의 최상층에 있었다. 기루의 최상층에는 집무실과 복도뿐이었다. 집무실에서 나가면 바로 복도고, 그 복도를 지나면 아래로 내려가는 층계가 있었다.

백설영이 집무실에서 나가자 언제부터 기다렸는지 흑의를 입은 사람이 석상처럼 서 있었다. 그녀는 그 사람에게 명단을 내밀었다.

"이 사람들을 감시해. 위험할지 모르니까 최고의 요원을 붙이도록 하고, 조금이라도 낌새가 이상하면 바로 빠지게 해. 인원을 잃으면 정말로 치명적이니까."

"예."

흑의사내는 그렇게 간단히 대답하고는 조용히 물러갔다.

백설영은 복도 끝으로 사라지는 사내를 바라보다가 다시 몸을 돌려 집무실로 들어갔다. 진짜 일은 지금부터 시작이었다.

당미려는 눈살을 찌푸렸다. 서탁에 놓인 한 장의 서류 때문이었다. 그녀는 서류를 가져온 사내를 가만히 쳐다봤다.

"이게 사실인가요?"

사내는 고개를 깊이 조아리며 대답했다.

"그렇습니다."

"흐음."

당미려는 날카로운 눈으로 서류를 다시 확인했다.

"그들이 가진 정보력이 이렇게나 대단했던가요? 우리 요원들이 모조리 들통 날 정도로 말인가요?"

"그들이 집중을 시작한 모양입니다."

"집중? 훗, 미고현만 충실히 보호하겠다, 이건가요?"

"그런 듯 보입니다. 그렇지 않고선 갑작스럽게 이 정도 요원의 확충은 불가능합니다."

당미려는 살짝 비웃음이 걸린 눈으로 다시 서류를 확인했다.

미고현에는 예전부터 꽤 많은 세작을 침투시켜 두었다. 처음에는 천망단만 확인하는 정도였는데, 칠십오대가 심상치 않은 일을 벌이는 것 같아 몇 차례 증원을 한 것이다. 그리고 꽤 흥미로운 정보 하나를 얻었다. 천망칠십오대에 제갈세가의 소가주가 대원으로 숨어 있다는 정보였다.

당미려는 더 많은 세작을 증원해 천망칠십오대를 세밀히 관찰했다. 그렇게 조사를 하는 와중에 정말로 놀라운 걸 발견했다. 천망칠십오대의 대주인 단유강이 정보 단체를 운영하고 있다는 사실이었다. 게다가 그 정보 단체의 능력이 실로 뛰어났다.

단유강은 그걸 이용해 미고현이라는 곳을 완전히 장악했다. 그때부터 미고현과 천망칠십오대를 더욱 주목하기 시작했다. 세작을 더 증원하고 조금의 움직임도 놓치지 않으려 애썼다.

'덕분에 지금 이렇게 이들을 압박할 수 있는 거지.'

그때 모아둔 자료 덕분에 미고현을 압박할 장치를 여러 가지 만들 수 있었다.

"훗, 조그마한 샘만 보호하면 괜찮을 거라고 생각했나? 근처를 막아 말려 버릴 수도 있는데 말이야. 조금 실망이군."

당미려는 그렇게 중얼거리며 앞에서 고개를 조아리고 있는 사내를 바라봤다.

"세작이 단 한 명도 남지 않았단 말인가요?"

"그렇지는 않습니다. 원래부터 그곳에 살던 사람 몇을 포섭해 약식 정보망을 구축했습니다. 아마 그들은 자신들이 정보망에 속해 있는지도 모를 것입니다. 물론 스스로가 세작이라는 사실도 자각하지 못할 것입니다."

당미려는 만족스런 표정으로 고개를 끄덕였다.

"아주 좋군요. 그래도 그들만 가지고는 제대로 정보를 파악하긴 힘들겠죠?"

"그렇습니다. 하지만 꽤 그럴듯한 정보를 확보할 수 있을 것입니다."

"그 정도면 충분해요. 상황만 알아볼 수 있으면 되니까. 그럼 압박을 시작해 볼까요?"

"명을 받듭니다."

사내가 깊이 고개를 조아린 후 밖으로 나갔다. 당미려는 그 모습을 바라보며 의미심장한 미소를 머금었다.

백설영은 골치 아픈 표정으로 이마를 짚었다. 당가에서 푼 것으로 의심되는 세작을 모조리 정리했다. 생각보다 무공이나 다른 능력은 별로라서 간단히 제거할 수 있었다.

이미 오래전부터 조심조심 준비했기 때문에 단번에 정리할 수 있었다.

'그리고 기존의 사람들을 이용한 정보망도 있었지?'

그 정보망 역시 교란시킬 준비가 끝났다. 정보 이동 방식을 파악해 정보를 비트는 방법을 마련한 것이다.

그런데 문제는 그게 아니었다.

"역시 거대한 조직이라 이건가."

백설영은 당가에서 보았던 당미려의 모습을 떠올렸다. 척 보기에도 만만치 않았다. 속에 독니를 수십 개는 숨기고 다니는 것처럼 위험해 보였다. 지금 미고현을 압박하는 것은 그 독니 중 하나일 것이다.

"그래도 이대로 당할 수야 없지."

백설영은 당찬 표정으로 눈을 빛냈다.

단유강은 침상에 누워 제갈무군의 보고를 듣고 있었다.

"이상입니다, 대주님."

제갈무군의 보고를 듣고 있는 것은 단유강 혼자가 아니었다. 최근 들어 항상 단유강 옆자리를 지키는 담교영도 함께 들었다. 담교영은 가끔 자신을 힐끗거리며 보고를 끝마친 제갈무군을 놀란 눈으로 바라봤다. 그리고 그 놀란 시선을 고스란히 단유강에게로 옮겼다.

"상황이 이런데도 그냥 누워만 계실 건가요?"

단유강은 심드렁한 표정으로 담교영을 힐끗 쳐다봤다.

"그럼 누워 있지 않으면?"

"뭐라도 도와야죠. 대원이 힘든 상황에 처했는데 그냥 보고만 계실 건가요?"

"무슨 방법으로?"

"무슨 방법이든지요!"

담교영은 답답한 얼굴로 외쳤다. 그녀는 잠시 씩씩대다가 벌컥 문을 열고 밖으로 나갔다.

"전 가서 도울 거예요! 거기서 평생 누워 계시든 말든 마음대로 하세요!"

담교영이 그렇게 외치고 사라지자, 단유강은 피식 웃으며 제갈무군을 쳐다봤다.

"너도 그렇게 생각하나, 철판?"

제갈무군이 쓴웃음을 지으며 고개를 저었다.

"하고 싶어도 못하시잖습니까. 설영이 성격 잘 아시면서."

단유강이 고개를 끄덕이며 자리에서 몸을 일으켰다.

"끄응, 그나저나 걘 대체 왜 안 돌아가는 거야?"

제갈무군이 빙긋 웃었다.

"자유로움 때문이겠지요."

"자유로움? 꽁꽁 갇혀 지낼 여자로 보이지는 않는데."

제갈무군이 어이가 없다는 듯 단유강을 바라봤다.

"그런 게 아니죠. 꼭 누가 가둬놔야만 자유롭지 않은 건 아니잖습니까."

"그런가?"

"당연하죠. 아마 어렸을 때부터 상당히 답답한 생활을 했을 겁니다."

"왜? 예뻐서?"

제갈무군이 고개를 끄덕였다.

"아마 그게 제일 크겠죠. 아니, 그렇겠죠. 그래서 집안에서도 억압이 좀 있었을 테니까요."

"흐음, 그런가?"

"그렇습니다. 전 세가에서 살아서 너무나 잘 알죠, 그런 걸."

제갈무군의 눈빛이 잠시 흐려졌다. 하지만 이내 평소대로 돌아오며 장난스럽게 웃었다.

"그러니 여기가 좋은 겁니다."

"여기서도 면사 쓰고 다니는 건 똑같은데?"

제갈무군이 빙긋 웃었다.

"여긴 대주님이 계시잖습니까."

단유강이 눈을 동그랗게 뜨며 자신을 가리켰다.

"나?"

"대주님은 뭐랄까… 마치 바람 같습니다."

단유강이 눈살을 찌푸렸다.

"뭔 뚱딴지같은 소리야?"

"자유롭다는 말입니다. 대주님 옆에 있으면 그 자유로움이 마치 전염되는 것처럼 물들게 되거든요."

단유강이 고개를 갸웃거렸다.

"그래? 지금까지 한 번도 그런 생각은 못해봤는데……."

제갈무군은 고개를 돌려 담교영이 나간 문을 바라봤다.

"아마 담 소저도 그래서 대주님 옆에 있으려고 하는 걸 겁니다. 갑자기 자유에 대한 욕망이 터져 나온 거죠."

제갈무군이 고개를 돌려 단유강을 바라봤다.

"대주님 덕분에요."

"흐음, 뭐, 그런 건 잘 모르겠고, 별로 알고 싶지도 않아. 지금 중요한 건 그게 아닐 텐데?"

제갈무군은 그제야 생각났다는 듯 손으로 자신의 이마를

탁 쳤다.

"아! 그렇군요. 지금은 그게 중요한 게 아니죠. 하여간 담 소저에 관한 얘기만 하면 나도 모르게 빠져들어서……."

단유강이 눈을 가늘게 뜨며 제갈무군을 노려봤다.

"그 말, 설영이한테 꼭 전해주지."

"으헥! 대주님, 그 무슨 무시무시한 말씀이십니까! 설영이 는 제가 아주 순진무구한 청년인 줄 안다고요! 설영이의 환상 을 그렇게 함부로 깨지 마시란 말입니다!"

단유강은 어이가 없어 넋이 나간 표정을 지었다.

"이놈도 아주 중증일세."

"우헤헤헷! 뭐, 그런 게 중요하겠습니까. 지금 중요한 건 그게 아니잖습니까?"

"후우! 그래, 일단 그 얘긴 접자."

단유강은 그렇게 말하며 진지한 표정을 지었다. 제갈무군 도 순식간에 표정에서 장난기를 지웠다.

"제가 생각한 방법은 이렇습니다. 압박을 느슨하게 하려면 줄을 끊으면 되지 않겠습니까?"

"당가 자체를 공략한다는 뜻이냐?"

제갈무군이 고개를 끄덕였다.

"그렇습니다. 어차피 설영이는 미고현에 대한 일만 신경 쓰는 것도 벅차 하니 외부에서 몇 가지 사소한 일이 벌어지는 걸 알아차릴 수는 없지 않겠습니까?"

"일리가 있군. 좋아, 그럼 어떻게 공략할 건데?"

제갈무군이 빙긋 웃었다. 어느새 얼굴에 다시 장난기가 돌아왔다.

"그걸 이제부터 대주님께서 해결해 주셔야죠."

단유강이 한심하다는 눈으로 제갈무군을 바라봤다.

"네가 할 줄 아는 게 대체 뭐냐?"

"우헤헤헷! 잘 아시면서."

"알긴 뭘 알아?"

단유강은 그렇게 말하며 자리에서 일어났다.

"잠깐 다녀오마."

단유강의 모습이 순식간에 사라졌다. 제갈무군은 미소 띤 얼굴로 단유강이 사라진 자리를 바라봤다. 그리고 정중히 포권을 취했다.

"이래서 제가 대주님을 좋아한다니까요."

"가만있자, 그러니까 저놈들이 문제로군."

단유강은 높은 나무 꼭대기에 앉아 이리저리 흔들리고 있었다. 바람이 불 때마다 나무 끝이 휘청거리는 와중에도 그 움직임에 따라 몸이 유연하게 흔들리며 중심을 잡았다.

산길을 지나고 있는 것은 표국의 행렬이었다. 십자표국의 깃발을 앞세웠는데, 표사들의 눈빛이나 기세가 삼엄하기 이를 데 없었다.

십자표국은 미고현의 상가들이 이용하는 대표적인 표국 중 하나였다. 한데 얼마 전부터 미고현과의 거래를 완전히 끊다시피 했다.

사실 십자표국과 미고현은 상부상조하는 관계였다. 십자표국은 사천에서 어딘가에 갈 일이 있으면 되도록 미고현을 지나도록 길을 잡는다. 그리고 그 와중에 물품을 전달하거나 상인들의 이동을 도와 부수입을 올리고 있었다.

처음에는 부수입에 불과했지만 갈수록 미고현이 발전함에 따라 그것이 오히려 본래 표물의 의뢰금보다 훨씬 많아진 상황이었다.

"당가에서 굉장히 달콤한 먹이를 던져 줬나 보군."

단유강은 턱을 긁적이며 그들을 바라봤다. 미고현과 그런 상부상조의 관계에 있는 표국이 비단 십자표국만 있는 건 아니었다. 하지만 그들 모두 약속이나 한 듯 발걸음을 끊어버렸다. 엎친 데 덮친 격으로, 미고현에 드나들던 상단들까지 발걸음을 끊었다.

자연스럽게 미고현은 고립되다시피 했다. 그리고 그것을 뚫을 수 있는 유일한 수단인 단가상단이 얼마 전 산적의 습격으로 큰 피해를 입었다. 아니, 괴멸되고 물품을 모조리 빼앗겨 버렸다.

"이렇게 치졸하게 나오신다, 이거지."

단유강은 눈을 빛냈다.

"일단 우리를 배신한 대가는 치러야지?"

단유강이 검을 뽑았다. 소리없이 뽑혀 나온 검이 허공을 부드럽게 유영했다. 검끝에서 흘러나온 가느다란 기운이 실타래처럼 엉켜들었다.

단유강이 가볍게 검을 휘두르자, 검기의 실타래가 십자표국의 행렬 쪽으로 날아갔다. 그것을 끝으로 단유강은 검을 회수했다.

단유강이 쏘아 보낸 검기의 실타래는 행렬 바로 위에 잠시 멈추더니 올올이 풀려났다. 그리고 순식간에 행렬을 덮쳤다.

파가가가각!

히히히히힝!

말들이 갑자기 놀라 날뛰었다. 표사들과 쟁자수들은 크게 당황하며 말을 진정시키려 노력했다. 그리고 그 순간, 모두의 몸이 얼어붙었다.

쩌저저저정!

표물을 실은 마차가 조각조각 부서져 나갔다. 마치 검에 베인 듯 날카롭게 잘려 나갔다. 그렇게 수십, 수백 조각으로 잘려진 마차와 표물의 잔해가 바닥에 쏟아졌다.

"표, 표물이……."

"뭣들 하는 게냐! 어서 표물을 확인해라! 멀쩡한 게 있는지 살피란 말이다!"

표두의 외침에 표사들과 쟁자수들이 황급히 표물을 살폈

다. 하지만 그들은 절망적인 표정으로 고개를 숙여야 했다. 모든 표물이 잘렸다. 아무리 작은 물품이라도 적어도 한 군데 이상이 잘려 나갔다. 조금 커다란 물건들은 완전히 산산조각 나버렸다.

"어찌, 어찌 이럴 수가……."

표두가 망연한 얼굴로 중얼거렸다. 그의 뇌리에 당가의 제안을 받아들이던 국주의 모습이 떠올랐다. 그렇게 하면 미고현이 어떤 상황에 처할 거라는 사실을 알면서도 받아들였다. 왠지는 모르지만 갑자기 그 일이 떠올랐다.

십자표국은 아마 이 일로 인해 막대한 손해를 떠안아야 할 것이다. 이번 표물에는 귀중한 물건이 상당히 많았다. 그것을 모두 배상하고 위로금까지 지급하게 된다면 어쩌면 표국이 반 토막 날지도 몰랐다.

'그래도……'

표두는 씁쓸한 눈으로 주위를 둘러봤다. 그래도 죽거나 다친 사람은 한 명도 없었다. 그것을 위안 삼을 수밖에 없었다.

'그나저나 대체 누가……'

아무런 기세나 기운도 느끼지 못했다. 하지만 분명히 이건 검이나 검기에 당한 흔적이다. 누군가 굉장한 고수 여럿이 동시에 합격을 해야만 가능한 일이었다.

씁쓸한 표정을 지었던 표두의 표정이 냉정해졌다. 그리고 이를 갈았다.

"으드득! 대체 어떤 놈이……."

단유강은 표국의 마차들이 조각나는 걸 확인하고 몸을 날렸다.

"그 정도로 끝낸 걸 다행으로 알아라."

나무 끝에서 나무 끝으로 훌쩍훌쩍 몸을 날리던 단유강은 또 다른 목표물을 찾았다. 이번에는 진운표국이었다.

몇 군데를 돌아다니며 표국의 표물을 정리한 단유강은 조금 후련해진 얼굴로 진짜 목표를 향해 몸을 날렸다. 진짜 목표는 당가였다. 끈을 느슨하게 하기 위해선 끊을 수밖에 없지 않은가.

당가를 박살 낼 수는 없으니 그들의 젖줄 몇 개를 건드릴 생각이었다. 아무리 당가라도 당황할 수밖에 없는 것들을 말이다.

들키지 않는 게 가장 중요했다. 자신이 이런 일을 했다는 사실이 외부에 알려지거나 소문이 나면 아주 곤란한 상황을 맞을 수도 있었다. 지금까지 조용히 미고현에 틀어박혀서 쉬고 있는 이유도 그 곤란한 상황에 부딪치지 않기 위해서였다.

"자아, 목표물이 슬슬 보이는군."

단유강은 근처에서 가장 높은 나무 꼭대기에 서서 눈앞에 펼쳐진 광경을 바라봤다.

규모가 큰 무가나 문파를 지탱하기 위해선 돈이 필요하다. 그리고 그 돈을 이용해 구비해야 하는 것 중 가장 중요한 것이 먹을 것과 생필품이다.

당가는 그 두 가지를 한 번에 해결하고 있었다. 당가에서 운영하는 상단과 사업체는 이제 성도뿐 아니라 사천 곳곳을 장악해 가고 있었다.

그중 가장 큰 상단이 바로 진홍상단이었다. 그리고 미고현의 고립을 주도한 상단 또한 그곳이었다. 몇 개나 되는 표국에 그 정도로 거대한 이권을 보장할 수 있는 상단은 사천에서도 몇 되지 않았다.

"즉, 저곳을 건드리면 우리를 압박하는 힘이 상당히 느슨해질 수밖에 없다는 거지."

단유강이 눈을 빛내며 훌쩍 몸을 날렸다. 그리고 순식간에 그림자처럼 진홍상단 속으로 녹아들었다.

탕!

당미려가 거세게 탁자를 내려쳤다.

"그게 무슨 소린가요? 진홍상단이 엉망으로 변했다니요?"

"간밤에 누군가 숨어들어 진홍상단에 있던 모든 서류를 갈기갈기 찢어놨습니다. 그것 때문에 지금 진홍상단이 발칵 뒤집혔습니다."

당미려가 피곤한 얼굴로 이마를 짚었다. 진홍상단은 당가의 중요한 돈줄 중 하나다. 처음 만들 때부터 가문의 사활을 걸고 만들었고, 지금에 와서는 절대 없어선 안 될 중요한 상단이었다.

"그래서 지금 다들 어쩌고 있나요?"

"일단 최대한 복구를 하고 있습니다만, 아무래도 완벽하게는 힘들 듯합니다. 필사본까지 철저하게 찢어놔서⋯⋯."

당미려는 어이가 없었다. 진홍상단을 지키는 것은 당가의 정예 무사들이다. 게다가 당가에서 세 손가락 안에 드는 고수인 당호석이 머무는 곳이다. 그만큼 중요한 상단이기 때문이다.

홍수는 그런데도 자기 집 드나들 듯 그곳에 들어가 모든 서류를 찢어발겼다. 그런 행동을 하는데도 전혀 알아차리지 못했다는 건 정말로 대단한 실력을 가진 도둑이라는 뜻이다.

한데 들어와 아무런 물건이나 보화를 건드리지도 않고 서류만 찢었다는 게 말이 되는가.

"아무것도 건드리지 않고 서류만 찢었다고 했죠?"

"그렇습니다. 심지어는 상단주의 방에 들어가 침상 아래 있는 비고(秘庫)를 열어 그 안에 있는 돈과 보화들을 침상 위에 어질러 놓고 안에 있는 서류만 찢어놨을 정도입니다."

당미려의 눈이 커졌다. 상단주의 방을 지키는 사람이 바로 당호석이다. 당호석은 언제나 상단주 옆에 머물며 그를 지킨다. 당연히 당시에도 그가 있었을 것이다. 그런데도 당했다니, 생각보다 훨씬 뛰어난 자였다.

"엄청나게 은신술에 뛰어난 도둑이겠군요. 비고를 열었는데도 숙부께서도 모르셨단 말인가요?"

보고를 하던 사내는 송구한 듯 고개를 조아렸다. 당미려는 고개를 절레절레 저었다.

'뭐지, 이건? 마치 장난을 치는 듯한 행동이야. 하지만 장난이라고 하기에는 사안이 너무 크고…….'

상단의 서류가 몽땅 사라졌다는 건 상당히 큰 문제다. 업무 자체가 완전히 마비되는 것이다. 게다가 과거의 기록들이 사라진다는 건 생각보다 엄청난 문제였다.

"정말… 골치 아프구나. 미고현의 문제도 아직……! 미고현!"

당미려는 갑자기 등줄기를 관통하는 소름에 눈을 크게 떴다. 하지만 이내 고개를 저었다.

"아니, 아니야. 아직 확신하기에는……."

그녀가 그렇게 중얼거릴 때, 또 누군가가 집무실 밖에 도착했다.

"총관님, 보고드릴 일이 있습니다."

"들어와요."

한 사람이 집무실로 들어왔다. 지금 안에 있는 사람과 같은 옷을 입은 사람이었다. 그들은 총관부에 있는 사람들이었다.

"뭐죠?"

들어온 사내는 급히 서류 한 장을 당미려에게 넘겼다. 그것을 받아 읽는 당미려의 안색이 변했다. 조금 전에 억지로 가라앉혔던 소름이 다시 돋아났다.

"설마……."

서류에 적힌 내용은 사천에 있는 표국 몇 개에 대한 내용이었다. 본래라면 당미려에게까지 보고가 올 필요가 없는 사안이었지만 지금은 그렇지 않았다. 얼마 전에 미고현의 일로 당가와 손을 잡은 표국들이었기 때문이다.

"이 내용이 전부 확실한 사실인가요?"

"그렇습니다. 몇 번이나 확인한 내용입니다."

당미려의 얼굴이 살짝 일그러졌다. 생각보다 일이 심각했다. 그리고 그때, 또 다른 사람이 집무실로 다가왔다.

"총관님, 보고드릴 일이 있습니다."

당미려는 머리가 지끈지끈 아파오기 시작했다. 왠지 이번에도 기분 좋은 보고는 아닐 것 같은 예감이 들었다. 그리고 그 예감은 정확히 적중했다.

집무실에 들어온 사내는 당황함이 사라지지 않은 얼굴로 급히 보고했다.

"서창 지부의 모든 서류가 찢어졌습니다."

당미려는 창백한 얼굴로 이마를 짚었다. 그리고 고개를 절레절레 저었다. 이제 명백해졌다. 이 일을 벌인 사람은 분명히 천망칠십오대다. 당가의 서창 지부는 미고현에 대한 두 번째 압박을 준비하고 있었다. 모든 서류가 사라졌으면 처음부터 다시 그것을 시작해야 하는 것이다.

'아니, 그게 문제가 아니지.'

당미려의 얼굴이 더욱 심하게 일그러졌다. 상대는 고작 서류를 없애 버리는 것만으로 당가에 치명적인 타격을 입혔다. 아마 당가는 이번에 입은 손실을 만회하기 위해 꽤 많은 노력과 시간이 필요할 것이다.

"으득."

당미려는 이를 갈았다. 원래대로라면 훨씬 더 빨리 목적한 바를 이룰 수 있을 텐데, 이번 일 때문에 그것이 한참이나 뒤로 미뤄졌다.

'그런데 대체 어떤 수를 쓴 거지?'

당미려는 그걸 이해할 수 없었다. 정황을 보면 천망칠십오대가 개입한 게 분명했다. 하지만 증거가 없었다. 그리고 그들에게는 이럴 능력이 없었다. 적어도 그녀가 파악한 정보로는 그랬다.

'어쩌면 이들이 더 큰 힘을 숨기고 있거나… 아니면 조력자가 있거나, 그것도 아니라면… 전혀 다른 세력의 개입이 우연히 맞아떨어졌거나 셋 중 하나야.'

당미려는 왠지 첫 번째에 자꾸 마음이 갔다. 하지만 냉정하게 판단하면 세 번째가 가장 가능성이 높았다.

"하아! 다들 돌아가서 좀 더 제대로 조사해 와요. 피해 상황과 앞으로의 대처 방법, 그리고 홍수에 대해서도."

세 사람이 당미려에게 공손히 허리를 숙인 후 밖으로 나갔다. 당미려의 한숨이 방 안을 가득 채웠다.

백설영은 믿을 수가 없었다. 정말로 놀라운 일이 벌어졌다. 고작 하룻밤 새에 모든 일이 거짓말처럼 풀려 나갔다. 마치 꼬인 매듭이 풀리는 것처럼 차례차례 일이 해결되어 갔다.

물론 나름대로 애쓰긴 했다. 단가상단에 하후량, 하후령 형제를 딸려 보내 미고현 내에 생필품을 보다 안전하게 보급했으며, 새로운 표국을 찾아 기존 표국들이 하던 일을 대행할 수 있도록 요청했다. 그리고 미고현 내에 있는 당가의 정보력을 무용지물로 만든 후 돌파구를 찾았다.

"어떻게 이럴 수가 있지?"

믿을 수 없게도 당가의 압박이 지나칠 정도로 느슨해졌다. 새로운 세작의 침투는 아예 사라지다시피 했고, 미고현을 압박하던 상단과 표국의 움직임도 그리 활발하지가 못했다. 덕분에 백설영은 그 빈틈을 파고들어 그 모든 일을 단번에 해결할 수 있었다.

백설영은 한편으로는 기분이 좋고 홀가분하면서도 다른 한편으로는 찜찜함을 떨쳐 낼 수 없었다. 자신이 한 게 아니라 누군가 해놓은 일을 그냥 주워 먹는 듯한 느낌이 들었다.

'그래도 좋은 방향으로 해결되었으니까.'

그동안 쌓였던 모든 피로가 한꺼번에 몰려왔다. 백설영은 집무실 한편에 마련된 간이 침상에 몸을 뉘였다. 닷새 만에 자는 잠이었다.

백설영이 곤히 잠들자, 집무실 문이 조용히 열렸다. 그리고 한 사내가 들어와 잠든 백설영의 얼굴을 한참 동안이나 바라봤다. 그 사내는 백설영에게 이불을 살짝 덮어주고는 빙긋 웃으며 다시 밖으로 나가 조용히 문을 닫았다.

백설영은 누가 그렇게 은밀히 들어왔다 나가는 줄도 모르고 깊은 잠에 빠져들었다.

단유강은 침상에 누워 세상을 모두 가진 표정으로 뒹굴었다. 꽤 고된 일을 끝냈다. 앞으로 당분간은 움직일 일이 없을 거라 생각하니 점점 기분이 좋아졌다.

"당분간은 섣불리 움직이지도 못하겠지? 다음에 또 그러면 아예 당가에 들어가서 종이란 종이는 다 찢어줘야지."

단유강은 짓궂은 얼굴로 키득거렸다. 보고를 들은 당미려가 어떤 표정을 지을지 떠올리니 너무나 재미있었다.

"아마 황당하겠지? 그러다 조금 생각해 보면 한숨이 나올 테고."

그 서류를 대충이라도 복구하려면 적어도 몇 달은 걸릴 것이다. 그리고 그 시간이면 백설영이 새로운 정보 체계를 갖추는 데 충분하다. 백설영은 한 번 당했던 수에 다시 당할 정도로 어수룩한 여자가 아니다.

단유강이 그렇게 즐겁게 잠에 빠져들려고 하는 순간, 누군가 급히 달려오는 소리가 들려왔다. 꽤 먼 곳에서부터 달려오고 있었지만 방향이 분명 단유강의 방 쪽을 향하고 있었다.

"이런 썩을."

단유강은 옆으로 돌아누워 눈을 감았다. 그리고 그와 동시에 문이 벌컥 열렸다. 아무런 기척도 없이 이렇게 문을 여는 사람은 천망단에서 딱 한 명이다. 물론 달려올 때부터 알았지만.

"대주님!"

제갈무군은 방에 들어서자마자 소리치고는 펄럭대며 종이 한 장을 내밀었다.

"공문이 내려왔습니다!"

공문이라는 말에 단유강은 두 손으로 귀를 꽉 막았다. 이제는 공문이라는 말만 들어도 치가 떨렸다.

"대주님! 공문이라니까요! 공문이요!"

단유강의 심정을 아는지 모르는지 제갈무군은 공문이라는 말을 끊임없이 강조했다. 결국 단유강은 벌떡 일어나 제갈무군을 노려봤다. 아니, 제갈무군이 내민 공문을 노려봤다.

"썩을."

촤악!

단유강은 공문을 낚아챘다. 그리고 그것을 펼쳐 읽었다.

공문의 내용은 그리 길지 않았다. 단유강의 표정이 사정없이 일그러졌다.

천망칠십오대 대주 단유강, 대원 연백철 내맹(來盟).

『태룡전』 3권에 계속…

The LORD

성진 게임 판타지 소설

더 로드

간절한 갈망은 기적을 만들고
기적은 결코 만들어질 수 없는
연결 고리를 만든다.

그렇게 이어진 연결 고리.
그것은 새로운 시작이었다.

자, 일인군단(一人軍團)의
독보천하(獨步天下)가 지금부터 시작된다.

유행이 아닌 자유추구 -
WWW.chungeoram.com

Book Publishing CHUNGEORAM

共同傳人

공동전인

설경구 新무협 판타지 소설

마교를 재건하라.

혈마옥에 갇히며 마교 장로들의 공동전인이 된 사무진에게 주어진 과제.
역사상 가장 착한 마교의 교주.
하지만 역사상 가장 강한 마교의 교주가 되고 싶다.

고정관념을 버려요.
마교도라고 해서 꼭 나쁜 놈일 필요는 없잖아요.

지금까지와는 다른 마교.
이제 사무진이 만들어가는 새로운 마교가 모습을 드러낸다.

유행이 아닌 자유추구 -
WWW.chungeoram.com

Book Publishing CHUNGEORAM

설봉 新 무협 판타지 소설

환희밀공

歡喜密功

1 치우 [蚩尤]

무유 칠덕(武有七德), 금폭(禁暴), 집병(戢兵), 보대(保大),
정공(定功), 안민(安民), 화중(和衆), 풍재(豊財), 자야(者也).
〈좌전(左傳), 선공 십이년(宣公 十二年)〉

무에는 일곱 가지 덕이 있다.
첫째, 난폭을 금지한다. 둘째, 무기를 거두어들인다. 셋째, 큰 나라를 보전한다.
넷째, 공적을 정한다. 다섯째, 백성을 편안하게 한다. 여섯째, 대중을 화합하게 한다.
일곱째, 물자를 풍부하게 한다.

섬서성(陝西省) 육반산(六盤山)에 신력(神力)을 바탕으로
패공(覇功)을 구사하는 가문(家門), 육반루가(六盤婁家).
세상에게 외면받고 멸시당하는 환희교(歡喜敎).
육반루가의 후손과 환희교 교주의 운명적인 만남.

"넌 환희교를 지키는 수문장(守門將)이 될 거야.
강하게, 아주 강하게 키워주마."
'아버지처럼 죽지 않을 거야. 아무도 날 죽일 수 없어.
세상에서 최고로 강한 사람이 될 거야.'

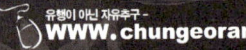
유행이 아닌 자유추구 -
WWW.chungeoram.com

Book Publishing CHUNGEORAM